匪我思存◎著

海上繁花

落於海上的，並非無瑕美麗的繁花，
而是白雪，飄渺易碎，如同他對愛情的希望。
……雖然微小容易消失，但終究存在，還是有希望的，對吧？

情不知所起

1

剛入行那會兒，杜曉蘇曾聽老莫說：「幹咱們這行，起得比周扒皮①還早，睡得比小姐還晚，吃得比豬還差，幹得比驢還累，在外時間比在家還多，眼圈比熊貓還黑，頭髮比雞窩還亂，態度比孫子還好，看起來比誰都好，掙得比工人還少。」

當時杜曉蘇聽得噗哧一聲笑出來，如今誰再說這樣老生常談的笑話，她是沒力氣笑了——跑了四天的電影節專題，她連給自己泡杯速食麵的力氣都沒有了。回到家，痛快地洗了個熱水澡，拎起吹風機開了開關，結果半天沒動靜，看來是壞了。她實在沒勁研究吹風機爲什麼罷工，也不顧頭髮還是濕的，倒在床上就睡著了。

這一覺睡得香甜無比，來電鈴聲不知道唱了多少遍才把她吵醒，拿起手機人還是迷糊的——是老莫，火燒火燎地對她吼：「妳在哪裡？對面那家拿到了頭條妳知不知道？」

① 周扒皮，著名作家高玉寶筆下杜撰的惡霸地主（出自《半夜雞叫》），其為了讓長工能多做事，便半夜起來學雞叫讓長工起床勞動。

她懵了一會兒才反應過來。「莫副，我調到娛樂版了。」

老莫口齒清晰地告訴她：「我知道妳調到娛樂版了，就是娛樂版出了頭條：顏靖靖出了車禍。」

杜曉蘇腦子裡嗡地一響，爬起身，一邊穿衣服一邊夾著手機不依不饒地問：「是那個紅得發紫的顏靖靖？」

老莫沒好氣地回：「哪還有第二個顏靖靖？」

杜曉蘇素來害怕進醫院，尤其是晚上。燈火通明的急診室兵荒馬亂，她硬著頭皮衝進去，發現已經有十幾個搶先埋伏到位的同行，包括對面那家死對頭《新報》的娛樂記者老畢。娛樂記者老畢跟央視的主持人老畢長得一點兒也不像，記者老畢長著一張圓滾滾、胖呼呼的臉，一笑竟然還有酒窩，此刻他正朝杜曉蘇微笑，笑得小酒窩忽隱忽現，笑得杜曉蘇心裡的火苗騰地一下子全躥起來。

「老畢，」她言不由衷，笑得比老畢更虛偽。「這次你們動作真快。」

「哪裡哪裡。」老畢都快笑成一尊彌勒佛，語氣十分謙遜。「運氣好，我正巧跟在顏靖靖的車後頭，誰知竟然拍到車禍現場，還是我打一二〇叫來救護車。這次真走運，沒想到天上掉下個獨家，嘿嘿，嘿嘿……」

說起車禍這樣興高采烈，沒有半分同情心。杜曉蘇轉過臉去問另一位同行：「人怎麼樣？傷勢要不要緊？」

「不知道，進了手術室到現在還沒出來。」

一幫娛樂記者都等得心浮氣躁，有人不停給報社打電話，有人拿著錄音機走來走去，不斷有同行接到消息趕來醫院，加入等待的隊伍。杜曉蘇則爭分奪秒在長椅上打了個盹兒，剛瞇了一小會兒，顏靖靖的經紀人趙石已經飛車趕到，場面頓時一片騷亂，閃光燈此起彼伏，醫院終於忍無可忍地開始趕人：「請大家出去，不要妨礙到我們的工作。」

老畢嬉皮笑臉道：「護士小姐，我不是來採訪的，我是來看病的。」說著炫耀似地揚了揚手中的掛號單。

急診室的護士長面無表情。「你是病人？那好，跟我來。」

「做什麼？」這下輪到老畢發怵了。

「看病啊，」護士長冷冷地說，「我一看就知道你有病。」

眾人哄堂大笑，一幫記者被轟出了急診室。瑟瑟寒風中飢寒交迫，杜曉蘇餓得胃疼，實在撐不下去，到醫院外面尋了家小餐館。已經晚上十一點，小店裡竟然還坐得滿滿的，老闆的動作慢吞吞，杜曉蘇等了好久才等到自己的鱔絲麵，熱氣騰騰放在她面前，聞著挺香，待挑起來一嘗，鮮！鮮得她幾乎連舌頭都吞了下去。

竟然有這樣好吃的麵，也許是餓了，她吃得連連吁氣，燙也不怕。

吃到一半，電話響了，她抓起來接，果然是老莫。「怎麼樣，搞到有價值的東西沒有？」

「還沒有。」她囫圇吞麵，口齒不清地說。「人還在手術室裡沒出來。」

「那趙石呢？他怎麼說？」

「一大堆人圍著，他一句話也沒說，醫院就把我們全轟出來了。」

老莫氣得七竅生煙。「他不說妳就不會想點辦法啊？美人計啊，還用我教妳？」

杜曉蘇自顧自吃著麵，十分乾脆道：「好，回頭我就去犧牲色相。」

老莫拿她沒辦法，嗒一聲將電話掛了。

杜曉蘇隨手將手機放在桌上，繼續埋頭大吃。這樣的角度只能瞥見對面食客的暗藍色毛衣，這種暗藍深得像夜色，她最喜歡，於是從筷子挑起的麵條窄窄間隙中瞄過去，看到格子毛衣領上的脖子，再抬高點，看到下巴，還有微微上揚的嘴角，似是在笑。

是啊，半夜三更對著手機說犧牲色相，旁人不誤會才怪。

她沒工夫管旁人怎麼想，垂下眼睫，十分貪婪地喝麵湯。鮮香醇美，一定是用雞湯吊出來的，這麼好吃的麵，可惜這麼快就吃完了。

剛剛快步走出小店，忽然身後有人叫她：「等一等。」

聲調低沉悅耳，是字正腔圓的國語，一定是北方人。回頭一看，暗藍毛衣，在晦暗的路燈下更像深海的顏色，是剛剛坐在自己對面的那個人。他伸出手，手上正是自己的手機。

該死！這記性！

她連忙道謝，他只說：「不用謝。」

正好身後馬路上有車經過，車燈瞬間一亮，照得他眉眼分明。咦？眞眞是劍眉星目，十分好看。

杜曉蘇對帥哥總有一種莫名的好感，好友鄒思琦問她爲什麼要改行當娛樂記者，她眉飛色舞回道：「成天都可以看到帥哥，還可以名正言順要求訪問拍照，多好！」

鄒思琦嗤之以鼻。「花癡！」

其實鄒思琦比她更花癡。

在醫院熬了大半夜，杜曉蘇回報社打著呵欠趕稿，全靠咖啡提神，再花癡也沒勁頭。老莫還跟催命一樣：「下午去醫院，一定要拍到顏靖靖的照片。」

杜曉蘇抗議：「醫院滴水不漏，怎麼可能讓我們拍到照片？」

老莫壓根不理會。「妳自己想辦法。」

喵的，萬惡的資本家。

罵歸罵，還是要想辦法。沒有獨家就沒有獎金，沒有獎金就沒有房租、水電、一日三餐、年假旅遊、溫泉SPA……

思琦說得對，這世上最難蒐集的收藏品就是錢。

醫院果然滴水不漏，警衛們盡忠職守，櫃檯也查不到顏靖靖的病房號碼，護士小姐非常警惕。「我們這裡是醫院，病人不希望受到打擾。」

可是大眾的好奇心，還有知情權，還有她的獎金怎麼辦？

紅得發紫、紫得都快發黑的顏靖靖車禍入院，幾乎是所有娛樂報紙的頭條，老畢的獨家照片功不可沒，據說《新報》頭條的車禍現場照片，令不少「顏色」痛哭失聲，銷量一時飆翻。

什麼時候讓她逮到一次獨家就發達了。

在醫院耗了差不多一個下午，仍舊不得其門而入，正怏怏地打算收工回家，結果看到老畢。

他鬼鬼祟祟朝她招手。

他想幹嘛？杜曉蘇剛走過去，就被他拖到角落裡，笑得很奸詐地說：「曉蘇，我們合作好不好？」

叫得這麼親熱，令杜曉蘇起了一身雞皮疙瘩。

老畢說：「我知道顏靖靖眼下在哪間病房，我有法子讓妳混進去，但拍到照片後，我們一人一份。」

杜曉蘇心生警惕。「你爲什麼不自己去？」

老畢忍不住長吁短嘆。「我也想啊，可惜我是男人啊。」說著，他打開手中的袋子，露出裡面的護士服。

杜曉蘇覺得很搞笑，在洗手間換上了護士制服，又戴上帽子，最後是口罩，對著鏡子一看，只有一雙眼睛露在外頭。她心裡很佩服老畢，連這種招都想得出來。

醫院很大，醫護人員來來往往，誰也沒有注意到她，很順利就摸到了二樓急診部。老畢說手術後顏靖靖人還在加護病房，並沒有轉到住院部去。

結果，別說加護病房了，走廊就有娛樂公司的人，兩尊鐵塔似地守在那裡，盯著來往醫護人員的一舉一動。瞧那樣子，一夫當關萬夫莫敵，別說拍照，估計連隻蒼蠅也飛不過去。

眞是道高一尺魔高一丈，她認命地拖著不甘心的步子往外走，突然腦中靈光一現，掏出老畢畫的草圖端詳了半晌——是眞的草圖，就在一張巴掌大、皺巴巴的紙上用鉛筆勾勒出來的示意圖，歪歪斜斜的線條像蚯蚓，用潦草的字跡注明著方位，看得杜曉蘇差點抓狂，但就是這麼一張圖，也令她看懂了。

消防通道正好緊鄰著顏靖靖目前所在的加護病房。

她從消防通道出去——運氣眞好，加護病房的落地玻璃窗正對著室外消防樓梯。她爬到樓梯上掏出相機，可惜角度不行，沒敢帶龐然大物般的長焦鏡頭進來，靠相機本身的變焦，根本拍不到。

眞是功虧一簣。她不甘心，看到牆角長長的水管，靈機一動。

大太陽底下，水管摸起來並不冰冷，只是有點滑，也許是她手心流了太多的汗。她艱難地一腳踩在管道的釦環上，一手勾住管道，這樣扭曲的姿勢竟然還可以忍受——終於，她騰出一隻手來舉起相機。

角度十分不錯，她耐心地等待對焦，模糊的鏡頭裡影像終於清晰。她忽然倒吸了口氣，那樣深邃的眼睛，劍眉飛揚英氣，只能看到口罩沒有遮住的半張臉，可這半張臉俊美得不可思議；他穿著醫生的白袍，就站在那裡，高且瘦，卻令她想到芝蘭玉樹，深秋的陽光透入明亮的玻璃，淡淡的金色光斑彷彿蝴蝶，停棲在他烏黑的髮際。杜曉蘇剎那間有點恍惚，似是被豔陽曬得眩暈，連快門都忘了按，而他定定地透過鏡頭與她對視，她只聽到自己的心跳，怦、怦、怦、怦、怦……一聲比一聲更響，下一瞬，她突然認出他，是昨天在小麵館遇見的暗藍毛衣。她耳朵裡有微微的轟鳴，像是血管不勝重負，從心臟開始蔓延膨脹。

很奇異的感覺，彷彿過了整整一個世紀，她才回過神，而他已經大步衝到了窗邊，她胡亂舉著相機拚命按著快門，然後飛快爬回消防樓梯，但還是遲了，他迅速出現在樓梯間，正好將她堵在了樓梯上。

杜曉蘇無法可想，只好微笑。

他看起來似乎很生氣。「妳在做什麼？」

杜曉蘇一眼瞥見他胸前掛的牌子：神經外科邵振嶸。

神經外科？那是什麼醫生？難道是治療精神病患者的？她急中生智，滿臉堆笑地胡說八道：「邵醫生，我暗戀你很久了，所以偷偷拍兩張你的照片，你不介意吧？」

「妳是哪個科的？」他摘下口罩，露出整張臉，果然就是昨天還給她手機的那個暗藍毛衣。只是他根本沒有認出她，唇角微沉，語氣十分嚴厲：「竟然爬到水管上，這樣危險的舉動，如果摔下去是什麼後果妳知道嗎？」

她很欠扁很好奇地問：「摔下去會是什麼後果？」

「如果運氣好，或許只是軟組織挫傷乃至骨折，如果運氣不好，這麼高摔下去，足以導致內臟破裂出血，或許脊椎骨折、高位截癱，甚至變成植物人。」他的神色依舊嚴厲。「這不是兒戲！還有，為什麼不佩戴名牌？妳們護士長是誰？妳到底是哪個科的？」

她一個問題也答不上來，只好睜大了一雙眼睛看著他。有風吹過兩人耳畔，帶著秋季特有的清涼，吹起他白袍的下襬，她忽然想到朗朗晴空下鴿子的羽翼，明亮而愉悅，他忽然伸出手來。

他的手指微涼，她好像中了邪，竟然站在那裡沒有動彈，就那樣傻呼呼任由他取下自己的口罩，他怔愣了下，過了幾秒才說：「是妳？」

他竟然還認得她。

他帶著幾分疑惑地望著她。「妳到底是什麼人？」

眞是一言難盡，但她痛快地說了實話：「娛樂記者，俗稱狗仔隊。」

不知道爲什麼，她覺得他不會叫警衛來把她轟出去。

果然，他只是眉頭微皺，道：「記者？」

「病房裡的人是不是顏靖靖？」她的職業本能正在迅速恢復，「她傷勢怎麼樣？你是不是她的主治醫生？昨天的手術成功嗎？會不會留下後遺症？具體情況是什麼樣，還有後期的治療方案，可不可以詳細談一談？」

「我不會告訴妳。」

「邵醫生，我請你吃飯。」她諂笑，「透露一點點嘛，行不行？」

他的眼底隱有慍怒，只是因爲修養好，並不表露出來。「對不起，我不可以透露病人的情況。妳這樣冒充醫護人員來偷拍，非常不道德，妳剛才的行爲也十分危險。請妳立刻離開醫院，否則我要通知警衛了。」

終究還是被轟了出來。

老畢遠遠地在馬路那頭等她，她非常沮喪。「什麼也沒拍到就被發現了。」

老畢半信半疑。「妳不會想獨呑吧？妳可別沒良心，甩了我搞獨家。」

杜曉蘇氣壞了。「小人！」

其實也不是什麼都沒拍到，慌慌張張懸在半空按快門，拍下了不少邵振嶸。杜曉蘇用專業軟體打開那些照片來看，這男人長得眞好看，尤其是眼睛，深邃得彷彿是海，秋天清澈的陽光裡，整個人彷若喬木，高大挺拔。

因爲太帥太養眼，她隨手選了一張當電腦桌面，結果有天被鄒思琦看到，頓時哇哇大叫：「這是誰？是哪個新人？穿醫生袍好帥啊！有沒有聯絡方式？有沒有簽約？有沒有興趣替我們公司拍平面？」

「沒有！沒有！沒有！」杜曉蘇揮手轟她走，「快讓開，我還要幹活呢！」

鄒思琦巴著顯示器死也不鬆手。「把照片傳給我，否則打死我也不讓開。」

杜曉蘇不肯，她要留著獨享。

鄒思琦罵她：「重色輕友，沒良心！」

杜曉蘇罵回去：「妳倒是比我有良心，妳很有良心地騙我去替妳相親！」

一提到這個，鄒思琦就軟了，滿臉堆笑。「嘿嘿……曉蘇……我們不是朋友嗎？朋友就是拿來出賣的呀。再說人家也是身家清白、一表人才，怎麼也不算委屈妳對不對？對了，後來人家還眞跟我要過妳的電話呢。」

杜曉蘇眼風如飛刀，嗖嗖射過去。「妳給他了？」

「沒有沒有！」鄒思琦指天發誓，「我眞沒有，我敢嗎我？我要眞給了，妳不得剁了我的皮。」

「算妳識相。」

「曉蘇……」

「什麼？」

「曉蘇啊，遇到合適的眞可以考慮一下。」鄒思琦語重心長地道，「大好的青春，不談戀愛多浪費。」

「妳怎麼跟妳媽似的？妳不是最討厭相親嗎？妳媽替妳安排一次相親，妳都騙我替妳去了，己所不欲勿施於人啊，怎麼突然有興趣當媒婆了？」

「曉蘇，」鄒思琦遲疑了一下，還是告訴了她：「我前陣子去北京出差，遇到林向遠了。」

2

杜曉蘇要想一想，才能明白過來。

林向遠，這三個字她差不多真的忘記了，非常成功地，忘記了。連同那段手足無措的青春，連同那段懵懂未明的歲月，連同校園裡一切的清澈美好，她都已經忘記了。畢業不過三年，換掉一份工作，從一個城市到另一個城市，已經滿面塵灰煙火色，彷若老去十年。聽到這三個字，她竟然波瀾不興，要想一想，這個名字，這個人，那個模糊而遙遠的容貌，才能漸漸從記憶裡浮起來。

她問：「哦，他怎麼樣？」

鄒思琦瞥了她一眼。「好得不得了，跟他太太在一起，挺恩愛的。」

杜曉蘇怔了幾秒，才張牙舞爪地撲過去掐鄒思琦的脖子。「妳竟然還故意往我傷口上撒鹽，妳這壞蛋我今天非掐死妳不可。」

鄒思琦一邊咳嗽一邊笑，「得了得了，我請妳吃飯，我賠罪。」

杜曉蘇拖她去伊藤家日式料理餐廳，兩個人吃掉刺身拼盤與雙份的烤鰻魚，還有烤牛舌與牛小排。買單的時候鄒思琦哀嘆：「杜曉蘇妳也太狠了，我不過提了一下林向遠，妳就這樣狠宰我啊！」

杜曉蘇白她一眼。「誰讓妳戳我傷疤。」

「什麼傷疤都兩年了還不好啊？那林向遠不過長得帥一點，值得妳念念不忘兩年嗎？」

「妳不知道人是有賤性的嗎？因爲得不到才念念不忘，我要是跟他到現在，沒準早就成怨偶了。」

「這倒也是。」鄒思琦無限同意地點頭，「所以快點開始一段新戀情最重要。」

「一天到晚忙得要死，哪有工夫談新戀情？」

「哎，就妳那電腦螢幕桌面俊男就不錯呀，可比林向遠帥多了。別猶豫了，就是他，搞定後記得請我吃飯，讓我也近距離欣賞一下極品美男。」

「什麼呀？都不認識。」杜曉蘇無限唏噓，「這輩子不知道還能不能再碰見，沒戲。」

但，杜曉蘇沒料到竟然這麼快又見到了邵振嶸。說來也很好笑，她賊心不死去醫院盯顏靖靖的傷勢情況，結果卻遇到了一場特大交通意外，一輛公車與校車追撞，很多學生受傷，就近送到醫院來。急診室頓時兵荒馬亂，所有的醫護人員忙得人仰馬翻，從住院部抽調了不少醫生過來幫忙。

於是她很沒良心地想趁亂去偷拍顏靖靖，結果聽到護士長一臉焦急地大喊：「有個孩子是AB血型RH陰性，血庫說沒這種血了，怎麼辦？」杜曉蘇不由得停住腳步，看看急得滿頭大汗的急救醫生，還有滿走廊受傷的學生，以及忙得暈頭轉向的護士長。她轉身，走到護士長面前，道：「我是AB型RH陰性，抽我的血吧。」

護士長高興得直握她的手。「謝謝，謝謝！謝謝妳！請到這邊來，我們先幫妳驗個血。」

抽去四百CC的鮮血後，她的腿有點兒發軟，大概是因爲早上沒有吃早餐。應該去外面買杯鮮奶喝，塡一塡空蕩蕩的胃也好。

所有的護士都在忙碌著，她不出聲地溜之大吉，結果剛走到走廊，就眼前發黑，只隱約聽到身邊人一聲驚呼，她突然就栽倒下去。

醒來全身發涼，似乎出了一身冷汗，好一會兒意識才漸漸恢復，知道自己是平躺在長椅上，有醫生正微微俯下身，觀察她的瞳孔。

他的手指微涼，按在她的眼皮上，身上有淡淡的消毒水味道。她第一次覺得消毒水的味道還不錯，而且這樣剛好可以看清那醫生胸前的牌子：神經外科邵振嶸。

她有點想笑，這麼巧。

他十分溫和地問：「妳有什麼不舒服嗎？頭暈嗎？頭疼嗎？」

她搖了搖頭，「邵醫生……」

「什麼？」

她終於問出疑惑已久的問題：「神經外科是什麼科？我……我腦子是不是摔出了什麼毛病？」

他淡淡地瞥了她一眼，「看來妳腦子沒什麼毛病，大概就是有點貧血。」走廊裡來來往往都是人，他又說：「出了特大交通事故，急診病床全滿了，所以只能讓妳在這兒休息一下。」

她說：「不要緊，我沒事。」

突然，一名小護士急匆匆走過來，遞給她一支打開的葡萄糖。「護士長叫我給妳的，叫妳捐完血先休息一會兒，妳偏偏跑了，這下好了，暈了吧？」

她有點訕訕地笑。

那名小護士見到邵振嶸，頓時笑瞇瞇。「邵醫生，她應該沒事，剛替一個學生捐了血，應是因此才暈倒。」

邵振嶸點了點頭，走廊那頭有醫生叫他：「邵醫生，有個學生顱外傷！」

他對她說：「把葡萄糖喝掉，休息一下再走。」說完轉身，急匆匆就走掉了。

她看著他的背影，又看看手中的葡萄糖，忽然覺得很高興，一仰頭就把那支葡萄糖喝完了。

後來她仍然天天跑醫院，偶爾也會遇見邵振嶸，因爲他是顏靖靖的主治醫生，她死纏爛打想從他口中套出點新聞，雖然他對她的態度不像起初那般反感，不過仍舊淡淡。

「杜小姐，妳實在是太敬業了。」

她眉開眼笑，「謝謝，謝謝，其實我只希望能打動你啊。」

這樣厚顏無恥，他也拿她沒轍。後來漸漸習慣了，每天見到她還主動打招呼：「杜記者來了？」

「來了，唉……邵醫生，我今天有沒有打動你？你就從了我吧！」

旁邊的人都笑：「邵醫生！邵醫生！」而她蹙著眉長吁短嘆，像再無奈不過。

這女孩子，大概跟娛樂圈混得太近，演技眞是不錯，他只是笑笑，而後走開。

顏靖靖已經轉到一般病房，身體漸漸復元，不少娛樂記者都不大來了，連老畢都撤了，只有她還隔三岔五跑醫院，跟一幫小護士混得熟得不能再熟。最常遇見她的地方是醫院食堂，中午吃最簡單的蓋飯或辣肉麵，她吃得津津有味，身邊永遠圍著一大堆小護士，就見她端著紙碗，眉飛色舞誇誇其談，不知道在講什麼，引得那群小護士們陣陣驚歎。看到邵振嶸從身邊經過，她滿嘴食物，百忙中仰起臉來，含含糊糊跟他打招呼：「邵醫生，我今天有沒有打動你？」

旁邊的小護士哄然大笑，七嘴八舌起哄：「邵醫生，你就從了杜記者吧。」

見他匆匆走開，遠遠還聽得到她朗朗的笑聲。「人生最大的樂趣就是調戲帥哥啊，哈哈……」

他覺得這笑聲眞耳熟，就是想不起來在哪裡聽過。

因爲她常常來，混得天時地利人和。有次她在護士站逗留，結果正好遇見教授查房，老教授是院士，又是指導教授，帶著好多學生，查房時自然前呼後擁，後頭醫生跟著一大批，好巧不巧撞個正著。她心想，老教授一定會發話把她轟走，從此再不准她來，誰知滿頭白髮的老教授竟然對她笑著點了點頭，而她笑靨如花，還偷偷搖手指對跟在後頭人堆裡的他打招呼，邵振嶸一時覺得納悶。

過了幾天，老教授突然想起來問他：「小邵啊，這幾天怎麼沒看到你女朋友來等你下班？」

「我女朋友？」

「是啊，就是那個眼睛大大、頭髮長長的女孩子，挺活潑的，她不是你女朋友？」

他想了半天，才想到老教授原來指的是杜曉蘇，這樣誤會，怪不得沒轟她走。

這天，在食堂裡又看到杜曉蘇，照例圍著一圈人。他從旁邊走過去，刻意放慢了腳步，原來杜曉蘇在講她去横店探班的經歷。「那蚊子啊，跟轟炸機似的，成片成片往人身上撞，荒山野嶺啊，荒無人煙啊，眞是殺人越貨的好地方……」

有小護士倒抽口涼氣。「噢喲，爲什麼偏要到那種地方去拍戲呀？」

「不是拍古裝嗎？古裝外景要找個沒房子、沒公路、沒電線杆的地方，不然長鏡頭一拉，就露餡了，所以劇組才愛找那種荒山野嶺……我在那裡蹲了三天，那蚊子毒的，咬得我渾身上下都是包，一抓就流水，回來後變成過敏，差點被毀容啊……」

邵振嶸看她舉手在自己臉上比畫，心想，她一個年紀輕輕女孩子，幹這行也怪辛苦。像這次只爲了幾張照片，跑醫院跑這麼久，隔幾天總要來一趟，換作其他人，也許早沒耐性了吧。

杜曉蘇並不覺得，她只覺得自己運氣不錯，守了這麼久，終於守到了機會——這天查房過後，娛樂公司的兩個人一時疏忽，先後都走開了，她偷偷隔著病房視窗拍下一組顏靖靖的照片。

這下子發達了。顏靖靖動過開顱手術，頭髮已經全部剃掉，這次的光頭照片一定是獨家。

轉過身，她滿臉的笑容不由得僵在臉上。邵振嶸！

他靜靜站在她身後，伸出手。「相機給我。」

「不！」她抱緊了相機。

「那麼把照片刪掉。」

她緊緊抿起唇，「不！」

他說：「不然我叫警衛來，妳的照片一樣會被刪除。」

他固執地伸出手，她僵在那裡，他下了最後通牒：「給我！」

她斜跨出一步，想逃跑，他伸手攔住她，從她手中拿過相機，一張張按著刪除。

她沉默站在那裡，他的手指突然停下來，抬起頭看了她一眼，而她低垂著眼，像一個沮喪的孩子。

顏靖靖的照片已經全部刪除完畢，而後面的照片全是他。

他不知道她是什麼時候拍的，各種角度都有，有幾張他看出來就是今天上午，自己陪著教授查房，側著臉與德高望重的老教授說話，走廊裡一堆的人，誰也不曾留意有人拍照。一張張翻下去，有他走過走廊的模糊背影，有他與護士交談時的側面，有他剛從手術室出來時的疲倦，有他追著急診推床大步而去的匆忙，每一張都十分生動，抓拍得很好，顯見是用足了心思。他不知道她拍了多久，也許一個星期，也許兩個星期，也許從一開始，她就在偷偷拍他。

他終於將相機還給她，她沉默地接過去。

他說：「對不起，醫院有規定，我們必須保護病人的隱私。」

她笑了笑，「沒關係。」頓了頓，「我以後不會來了，邵醫生你放心吧。」

她轉身往外走，肩微微塌下，身影顯得有些單薄，而他站在那裡，看她慢慢消失在走廊盡頭。

她從此果然沒再出現，護士站裡幾個年輕護士十分懷念。「唉，杜記者都不來了，她那張嘴啊，講起明星八卦來真是引人入勝。」

另一個護士說：「對啊，她笑起來像櫻桃小丸子，很可愛。」

櫻桃小丸子！原來是櫻桃小丸子。他恍然大悟，怪不得自己總覺得她的笑聲好熟悉，原來是櫻桃小丸子。

「邵醫生？」

他回過神，小護士笑嘻嘻地問：「邵醫生你想到什麼高興事，一直在笑？」是嗎？他從透亮的玻璃上看到自己的臉，唇角上揚，果然是在笑。他連忙收斂心神，急忙走開去替病人寫出院小結。

忙了一整天，兩台手術做下來，累得幾乎沒力氣說話。終於等到病人情況穩定，上夜班的同事來接了班，他拖著步子搭電梯下樓，一時只想抄近道，便從急診室走出去。

誰知在走廊看到一個熟悉的身影，不由得一怔。

他走過去，果然是她，坐在長椅上微垂著頭，似乎睡著了。

他突然有些心慌，正要轉身走開，她卻抬起頭來，四目相對，一時四周都安靜下來。急診室那樣嘈雜，但一下子都安靜下來，只看到她一雙又黑又亮的眼睛，烏溜溜地望著他。

「哧！」她突然一笑。

她笑起來很好看，眼睛彎彎像月牙，有點孩子氣。

他不由得也笑了。「妳在這裡做什麼？」

「我來捐血。」她問，「邵醫生你下班了？」

他點了點頭，卻問她：「離上次捐血還不到兩個月，怎麼可以再捐？」

她說：「沒辦法，我這血型太稀罕了。接到醫院電話我就過來了，怕另外幾個捐血者聯絡不上，耽擱了救人就不好了。」

天氣已經這樣冷，她只穿了一件短外套，衣領袖口都綴著茸茸的毛邊，脖子卻繞著一條精緻的眞絲圍巾。她穿衣服素來這樣亂搭配，不像別的女孩子那樣講究，只是穿著這樣一件茸茸的外套，兩隻手交握著，看起來像個洋娃娃。

可能因爲冷，她臉色有些蒼白，眼睛紅紅的，像沒睡好。

急診部的護士長已經是老熟人了，出來跟她打招呼：「杜記者，妳快回去吧，另外兩個捐血者已經趕過來了。」又跟邵振嶸打招呼：「邵醫生下班了？」

「嗯，下班了。」他看杜曉蘇拿起包包站起來，於是道：「我有車，我送妳吧。」

「啊，好啊。」她很大方地說，「順便請我吃飯吧，我跑外勤剛回來，餓慘了。」

她估計是眞的餓慘了，在附近的餐廳裡隨意點了幾個菜，吃得很香，十分貪婪地大口喝湯，明明是最尋常的蛤蜊冬瓜湯，見她吃得那樣香，他都忍不住想要舀一碗嘗嘗。

終於，她心滿意足地放下碗。「唉，人生最大的樂趣就是吃飽喝足啊。」

他脫口反問：「人生最大的樂趣不是調戲帥哥嗎？」

她一愣，旋即大笑。

他很少看到女孩子笑得那樣放肆，但眞的很好看，眉眼彎彎，露出一口潔白的細牙，像給佳潔士牙膏做廣告，笑得那樣沒心沒肺。

她住得很遠，他將她送到社區門口，她下了車，突然又想起什麼，重新拉開車門，從包裡掏出一個信封遞給他。「給你的。」

他打開來看，是自己的照片，厚厚的一疊。他想了想，還給她。「送給妳。」

路燈的光是溫暖的橙色，車內的光是淡淡的乳黃，交錯映在她臉上，直映得一雙眸子流光溢彩。

她不作聲接過照片，嘴角卻彎彎的，是忍俊不禁的笑意。

他忍不住抱怨：「妳笑什麼？」

她反問：「那你在笑什麼？」

他轉眼看到後照鏡中的自己，唇角上揚，可不是也在笑？

但就是忍不住，只覺得忍不住，有一種新鮮的喜悅，如同春天和風中青草的香味，如同夏季綠葉上清涼的雨氣，無聲無息，浸潤心田。

3

過了幾天，要做一個明星減肥與健康的專題，杜曉蘇一下子就想到了邵振嶸。她立馬聯絡了邵振嶸所在的醫院，婉轉說明想請有關專家對健康減肥做個闡述，批判當前的減肥誤解，最好深入到節食對大腦以及神經的影響，以達到振聾發聵的警世效果。

醫院方面很積極也很配合。「行，我們讓神經內科的盧副主任幫你們寫篇短文。」

杜曉蘇覺得很鬱悶，一個神經科，竟然還分神經內科、神經外科，自己想假公濟私一下都不行。

鄒思琦替她出主意：「要不妳去掛個號，找邵帥哥看病？」

杜曉蘇白了她一眼。「妳有點常識好不好？他是神經外科耶，除了什麼腦子長瘤、開顱手術，一般病人誰找他？妳少咒我。」

鄒思琦哇了一聲，一臉的景仰。「聽起來就好帥……是不是像電視前『白色巨塔』？我想到那白色的醫生袍就覺得好帥。啊啊！杜曉蘇，妳一定要搞定他，然後讓他介紹個超級英俊的同事給我認識！」

杜曉蘇沒好氣道：「把口水擦擦！」

不過杜曉蘇沒料到的是，隔了幾天，竟然接到邵振嶸的電話。「晚上有時間嗎？能不能請妳吃飯？」

她頓時心花怒放，慌忙答：「有時間、有時間。」

他在電話那端笑了一聲，杜曉蘇能想像他笑起來的樣子，眉眼飛揚，嘴角微抿，就像她現在的電腦螢幕桌面一樣。她換了張桌面，仍然是他，跟著教授查房，一堆白袍醫生簇擁著，在人群中他仍是那般翩翩搶眼，或許是因爲身材挺拔。他轉過臉突然看到她，先是驚詫，然後眼底一點點微蘊的笑意，便如春冰初融，而綠意方生。

約在醫院附近的一家餐廳，他在路邊等她，有點歉意。「抱歉讓妳跑這麼遠，其實我年初才回國，只對醫院附近熟悉一點。這裡菜不錯，所以想請妳嘗嘗看。」

是正宗的本幫[①]私房菜，老式的洋房，窄窄的樓梯很昏暗，但服務生微笑動人，輕言細語，音樂十分好聽。坐在小小的包廂裡，應是這房子舊時的亭子間，但改造得很好，雖然小，並不覺得侷促，而且兩個人吃飯，氣氛越發親密。

杜曉蘇愛煞招牌菜蝦蟹夾餅，只覺得鮮，而他吃得比較少，她一吃得高興就把所有的事都忘到了九霄雲外。一直等到最後店家贈送的甜點茉莉花茶布丁上桌，她照例三口

①本幫菜，菜系又稱「幫菜」，若以上海人視角，自然稱上海菜為「本幫菜」。廣義的上海菜是以「本幫菜」為主，吸收各派之優點形成的綜合性菜系。

兩口吃完，才想起來問他：「對了，爲什麼請我吃飯？」

小小的茉莉花茶布丁，顫軟軟臥在精緻的碟子裡，燈光下看去精緻似半透明的琥珀，他將自己那份布丁輕輕推過去給她。「生日快樂！」

她倒吸了口氣，啊了一聲，又驚又喜，半晌才笑著說：「我自己都忘了，你怎麼知道的？」

「上次妳捐血的表格，上面有資料。」

還有禮物，裝在很大一只盒子裡，事先就藏在了包廂，此時從一旁拿出來——原來今晚的一切他早有預謀。她拆開盒子拿出來一看，竟是個軟軟的小豬抱枕，粉嫩嫩的顏色，翹翹的鼻子，非常可愛。

「我覺得很像妳。」他笑瞇瞇地說，「所以就買下來了。」

什麼啊？不過她還是很高興，因爲這禮物並不貴，可是她非常喜歡。

吃完飯，他堅持送她回家，雖然要穿過幾乎半個市區，而他又沒有開車出來。兩個人去搭地鐵，不是交通高峰，車廂裡很空，兩個人並排坐著，她抱著那只軟軟的小豬，覺得很暖和。本來她是很愛說話的人，可是今天晚上偏偏很安靜，只乖乖坐在他身邊，他也沒有多說話，從地鐵站出來，下電梯時，他很自然地牽住了她的手，他的掌心溫暖，她聽到自己的心撲通撲通地跳，而他一直沒有放開她的手。

社區離地鐵站不遠，兩個人走得很慢，可是走得再慢也有走到的時候。

進了社區，站在公寓樓下，她說：「到了。」

他這才放開她的手，微笑道：「妳上去吧，明天我打電話給妳。」

「好。」

「注意飲食，工作再忙也得吃飯，別餓出胃病來。」

「哎哎，邵醫生，你怎麼三句話不離本行？」

他笑起來，對她說：「那我明天給妳打電話。」

杜曉蘇只是笑。

「曉蘇？」暗處有人叫了一聲。

杜曉蘇轉頭一看，又驚又喜。「爸！媽！你們怎麼來了？」

杜媽媽含笑打量著女兒，轉過臉又打量邵振嶸。「妳爸爸過來開會，我想到今天是妳生日，所以跟他一起來了。」

杜曉蘇像個小孩子，抱住杜茂開的胳膊直嚷嚷：「爸爸，你都不事先打個電話來。」

杜茂開笑著說：「不是想給妳個驚喜嘛，結果妳不在家，害我跟妳媽媽一直在這裡等。」目光炯炯，已經在打量邵振嶸。

杜曉蘇在父母面前顯得有點兒窘，不像平常張牙舞爪的樣子。「這是邵振嶸，他送我回來。」又向邵振嶸介紹：「這是我爸爸媽媽。」

「都上去吧，這裡怪冷的。」杜媽媽笑瞇瞇地說。「小邵你也來，喝杯熱茶。」

杜曉蘇覺得怪不好意思的，頭一次跟邵振嶸約會就被父母撞見，八字還沒一撇呢，不知道他會怎麼想。

他很大方地答應了：「謝謝阿姨。」

四個人一起上樓，杜曉蘇的公寓是租來的，並不大，略顯淩亂，但佈置得很舒服。她去廚房泡茶，聽到父親問邵振嶸：「小邵是在哪裡工作啊？」

邵振嶸回答了，杜茂開哦了一聲。「你們醫院的神經外科是全國數一數二的，我們公司有位元老主管，曾經在你們那裡動過手術。年輕人有這麼好的平臺，前途無量啊。」

邵振嶸說：「其實我也剛進醫院，現在還跟著教授們在學習，要學的東西很多。」

杜曉蘇心裡高興，端著茶出來。

杜媽媽又問：「小邵，聽口音你不是本地人？」

杜曉蘇嗔怪：「媽，妳怎麼跟查戶口似的！」

邵振嶸笑了笑，十分坦誠地說：「不要緊。叔叔，阿姨，我不是本地人，我爸爸媽媽都在北京，我本科讀的是復旦醫學院，後來去了英國愛丁堡大學醫學院，在那裡修完了碩士，今年初剛回國。我認識曉蘇時間並不長，甚至今天是我第一次正式約她出去，但我覺得她率真可愛，正是我想要追尋的那個人，所以我想懇請兩位長輩，同意我和曉蘇交往。」

這番話說得杜曉蘇都呆住了，最後杜茂開朗聲一笑。「不錯，不錯，小邵，眞不錯！曉蘇遇見你眞是她的運氣。」拍了拍他的肩，「加油！」

杜媽媽笑盈盈地說：「其實我們家曉蘇很好追的，她心腸軟，你只要稍稍勤快一點，盯得緊一點，她就一定跑不了。」

杜曉蘇只想仰天長嘆。這是什麼父母啊……不過短短幾分鐘就倒戈了，難道邵振嶸就眞的這麼青年才俊？

送邵振嶸下樓的時候，她說：「我爸爸媽媽比較緊張我，所以才會這樣子。」

他笑笑。「我知道，因爲我媽媽也是這樣的，天底下的父母，我想其實都差不多。」然後伸手牽住她的手，頓了頓，才說：「曉蘇，我今天晚上眞高興。」

她的臉頰有點發熱，她一直認爲自己臉皮厚得不會臉紅了，大概是因爲他的手心滾燙，彷彿一只小熨斗，可以熨平每一道細密心事。她有很多話想說，但又無從說起，最後只說：「我也是。」

回到家裡，看到父母都笑眯眯看著自己，她覺得有點不好意思，於是撒嬌：「爸，媽，你們兩個好像怕我嫁不出去，光替人家說話了。」

杜茂開態度卻十分認眞。「曉蘇，小邵這人眞不錯。工作、學歷什麼其實都是次要的，重要的是，他品行好，人也穩重。」

杜曉蘇心裡高興，嘴上卻故意反駁：「短短見一面就能看出品行啊？」

「那當然。」杜茂開說，「很多細小的地方，都能看出一個人的品行。爸爸什麼時候看走眼過？這孩子家教很好，非常懂禮貌，待人很真誠，如果妳真能跟他走到一塊兒，是妳的運氣。」

杜曉蘇嘀咕：「你女兒也沒那麼差吧？」

杜茂開擰了擰她的臉，哈哈大笑。「我女兒當然不差，不然小邵幹嘛這麼著急，對著我們當場表明心跡？」

杜茂開在這裡開了兩天會，杜曉蘇跟同事換了班，特意陪母親去逛街；邵振嶸下班後也趕過來，陪杜家夫婦吃飯。他素來細心周到，對杜曉蘇和杜媽媽都非常照顧，最後離開的時候，連杜媽媽都非常滿意，對杜曉蘇說：「這下我和妳爸爸就放心了。」

「媽！」

「妳這孩子啊，脾氣太強了，性子又浮躁，好好的辭職跑到這裡來，記者這行又這麼辛苦，一個人在外面，爸爸媽媽真的擔心妳。」

想起當初的任性，杜曉蘇有點愧疚，低低叫了聲：「媽媽。」

「雖說一朝被蛇咬，十年怕井繩，但那林向遠，不值得妳連工作都放棄，孤身一人跑到這裡來。」杜媽媽說，「不過妳年輕，在外頭體驗一下也好，反正我們是永遠支持妳的。」

杜曉蘇眼眶發熱，伸手抱住母親，久久沒說話。

隔了兩年，母親第一次在她面前提到林向遠。其實自己並沒有想像中那麼在意，當時只是年輕氣盛，輸不起，所以才遠走他鄉。她或許是愛過他的，畢竟那時的校園，那時的法國梧桐，那時的林蔭大道，還有那時的青春……她有點悵然地想，或許自己並沒有愛過林向遠，只不過是愛著那段純粹而明亮的歲月而已。

自分手後，她獨自來到這千里之外的城市，選擇了一份跟專業截然不同的工作，起初只是不想與過去再有任何交集，總想著從頭再來，看自己到底能不能闖出一番天地，後來漸漸覺得工作很有挑戰性，只是非常辛苦，反倒令人成長。

鄒思琦說：「妳這記者也當得太敬業了，妳看妳跟邵醫生都常常見不著，我要有這麼好的男朋友，早就回家嫁人了。」

杜曉蘇隨口道：「見不著是因爲他比我還忙啊，再說，我還想爲了全國人民的娛樂事業奮鬥終生呢！」

這天她難得收工早，可是邵振嶸還有個手術，她只好約了鄒思琦吃飯。正在路上，接到老莫的電話：「在哪兒呢？」

「已經收工了啊，準備去吃晚飯呢。」

「收什麼工啊！咸陽那邊有線報，許優六點多的飛機馬上到，妳趕緊去機場，一準是獨家。」

「啊，她不是正跟劇組在西安拍外景嗎？怎麼突然跑咱這兒來了？」

「所以我才叫妳去盯著啊，這裡頭一定有文章。」

掛了電話，她只得先給鄒思琦打電話：「我臨時有事，得去機場。」

鄒思琦向來不放過這種八卦，追問：「誰來了？」

「許優，不聲不響突然跑來，一定有問題。」杜曉蘇邊講電話邊抬腕看錶，「要不妳別等我了，我們下次再約。」

鄒思琦說：「沒事沒事，我等妳來聽新鮮八卦，趕緊的啊！為了全國人民的娛樂事業，動作快點！」

逗得杜曉蘇噗哧笑。但真的來不及了，因為是週末，她怕堵車，搭地鐵，換磁懸浮列車，緊趕慢趕，終於趕到機場，天剛剛黑下來。

杜曉蘇當機立斷，一路小跑到貴賓通道口，正好看到一個風姿綽約的女人走出來：大墨鏡，一條絲巾圍遮了大半張臉孔，獨自拖個小小行李箱，一個人走出來。杜曉蘇有點拿不準，因為這種女明星通常排場很大，不帶助理不帶保母，單槍匹馬殺出機場的情形實在太罕見了。

她不動聲色，掏出手機裝作發短信，低著頭慢慢晃過去。那女人走出來並沒有左右張望，杜曉蘇這才留意到車道上停著一部銀灰色捷豹，那女人一直走到車邊，司機下來替她打開車門，那女人終於取下墨鏡，彎下腰，露出盈盈笑意，看到這個招牌笑容，杜曉蘇這才確定眞的是許優。

見許優親暱俯身親吻車後座的男子，杜曉蘇趕緊連連按快門，手機拍出來的效果也許並不好，但也顧不得了。許優很快上了車，司機替她關上車門，銀灰捷豹揚長而去。杜曉蘇想了想，自己攔計程車也追不上，況且照片已經拍了，於是心安理得地收工，去跟鄒思琦吃飯。

到餐廳見到鄒思琦，只覺得肚子餓。鄒思琦早已點好了菜，有她最喜歡的鐵板海瓜子，便二話不說埋頭大吃。

鄒思琦說：「唉，沒拍到許優也別這樣自暴自棄啊，八卦天天有，獨家跑不了。」

杜曉蘇吐著海瓜子的殼，含含糊糊地答：「誰說沒拍到？」將手機掏出來交給鄒思琦。

鄒思琦說：「拍到了妳還鬱悶啥？」

杜曉蘇辣得直吸氣，說：「我不是鬱悶，是餓了。」

鄒思琦覺得好笑。「我以爲妳又化悲痛爲食量呢。」接過手機調了照片出來看，不由得吹了聲口哨。「好皮相！這男人是誰？」

杜曉蘇聽她這樣說，這才伸頭望了手機螢幕一眼。有一張很清晰，幾乎拍到大半張臉，男人微側著頭與許優說話，神色並不見親暱，亦不見笑容，深灰色大衣襯得眉目分明，很是冷峻奪目，確實是好皮相。她仔細端詳。「怎麼有點眼熟？」

鄒思琦來了精神。「是不是名人啊？名人加影星，多勁爆！」

杜曉蘇看了半天，最後吁了口氣。「欸！我說呢，原來有點像邵振嶸。」

鄒思琦噗哧一笑。「人家是情人眼裡出西施，妳是情人眼裡處處皆情人，見著個五官端正的男人，妳就覺得像你們家邵醫生。」

杜曉蘇白了她一眼。「我知道妳嫉妒。」

鄒思琦十分誇張地做捧心狀。「是啊，我嫉妒得都快死掉了。」又一本正經地說：「快幫我查查這男人是誰，到時我奮不顧身也得泡上他，免得我天天嫉妒妳。」

杜曉蘇對鄒思琦說：「老莫有熟人，到時幫忙查一查車主就知道是誰了。唔，這次拿到獨家，過幾天獎金下來，請妳吃飯。」

鄒思琦仔細研究著照片，忽然說：「不是我打擊妳啊，我看妳的獎金有點兒懸，這照片，說不定最後又要被『淹』了。」

杜曉蘇茫然不解。「爲什麼啊？」

鄒思琦指指照片中那件大衣。「Anne Valerie Hash今季新款，非成衣，僅接受訂製。穿這種大衣的男人，不僅有錢，還得有時間有雅興上巴黎試衣，一定非富則貴，搞不好大有來頭。」

4

杜曉蘇半信半疑。「妳怎麼知道？」

「我是時尚女魔頭啊。」鄒思琪不以爲然，「誰像妳似的，成天跟著大明星，還只知道亞曼尼。」

杜曉蘇說：「有錢人多了，就算他是李嘉誠，該獨家獨家，該頭條頭條。」又恨恨盯了鄒思琪一眼，「萬一我眞拿不到獎金，就怪妳這個烏鴉嘴。」

沒想到眞被鄒思琪那個烏鴉嘴給說中了。

照片交上去，老莫把她叫到自己的辦公室，說：「曉蘇啊，辛苦妳了，不過這照片不能發，許優也別盯著了，收工吧。」

杜曉蘇問：「車主是誰？這麼快就查到了？」

老莫搖了搖頭。「不用查了，幹我們這行，要膽大心細。妳入行的時候，我不是教過妳嗎？我們這行有『四不拍』，其中一條就是特牌不拍，妳怎麼給忘得一乾二淨了？」

杜曉蘇倒沒防到這個，看了照片半晌，也沒看出什麼蹊蹺。「FE……這也不算什麼好車牌啊，數字六打頭，號段也不小了。」

老莫慢條斯理地說：「多學著點兒吧，別小瞧這車牌，搞不好比好些A8[①]都強。」

雖然沒拿到獎金，杜曉蘇也沒沮喪多久，要不是那天邵振嶸問她，她早把這事忘了。

難得週日的下午兩個人都沒事，一起窩在她的小公寓裡。公寓雖然小，卻有地暖，當初杜曉蘇租下來就是相中這點，因為她是北方人，習慣了冬天有暖氣。屋子裡暖洋洋的，她趴在厚實綿軟的地毯上，用筆記型電腦看動漫，時不時呵呵笑兩聲。邵振嶸在一旁用他的筆電查些學術資料，不知過了多久，只覺得沒聽到她笑了，心裡奇怪，回頭一看，原來不知什麼時候，她已經趴在那裡睡著了。她胳膊下的小豬軟枕被她壓得扁扁的，粉色的豬鼻子正好抵在她的臉頰上，有點滑稽可笑。

冬天的斜陽透過白色的簾紗映進來，淡淡一點痕跡，彷彿時光，腳步輕巧，而她臉上紅撲撲的，嘴角還有一點亮晶晶的口水。他心想，真沒睡相啊，跟她摟著的那個小豬還真像，可是心裡某個地方在鬆動，像乾枯的海綿突然吸飽了水，變得柔軟得不可思議。

---

① 這裡應是指京A8車牌號碼系列，通常是政府單位部長級、權貴階層使用。

他去臥室找到一床毯子，輕輕披上她，她絲毫沒有被驚動，依舊睡得很酣，額髮微微淩亂，像小孩子。他俯下身親吻她，她的氣息乾淨溫暖，只有沐浴露淡淡的香氣。他在她身旁坐了好久，恍惚想到許多事情，又恍惚什麼都沒想，最後終於起身繼續去查資料。他的手指在鍵盤上移動，心裡有種異樣的感受，因爲屋子裡只聽得到她的呼吸，輕淺規律，寧靜而安詳。

或許這就是幸福吧。

大學時代他曾有過一個女朋友，那時候兩個人都太年輕，不懂事，爲著各自的驕傲與自尊，總是一次次吵架、一次次分手，最後又一次次和好。那時執意互相傷害，那時驕傲的眼底有隱約晶瑩的淚光，到了最後，他終於明白那並不是愛情，才徹底分手。

原來愛情如此簡單，又如此平凡，只不過是想要她一輩子都這樣無憂無慮，睡在自己身邊而已。

她睡到天黑才醒，爬起來揉揉眼睛，第一句話就是：「啊，天都黑了。」

他只開了一盞落地燈，橙色的光線溫暖且明亮，他的電腦螢幕保護程式正跑著一行醒目的大字——「邵振嶸喜歡杜小豬」，她看到差點跳起來，因爲這螢幕保護程式是她替他設定的，本來是「邵振嶸喜歡杜曉蘇」，誰知道他竟然敢改掉。她大叫一聲撲過去，他不讓改，她跟他搶，兩個人笑得差點滾到地毯上，到底被她搶到了，立刻改過來。她的手指纖細修長，按在他電腦黑色的鍵盤上，襯出圓圓的指端，溫潤如玉，令他忍不住想要去握住，而她髮絲微亂，垂在肩頭，微微仰起臉，黑曜石般的眸子映著燈光，是世上最美的光。他雙臂環抱住她，親吻她。

他的吻有杏仁的芳香，她哎了一聲，含糊地問：「你偷吃我杏仁了？」

他微微移開唇。「什麼叫偷吃？妳的就是我的。」

她冰箱裡塞滿了零食，她不忌嘴，有什麼吃什麼，卻絲毫不見長胖。純粹是因爲忙的，成日在外頭東奔西跑，即使吃得再多，也養不出二兩肉來。

她問他：「餓了吧？想吃什麼，我給你做去。」

他只覺得受寵若驚。「妳還會做飯啊？」

「那當然，」她揚揚得意，「現代女性，哪個敢不上得廳堂下得廚房？」

事實證明她純粹是吹牛。只炒個蛋炒飯，她就大動干戈，將廚房弄得一塌糊塗，不僅燒糊了油鍋，還差點失手打翻蛋碗。

最後他認命了。「把圍裙給我，妳出去。」

這次輪到她受寵若驚了。「你會做飯？」

「那當然，」他淡淡地答，「現代男性，哪個敢不上得廳堂下得廚房？」

眞小氣，拿她的話來噎她。她被他轟到客廳，心不在焉玩了一會兒寵物連連看遊戲，到底不放心，走到廚房一看——

嘩！震撼啊！

其實冰箱裡可以利用的材料實在有限，除了大堆的零食和速食食品，就只有幾個雞蛋，還有兩根她打算用來做面膜的黃瓜，而這男人竟然做出了兩菜一湯。

她好奇地打量。「紫菜蛋花湯……你在哪裡找到的紫菜？」

他頭也沒抬地答：「我拆了妳一包美好時光海苔。」

哇喔，這樣也行？

菜端上餐桌，非常有賣相，於是她隨手用手機拍下來。邵振嶸在一旁做大廚狀，其實圍裙上繡著卡通小熊，難得他顯得這樣稚氣可愛。

他一邊解圍裙一邊笑。「不行！把照片刪了。」

「不要嘛，到時印出來做成冊子，一定很有趣。」

他和她湊到一起看照片，她一張張往後翻，忽然翻到那天在機場外拍到的許優，邵振嶸咦了聲，問：「這人是誰？」

「不知道，老莫不讓發，也不曉得是什麼來頭。唉，可惜我的獎金啊。」

「我是說這女的。」

「許優你都不知道？演『美好不再』那個。」其實他很少看電視，對娛樂新聞更是從不關心，但她突然吃醋。「你問她幹什麼？覺得她很漂亮？」

他非常嚴肅地想了半天。「嗯……比妳漂亮很多。」

她伶牙俐齒地回了一句：「那當然，人家旁邊的帥哥也比你英俊很多。」

他一臉受傷的表情。「眞的嗎？」

杜曉蘇笑嘻嘻伸手在他臉頰上擰了一記。「不過看在你上得廳堂下得廚房的份上，給你加分！」

他的手藝眞是沒得說，也許是因爲她餓了，但這兩菜一湯吃得她眉開眼笑，心滿意足放下筷子。「邵振嶸，我嫁給你好不好？」

他望了她一眼。

她問：「好不好嘛？」

他問：「爲什麼？」

「哎呀，你一表人才，名校海歸，又在數一數二的知名醫院工作，一顆冉冉升起的神經外科新星，竟然還會做飯……」她搖晃他的手臂，「不行，我一定要先下手爲強，免得你被別的女人搶走了，那樣我一定後悔一輩子……我嫁給你好不好？好不好？」

「好。」

這下輪到她發愣了，過了一會兒才問：「啊，你答應了？爲什麼啊？」

他嘴角微揚。「我一表人才，名校海歸，又在數一數二的知名醫院工作，一顆冉冉升起的神經外科新星，竟然還會做飯……我這樣的人答應了妳的求婚，妳竟然還問爲什麼？」他做了一個誇張的表情，「我好受傷……」

她笑出聲，將臉一揚，正好讓他逮到她的唇，柔軟芳香，讓人沉溺。

吃過飯後，他們出去看電影，正好電影院上映的是凱瑟琳·麗塔瓊斯的復出之作「料理絕配」。電影溫馨浪漫，一道道大餐更是誘人，杜曉蘇雖然剛吃過飯不久，仍覺得饞，只好喀嚓喀嚓吃著爆米花，可爆米花這種東西吃在嘴裡，只覺得更饞。

過了一會兒，邵振嶸低聲對她說：「我出去一會兒。」

她以爲他是去洗手間，誰知不久後回來，他變戲法般變出一紙盒。黑暗中她聞到撲鼻的香氣，是她最喜歡的章魚燒，新鮮滾燙，柴魚花吃到嘴裡，只覺得香。杜曉蘇怕吵到左右鄰座，壓低了聲音：「唔，你怎麼知道我餓了？」

「我聽到妳吞口水了。」

有這麼明顯嗎？她白了他一眼，也不管黑漆漆的電影院裡他看不看得到。不過章魚燒捧在手心，暖暖的，令人覺得快樂安逸，她一顆顆吃完，把最後一個留給他，他不習慣在外頭吃東西，她餵到他嘴邊，他猶豫了一下，還是吃掉了。杜曉蘇很高興，她喜歡破壞他的習慣，有一種惡作劇的快樂。她挽著他的手，看著亞倫·艾克哈特在大廚房裡引吭高歌，兩情相悅是那樣美，好比提拉米蘇的細膩柔滑，甜到不可思議。

外套口袋裡的手機震動起來，她拿出來看，竟然是老孫。

她壓低嗓門剛喂了一聲，老孫已經在電話那頭直嚷：「曉蘇！我老婆要生了！我馬上要去醫院，妳能不能來頂班幫我盯一下蕭璋？拜託拜託！」

邵振嶸問她：「怎麼了？」

她還是告訴他了：「我同事臨時有急事，叫我去頂他的班。」

他說：「那我送妳去。」

沒有看完電影，她覺得有點沮喪。車窗外的夜色正是繁華綺麗到紙醉金迷的時刻，霓虹絢爛，車燈如河，蜿蜒靜靜流淌。路上一直遇到紅燈，車子停停走走，其實邵振嶸開車的時候特別專注，她一直在揣測，他在手術臺上的時候，是不是也是這種表情。他專心的樣子很好看，眉峰微蹙，目光凝聚，好似全神貫注。

她到底有點歉疚。「一起看場電影都不行。」

又是紅燈，車子徐徐停下來。他說：「其實我只想妳坐在我身邊，看不看電影倒是其次。」

她心口微微一暖，有什麼東西被撞動，不知不覺微笑起來。「哎，邵振嶸，我突然好想親你耶。」

他被嚇了一跳，回頭看了她一眼，不知爲什麼連耳廓都紅了。她覺得他臉紅得眞可愛，於是揪住他的衣領，俯過去親吻他。

空調的暖風呼呼吹在臉上，吹得她極細的幾根頭髮拂在他臉上，邵振嶸覺得有點透不過氣來，她的臉也很燙。

終於，他放開她，說：「以後只准我親妳，不准妳親我。」

「爲什麼啊？」

「不准就是不准！」他從來沒有這樣兇巴巴過，「沒有為什麼。」

老孫見到她如同見到救星。「啊呀曉蘇，多謝妳！啊，邵醫生，你也來了？眞不好意思，眞不好意思。」他連聲抱歉。

杜曉蘇說：「你快去醫院吧，嫂子和孩子要緊！」

老孫攔了部計程車就走了。這裡不讓停車，邵振嶸把車子停到酒店的地下停車場，然後走回來陪她。初冬的夜風，已頗有幾分刺骨的寒意，他看她鼻尖凍得紅紅的，不由得問：「冷不冷？」她很老實地答：「有點冷。」

他握著她的手，一起放到自己的口袋裡取暖。他的手很大，掌心有著暖暖的溫度，指端一點點溫暖起來，她的心也覺得暖暖的。因為手插在他的口袋裡，所以兩個人站得很近，他幾乎將她圈在懷中，身後是酒店高大的建築，投射燈、景映燈交織勾勒出華麗剔透的輪廓。兩個人沉默地佇立著，五光十色的燈光照進她的眼睛，彷彿寶石，熠熠生輝，她微仰著臉，望著他。

他說：「曉蘇，我以前不知道，你們這行這樣辛苦。」

「有苦也有樂啊。」她說，「其實我覺得值得的——因為要不是做這行，我就不會認識你了。」

提到這個他就算舊帳。「還說呢！一個女孩子爬上爬下的，萬一那管子斷了呢？」

「怎麼會斷？那是進口PVC材質下水管，按本市建築驗收合格規定，管壁厚度應達到〇．八五公分以上，所以截面承重可達六十五公斤，而我體重不過五十一公斤，再說我站上去的是有拉力的斜角，所以它是絕不會斷的。」

邵振嶸有點意外。「妳怎麼知道這些？」

杜曉蘇得意非凡，像個剛得到老師表揚的好學生。「我是T大建築工程系畢業的，我學的就是這個。」

邵振嶸眞有點沒想到，因爲這間大學的這個科系是金字招牌，幾乎是國內首屈一指，與清華的相關科系號稱南北並峙。於是他問她：「那爲什麼後來當了娛樂記者？」

她說：「以前不懂事，在大學裡談了一場戀愛，結果傷筋動骨，後來換了工作，從頭再來。原來在財經版混了段日子，但我發現還是娛樂版最適合自己，又有帥哥，又有八卦，多好。」

他吁了口氣，將她拉得離自己更近。他身上有乾淨的氣息，還有淡淡的消毒水味道，她一直很喜歡，所以貪婪地深深吸了口，才說：「你先回去吧，我還得好幾個小時才收工呢。」

他說：「我陪妳。」

她說：「不用了，你明天還得上日班呢。」

「曉蘇，也許我有點自私，如果可以，妳能不能考慮換份工作？」他聲音低低的，就在她頭頂上方，隱約有種震動。

她沉默了很長時間，他擔心她生氣。「曉蘇……」

杜曉蘇噗哧笑一聲。「你吃醋啦？」

他很老實地點頭。「我吃醋。」

他是眞的很吃醋，因爲不知道是個什麼樣的男人，會讓她放棄一切逃開。可是她又如此坦然跟他講起，便知道她其實早已經不在意。

果然，杜曉蘇笑瞇瞇地說：「好吧，那我就換份工作吧。」

鄒思琦聽說她有意換工作，嘖嘖稱奇。「愛情的力量眞偉大啊，某人都不爲全國人民的娛樂事業奮鬥終生了。」

她辭職的時候，老莫萬分惋惜，因爲杜曉蘇一直很勤快，又是他帶出道的。不過老莫很爽快地說：「有時間常回來看看。」

杜曉蘇也有點捨不得，告別了舊同事，發了幾份履歷，卻差不多全石沉大海了。如今工作並不好找，她學歷又只是本科，好不容易有家公司通知她去面試，人力資源管理部門的人問：「杜小姐，雖然妳是相關專業畢業，但只有不到一年的設計工作經歷，爲什麼放棄這個職業長達兩年之久？」

她老實地答：「我想嘗試一下新的挑戰。」

看到人資的表情就知道沒戲，不過對方還是很客氣地對她說：「謝謝杜小姐前來面試，請等待我們的電話通知。」

這一等就沒了下文。

碰的釘子多了，她乾脆改弦易張，改投廣告文案之類的職位。由於有新聞從業經驗，倒有幾家公司對她感興趣，大多相中她有傳媒關係，但她其實不過是一個小娛樂記者，面試後仍舊沒戲，但她也不太著急。

邵振嶸更不急，他說：「結婚吧，我養妳。」

她覺得有點上了他的當。「結婚就結婚，爲什麼要你養啊？」

他說：「我把妳養得白白胖胖，這樣妳就不會跑掉了。」

她不由得意揚揚。「原來你這麼沒有安全感啊。」

他摸著鼻子笑。「反正是妳向我求婚的，這輩子我都記得。」

她惱羞成怒。「邵醫生你很煩耶，等我找份體面工作，馬上喜新厭舊休了你。」

5

他呵呵笑，總是非常細心地替她整理招聘資訊，用表格列出一項項地址、名稱及公司的主要資訊，幫她發電郵。

她非常感慨。「如今找工作眞是大海撈針。」

他說：「沒有關係，只要耐心，一定能找到那根針。」

最後接到博遠公司的面試通知，她非常意外，因爲她都不太記得自己曾向這家公司投過履歷，或許是邵振嶸幫她投的。她沒抱多大希望，因爲是業內知名公司，又是設計職位，不知爲何竟然肯給她面試機會，但八成又是帶著希望而去，失望而返。

她按著約好的時間前去。公司位於黃金地段的辦公大樓，外觀已然不俗，大廳更是美輪美奐，出入的男女盡皆衣冠楚楚；乘電梯上樓，更覺得視野開闊，令人油然而生一種沉靜之感，站在這樣高的地方，彷彿可以氣吞山河。

會客室的設計也一絲不苟，裝潢簡潔流暢，落地玻璃帷幕對著高樓林立的城市中心，放眼望去，皆是繁華的尖頂，眞正的現代建築巔峰。

她喜歡這個地方，純粹出於對建築的喜歡。

人資問了她數個常見問題，最後問她：「杜小姐，妳是T大建工系畢業，爲何放棄專業兩年？」

她靈機一動，答：「我想通過這兩年時間，來更好地提升自己。」

不知道回答得對不對路，因爲人資依然請她回去等待通知。

她本來不抱多大希望，誰知三天後眞的接到電話，通知她去二次面試。

這下她態度認眞起來，做足了功課，結果人力資源部經理相當滿意，之後的第三次面試也順利過關。

接到錄取通知，她非常高興，得意揚揚打電話給邵振嶸。「博遠錄用我了。」

邵振嶸也很高興。「晚上慶祝慶祝。」

結果他臨時有手術，匆忙打電話給她：「我馬上要進手術室，妳先吃飯吧，我下班後去接妳。」

杜曉蘇答應了，晚上卻獨自搭了地鐵去醫院，在醫院外等了差不多三個小時才等到他。

他十分心疼。「這麼遠怎麼跑來了？不是叫妳先吃飯，餓了吧？」

「我不餓。」她看著他，因爲戴過帽子，頭髮軟軟的有些塌，看起來並不邋遢，反倒像小孩子；在手術臺邊的顯微鏡前一站五六個小時，臉色疲憊得像是打過一場硬仗。

外科很辛苦，尤其是神經外科，開顱手術不比別的，都是人命關天的大事。他說：

「是個顱底腫瘤的小孩，手術很成功，出來後看到小孩的媽媽，見著我們又哭又笑，覺得再辛苦也值得。」

他最近瘦了一點，眼圈下有淡淡的黑影，也許是冬天穿衣服多，顯得臉尖了些。她覺得心裡軟軟的，也許是心疼，也許是驕傲，但只是看著他，所以他開玩笑：「怎麼這樣看著我，今天晚上我很帥？」

「是啊！」她挽住他的手，「救死扶傷的邵醫生最帥！」

吃飯的時候她告訴他：「其實我小時候就希望自己嫁給醫生，或者建築師，因爲覺得這兩個職業都好偉大，一個治病救人，另一個可以建造世界。不過後來自己學了建築，倒有點失望。」

他最喜歡聽她說這些，問她：「爲什麼失望？」

「嗯，也許是覺得跟想像的不一樣，神祕感消失了，功課很重，作業很多，尤其是製圖。那時候我很嬌氣啊，常常畫圖畫到要哭。」

他想像不出她嬌氣的樣子，因爲她一直都很執著很堅強，哪怕是做個小記者，爲了拍張照片都會冒險爬到水管上。

杜曉蘇很快進入了工作狀態，她雖然是新人，可是很勤快，又肯學。設計部年輕人居多，很多人是從國外回來的，工作氣氛輕鬆活潑，她與同事相處融洽，漸漸工作得心應手，沒多久便參與了一個重要的案件設計。

老總再三囑咐：「新晟是我們的大客戶，林總這個人對細節要求很高，所以大家一定要注意。寧維誠，曉蘇她是新人，你多看著點兒。」

寧維誠是設計部的副主管，美國C大海歸，才華橫溢，工作非常出色，老總素來重視。這次由他帶整隊人馬去見新晟的副總。

只是杜曉蘇沒想到那個林總會是林向遠。

「這是我們設計部的杜曉蘇。」

聽到寧維誠這樣介紹，他向她伸出手。「幸會。」

她也從容微笑。「幸會。」

寧維誠負責做簡報，林向遠聽得很認眞。開完會，已經是下班時分，林向遠順理成章對寧維誠說：「已經快六點了，大家都辛苦了，我請大家吃飯吧。」

新晟與博遠有多年的合作關係，兩家公司的團隊亦是熟門熟路，彷若是自己人。杜曉蘇不想顯得太小氣，所以沒有找藉口獨自先走。

吃的是湘菜，新晟的企劃部也大都是年輕人，氣氛活絡熱鬧。大家在席間說起來，突然有人發現：「咦？林總也是T大建工系畢業，跟我們公司杜曉蘇是校友啊。」

林向遠沉默了片刻，才說：「是啊。」

這下引起了所有人的注意，起哄：「那杜小姐應該敬林總一杯，算起來林總是杜小姐的學長啊。」

杜曉蘇很大方地端著杯子站起來。「林總年輕有爲，有這樣的學長，是我這學妹的榮幸。」

林向遠笑了笑，說：「謝謝。」與她乾杯。

吃完飯，走出餐館，杜曉蘇跟同事都不順路，於是獨自走，一部車從後頭慢慢超過來停下，正是林向遠的座車。

他下車，對她說：「我送妳吧。」

她說：「不用了，前面就是地鐵站了。」

他說：「就算是校友，送送妳也是應該的。」

「眞的不用，我兩站就到了，連換乘都不必。」

他終於問：「沒人來接妳嗎？」

「不是，他今天加班，再說他住的地方跟我住的地方離得比較遠，沒必要爲了接我讓他跑來跑去。」

她的語氣輕鬆坦然，好像眞的只是面對一位長久未見面的老同學，而他悵然若失。

她已經這樣不在意，他曾經數次想過兩人的重逢，也許她會恨他，也許她會掉頭就走——當年她的脾氣其實很倔強，驕傲得眼中容不得半點沙子，不然也不會分手後就消失得無影無蹤。可他眞的沒有想到，原來她已經不在乎了。

從容地，輕鬆地，把過去的一切都忘掉了。

她連恨他都不肯，令他懷疑，當年她是不是眞的愛過自己。

他竟然有種不甘心的感覺，而她禮貌向他道別，他站在那裡，看著她走進燈火通明的地鐵站。

司機在後面提醒他：「林總，這裡不讓停車……」

他沉默地上了車，說：「走吧。」

杜曉蘇壓根沒將這次重逢放在心上，隔了好久跟鄒思琦一塊兒吃飯，才想起來告訴她。

鄒思琦聽得直搖頭。「妳竟然還跟他吃飯？這種男人，換了我，立馬掉頭就走。」

杜曉蘇說：「唉，沒必要。其實想想，我也不怎麼恨他。」

鄒思琦提起來就氣憤。「杜曉蘇，當初這男人一邊跟妳談戀愛一邊爬牆，最後奉子成婚前才告訴妳，要跟妳分手，整個兒一陳世美！他把妳當傻子啊，妳都不恨他？」

杜曉蘇說：「他當初也眞心愛過我，至於後來的事，只能說人各有志。」

鄒思琦直翻白眼。「杜曉蘇，妳眞是沒得救了，當初他在學校裡追妳，誰知是不是相中妳爸爸是行長？畢業後認識那個更有錢有勢的女人，立馬就把妳甩了，妳還說他曾經眞的愛過妳？」

杜曉蘇做萬般鬱悶狀。「鄒思琦，留點美好的回憶給我行不行？妳非要說得這麼醜陋，初戀耶，我的初戀耶！」

鄒思琦噗哧一笑。「算了算了，妳不在乎最好，這種男人不值得。」

杜曉蘇想了想，說：「他雖然騙了我，但回頭看看，這種經歷其實是一件好事，不然我也許至今還渾渾噩噩，躲在父母羽翼下混日子。」

鄒思琦說：「那妳確實得感謝他，他要不跟妳分手，妳哪有緣分遇到邵醫生？」

一提到邵振嶸，杜曉蘇就眉開眼笑。「是啊，所以說命運總是公平的。」

「公平個頭啊！」鄒思琦好生鬱悶，「為什麼我就遇不上像邵醫生這種極品？」

「欸，對了！」杜曉蘇突然想起來，「我們公司最近替一品名城的開發商做設計，可以用內部價申購一間房子，妳不是說想買一品名城，要不我幫妳申請一間？」

鄒思琦非常高興。「那當然好。」

杜曉蘇塡了申購表，事情很順利，很快一品名城那邊就通知她去挑房型、下訂金，她跟鄒思琦一塊兒去看房。

正是房市最火熱的年代，一品名城位置極佳，又是準現房，看房現場人潮洶湧。一打聽，原來今天是一期抽號碼，好多有意向的人都雇了人來幫忙排隊，聲勢浩大非凡。銷售小姐見她倆有號單，單獨引到VIP室，坐定倒了茶，才微笑著說：「兩位是內部申購吧？我們內部申購預留的都是二期，全板式小高層①，朝向非常好，南北通透，全部戶型都送入戶花園，非常超值划算。不知道兩位想看什麼樓層什麼面積？」

鄒思琦問：「二期是什麼時候交房？」

銷售小姐仍舊微笑：「二期跟一期是同一時間交房，其實也是準現房，不過一期先賣。」

杜曉蘇恍然大悟，原來所謂二期就是變相捂盤。

銷售小姐帶她們去看房子，房型設計非常合理，朝向樓層皆好，連杜曉蘇看了都心動，鄒思琦更不用說了。誰知最後一問價，兩人都不由得倒吸一口涼氣。

銷售小姐說：「內部申購非常划算了，要便宜十來萬呢。」

回去的路上鄒思琦蔫蔫的。「唉，一年薪水買不到一個洗手間。」

杜曉蘇也說：「房市真是瘋了，怪不得我們業績節節攀升，做圖做到手軟。」

---

①板式小高層，是指由多個住宅單元組合而成，每單元均設有樓梯、電梯的小高層住宅，大多在七至十三層左右。

鄒思琦說：「一定還會漲，從去年到今年一直在漲，這個樓的位置又好，沒想到我竟然連首付都付不起，害得妳白忙一場。」

杜曉蘇安慰她：「不要緊，過兩年再買也一樣。」

鄒思琦非常惋惜。「過兩年它又漲了，我還是買不起。」忽然又說：「曉蘇，要不妳買吧？反正妳要和邵醫生結婚，晚買不如早買，這房子真的不錯。」

杜曉蘇心裡一動，猶豫了一下。

回去後，她告訴了邵振嶸，誰知他也說：「反正遲早要買的，要不就買下來吧。」

杜曉蘇說：「但是好貴啊，雖然地段好，房型也不錯，卻這麼貴。」她現在有點後悔自己平常大手大腳，雖然略有積蓄，可真是杯水車薪。

邵振嶸說：「不要緊，在國外的時候，我有一點錢，都買了股票放在倫敦股市裡，套現出來就是了，應該夠付房款。」頓了頓，他伸手握住她的手。「曉蘇，我想有一個我們倆的家。」

他們兩個人的家，杜曉蘇一想就覺得胸口發暖。這兩年一直租房住，雖然也算舒適，但家具也不好多添一樣，在這偌大的城市裡，茫茫人海，總歸有點漂泊的感覺，他這句話令她覺得踏實安逸。他們兩個人的家，多誘人！她也下了決心，買！

邵振嶸太忙，好不容易抽空跟她去看了一次房子。

房子並不大，但足夠用了，兩間臥室都朝南，有很大的凸窗，對著這城市的藍天白雲，若俯身低頭，正好可以看見底下的小小園林。

銷售小姐笑瞇瞇地說：「現在這間書房，將來可以做嬰兒室，這個戶型最適合年輕夫婦了。」

邵振嶸對杜曉蘇說：「要不先刷淨白的牆面，放上書架，等改成嬰兒室的時候，再換成顏色柔和一點的壁紙？」

杜曉蘇覺得有點好笑，真有點傻啊，這麼早就想到這些。他拉著她的手，兩個人在房子裡轉來轉去，其實四面還只是空闊的牆，抹著粗糙的水泥，風浩浩地從客廳窗子吹進來。杜曉蘇覺得自己也挺傻，因爲她也想著搬進來一定要換上輕紗窗簾，然後看著日光一點點曬到地板上，映出那細紗上小小的花紋。

她和他的家，兩個人都情不自禁揚起唇角微笑。

他們回到了銷售處。基本都滿意，但總價這樣高，杜曉蘇看著那個數字，忍不住問他：「我們要不要再想想？」

「不用了，妳喜歡就行了，再說我也很喜歡啊。」

因爲是內部申購，不僅單價有優惠，而且邵振嶸準備一次付清，痛快得令銷售小姐眉開眼笑，杜曉蘇還記得還價，於是銷售小姐請示了經理，又給他們打了一個折。杜曉蘇生平第一次花這麼多錢，看邵振嶸刷卡，有大疊的文件要簽署，兩人坐在ＶＩＰ室內一份份地簽，房間裡很安靜，杜曉蘇看邵振嶸低頭認眞地塡寫表格，寫上兩個人的名字，非常流暢的筆跡：杜曉蘇，邵振嶸……

銷售小姐拿了他們兩人的身分證和戶口名簿去影印，過了好久還沒有回來。他填完了那些表格，轉過頭來望著她笑。「我們倆的名字，第一次被寫在一塊兒呢。」

他沒有問過她，就將房子所有人寫成她的名字。

杜曉蘇從後頭摟著他的脖子，看他簽名，問：「你不怕我騙財騙色然後跑掉？」

他親暱地捏捏她臉頰。「我呀，就是想用這房子把妳套著，看妳還能往哪兒跑？」

難得的春節大假，連醫院都可以休息，因為邵振嶸家不在本市，所以科室特別照顧他，沒有給他排值班。他陪杜曉蘇一起回家，春運高峰，又遇上雪災，機票不僅全價而且緊俏，機場人山人海。邵振嶸第一次去杜家，杜茂開夫婦特意去機場接他們。

回到父母身邊，杜曉蘇就像小孩，嘰嘰喳喳說個不停：「邵振嶸他真厲害，買的股票漲了兩倍，要不然房子也交不了全款。」

杜媽媽只是埋怨：「在電話裡我就說，爸爸媽媽幫你們一點兒，妳死活都不肯。」

「媽媽！」杜曉蘇攬住母親的腰，「我們有錢，振嶸付房款，我手頭的錢正好裝修、買家具電器，妳別替我們擔心。他呀掙得不少，再說我也掙得不少啊。」

杜媽媽親暱地呵斥：「尾巴都翹天上去了，就妳那大手大腳，掙再多也不夠妳花的。」

杜曉蘇無所謂。「邵振嶸說他會養我的。」

如此理直氣壯，只因愛他，所以坦然。

杜家的房子很寬敞，杜媽媽提早幾天親自收拾出客房來，對邵振嶸更是無微不至，吃什麼用什麼，樣樣都惹得杜曉蘇叫：「媽媽妳偏心！」

其實最偏心邵振嶸的是她自己。

把從小到大所有的相冊都搬出來給他看，他笑著說：「原來妳從小就這麼愛顯擺。」她的照片很多很多，父母如此寵愛她，所以從小到大，給她拍了無數照片，大的小的長的方的相冊擺了整整一床。

從小小的嬰兒，到牙牙學語，到紮著小辮子穿著海軍裙，在幼稚園裡表演節目，小學時的「六一兒童節活動」，中學參加歌詠比賽……

成長的痕跡，一幀一幀，他非常喜歡，看了又看。

她一張張講給他聽，這張是自己什麼時候拍的，那張又是什麼年紀。兩個人湊在一塊兒，像小孩子，盤膝肩並肩坐著，四周全是照片，一摞一摞。他聽她娓娓說著話，只覺得喜歡，這樣好，過去的時光，過去的她，一點一點，都講給他聽，而他知道，今後的她，會一直一直在他身旁。

最後她拋下相冊，笑著問他：「這麼多，看煩了吧？」

他將她圈進自己懷裡，對她說：「沒有，我還嫌少呢。曉蘇，等我們將來有了孩子，每天給他拍一張。」

她噗哧一笑。「那得拍多少張啊？」

他說：「一年三百六十五張，也不算多了啊。」

杜媽媽敲門，叫他們出去吃水果。她早就洗好了葡萄，又切好了哈密瓜，把楊桃片成一片片五星，放在果盤裡，笑眯眯地看著兩個年輕人吃。杜曉蘇看到果盤裡有梨，知道邵振嶸喜歡，所以拿起來替他削一個。

只有梨，這麼多年來在家裡，杜媽媽不會事先切好，家裡人要吃的時候，才自己削。

「因爲要永不分離啊。」杜曉蘇亮晶晶的眼眸看著邵振嶸，告訴他這句話。

6

過了兩天，兩人要一起回北京，去見邵振嶸的父母。

杜媽媽替杜曉蘇收拾行李，準備禮物，叮囑女兒：「要懂事一點，小邵他愛妳，所以妳更要尊重敬愛他的父母，要讓他們覺得放心，讓他們喜歡妳。」

杜曉蘇有點小緊張。「媽，萬一他們不喜歡我怎麼辦？」

「不會的，小邵家教很好，說明他父母都是非常有修養的人，只要妳是眞心愛小邵，他們怎麼會不喜歡妳？」

杜曉蘇卻有點忐忑，因爲這是她頭一次要面對所愛的人的家人，一直到了機場，等待登機的工夫還抓著邵振嶸問：「叔叔阿姨喜歡什麼？還有，他們不喜歡什麼？你列個注意事項給我好不好？」

邵振嶸笑著刮了刮她的鼻子。「他們最喜歡我，所以啊，他們也一定會喜歡妳。」

長假結束，上班後，鄒思琦知道她去過北京了，於是問：「怎麼樣？第一次見公婆是什麼感受？」

杜曉蘇怔了怔，才說：「剛開始有點緊張，後來……」

鄒思琦直發笑。「妳還會緊張啊？妳不是常常吹牛說自己臉皮比銅牆鐵壁還厚？」

杜曉蘇有點神思恍惚的模樣，鄒思琦只覺得好笑。「頭一次見公婆都是這樣的啦，我跟初戀男友去福建的時候，在火車上，那心啊撲通撲通跳了一整夜。對了，他們家怎麼樣？不過看小邵就知道他父母一定不錯，是通情達理那種人，一定對妳很好吧？」

杜曉蘇嗯了一聲，「是對我挺好的。」

其實在機場候機的時候，他一直欲言又止，她瞧出他有點不對。終於，他開口道：「曉蘇，我有事跟妳說。」他握住她的手，「只是，妳不要生氣。」

她咬了咬唇，「你在北京有老婆？」

他一怔，旋即忍不住笑起來。「妳想到哪兒去了？」

她十分委屈地瞥了他一眼。「那你幹嘛這種表情？」

他說：「我爸爸是……」猶豫了一會兒，他說了一個名字。

杜曉蘇愣了好一會兒，抱著最後一絲希望問：「同名同姓？」

他說：「不是。」

她說：「我才不信呢！你姓邵，怎麼會是他的兒子？再說你在醫院上班，才開一部別克君威中級車。」她覺得有點好笑，「反正你騙我的對不對？」

他說：「曉蘇，不是妳想的那樣，我姓邵是跟我媽媽姓。我爸爸媽媽非常開明，我們家就和別人家一樣。」

「怎麼會一樣呢？」她臉頰發紅，眼睛也發紅。「你爲什麼不早告訴我？我從來沒有想過你會騙我。」

「曉蘇，」他低聲說，「我不是想騙妳，妳別這樣說。」

兩個人僵在那裡，廣播通知開始登機。

他說：「曉蘇，對不起，一開始我沒有告訴妳，只是怕妳對我有成見，那樣的話我們連交往的機會都沒有了。後來我沒有告訴妳，是覺得妳並不看重那些，如果妳生氣，罵我好不好？」

杜曉蘇頓足。「我罵你做什麼呀？但你怎麼可以這樣騙我？」

他說：「曉蘇，妳說過妳愛我，不管我是什麼人，妳都愛我對不對？妳也沒有告訴過我，妳爸爸是行長，因爲妳覺得妳爸爸的職務，根本跟我們倆的交往沒有關係。因爲我愛的是妳，不是妳的父母，同樣的，妳愛的是我，不是我的父母，妳顧忌什麼？」

她不知道，她腦中一片混亂，全成了糨糊，她什麼都不知道。

他牽著她的手走向登機口，她急得快要哭了。「我們可不可以不去？」

「不行。」他緊緊握著她的手，「曉蘇，妳好好想想，他們只是我的父母而已，妳從來沒有問過我的家庭環境，正如妳從來不炫耀自己的家庭環境。妳並不看重這些，妳只是愛我，我們兩個人跟其他的那些都沒關係。」

廣播在催促登機，所有人都提著行李從他們身邊經過，還有人好奇地望著他們倆，只當是一對鬧了彆扭的情侶。

她終於慢慢鎮定下來，因爲他的手心乾燥溫暖，他的目光堅定不移。她漸漸覺得心安，因爲他其實比她更緊張更在乎，他擔心她不肯接受，只反反覆覆說：「曉蘇，對不起。」

她心一橫，不怕，因爲她愛他。

兩個小時的飛行，在飛機上她仍渾渾噩噩，總覺得自己一定是沒睡醒，所以做了個好笑的夢，要不然就是邵振嶸在跟她開玩笑，但他的樣子很嚴肅，而且目光中隱隱約約有點擔心，一直緊緊握著她的手，似怕她跑掉。

她眞的有點想跑掉，如果不是在飛機上。

結果見到邵振嶸的父母，她眞的鬆了口氣。因爲兩位長輩很和藹，很平易近人，看得出來是眞心喜歡她、接納她，因爲邵振嶸愛她。他們是他的父母，跟天底下所有的父母一樣，只希望自己的孩子幸福。

「見過了家長，這可算定下來了。」鄒思琦拖長了聲音問：「有沒有打算什麼時候結婚？」

她垂下眼睫。「他哥哥……」她有點發怔，不由得停住了。

鄒思琦很意外。「他還有哥哥啊？」

「嗯，他是家裡的老三。」

鄒思琦啨了一聲，說：「那他們家挺複雜的呀，妳將來應付得了一大家子嗎？」

其實邵振嶸告訴她：「大哥大嫂都在外地，工作忙，很少回來，二哥也不常回來。」

他也把自己小時候的相冊都拿出來給她看，但他的照片並沒有她的多，寥寥幾本，跟父母的合影也很少。他說：「他們工作都挺忙，我從小是保母趙媽媽帶大的。」

有一張兩個孩子的合影，差不多大的小小孩子，兩人都吃了一臉的霜淇淋，笑得像兩朵太陽花。高的那個小男孩應該是他，另一個小女孩比他矮一點，穿著條花裙子，像男孩子般的短短頭髮，有雙和他一模一樣的眼睛，笑起來唇角有酒窩。

她知道他沒有妹妹，於是問：「這是你和你表妹？」

他撓了撓頭。「不是，這是我二哥。」然後有點尷尬地指了指穿花裙子的那個。「這是我。」

她不由得噗哧一笑，他悻悻地說：「我們家三個男孩，我二哥一直想要個小妹妹，所以硬把我打扮成女孩子。他比我大啊，從小我就黏他，聽他的話。」

他們兄弟關係非常好，只不見長大後的照片。他說：「大哥、二哥長大後都不愛拍照，所以跟我的合影很少。

「我小時候身體不好，成天打針吃藥，院子裡的孩子都不愛跟我玩，叫我病秧子。我二哥那時可威風了，是大院的孩子王，往磚堆上一站，說：『你們誰不跟振嶸玩，我就不跟他玩。』」他含笑回憶起童年那些時光。「我二哥只比我大兩歲，可處處維護我。高考塡志願那會兒我要學醫，還報外地的學校，我爸爸堅決反對，發了脾氣，我媽勸都沒用。我跟家裡賭氣，鬧了好多天，最後我二哥回來，跟爸爸談，放我去復旦大學。我們三個都是趙媽媽一手帶大的，趙媽媽說，在我們家裡，最疼我的不是我爸爸媽媽，是我二哥。大哥大嫂這次有事不能回來，明天妳就能見著我二哥了。」

第二天，他帶她一起去探望趙媽媽。趙媽媽住在胡同深處一間四合院裡。院子並不大，很幽靜，天井裡種著兩棵棗樹，夏天的時候一定是綠蔭遍地。杜曉蘇很少見到這樣的房子，裱糊得很乾淨，舊家具也顯得漆色溫潤，彷彿有時光的印記。趙媽媽的兩個孩子如今都在國外，只有兩老獨自住，所以趙媽媽見到她和邵振嶸，樂得合不攏嘴，拉著她的手不肯放。杜曉蘇心裡暖洋洋的，因爲趙媽媽將邵振嶸當成自己的兒子，所以才這樣喜歡她。

「妳坐，振嶸你陪曉蘇坐，吃吃點心，我下廚房做菜去。你二哥說過會兒就來，今天趙媽媽做你們最喜歡吃的菜。曉蘇，我替妳燉了一鍋好雞湯，妳太瘦了，得好好補補。」

屋子裡暖氣很足，曉蘇脫了大衣，只穿了一件毛衣，還覺得有點熱。她走到牆邊去看牆上掛的照片，都是老式的相框，有些甚至是黑白照，有一張照片是趙媽媽帶著三個小孩子跟另外兩位老人的合影，她覺得眼熟，看了半天，不太確定，於是回頭叫了聲「振嶸」。

他走過來跟她一起看照片。她有點好奇地問：「這是……」

邵振嶸哦了一聲，解釋：「這是我的姥爺、姥姥，趙媽媽從小就帶著我們，小時候我們經常在姥爺那邊住。」

於是她又很沒心沒肺地快樂起來。「哎哎，有沒有八卦可以講啊？挖掘一下名人祕史嘛！」

他笑出聲，攬住她的肩。「就妳會胡思亂想，回頭見著我哥，可不准胡說八道。」

邵振嶸的二哥同他一樣高大挺拔，模樣很年輕，氣質沉穩內斂，卻不失鋒芒。他們兄弟兩個有一點像，尤其是眼睛，痕跡很深的雙眼皮，目光深邃如星光下的水面。

他與她握手，聲音低沉：「杜小姐是吧？我是雷宇崢，振嶸的二哥。」

他的手很冷，彷彿一條寒冷的冰線，順著指尖一直凍到人的心臟去，凍得人心裡隱隱發寒。她很小聲地叫了一聲：「二哥。」

邵振嶸以爲她害羞，摟著她的肩只是呵呵笑。

他眉目依舊清俊，連微笑都淡得若有似無。杜曉蘇心跳得很急很快，有點拿不太準，彷彿下樓時一腳踏空了，只發怔。她心裡像沸起了一鍋粥，這樣子面對面才認出來，上次在機場外她都沒有想起，而自己手機裡還存著許優的那些照片。原來他是振嶸的哥哥，怪不得那天振嶸看到會追問。這些都是旁枝末節，可最要緊的事情，她拚命想，總覺得心裡空蕩蕩的，什麼都抓不住。

兩個男人都脫掉了西裝外套，圍桌而坐，頓時都好似大男孩，乖乖等開飯。雷宇崢是真的很疼愛這個弟弟，跟他說一些瑣事，問他的工作情況，亦並不冷落杜曉蘇，偶爾若無其事地回過頭來，與她說說邵振嶸小時候的笑話。杜曉蘇本來很喜歡這種氣氛，彷彿是回家，但今天晚上總有點坐立不安。趙媽媽手藝很好，做的菜很好吃，釀了很好的梅子酒，雷宇崢與邵振嶸都斟上了酒。

趙媽媽摩挲著她的頭髮，呵呵地笑。「曉蘇，多吃點菜，以後回北京，都叫振嶸帶妳來吃飯。」

雷宇崢這才抬起頭來，問：「杜小姐不喝一杯？」

邵振嶸說：「她不會喝酒。」

雷宇崢笑了笑。「是嗎？」

趙媽媽替杜曉蘇夾了個魚餃，然後嗔怪雷宇崢和邵振嶸：「少喝酒，多吃菜，回頭還要開車呢。」

雷宇崢說：「沒事，司機來接我，順便送振嶸跟杜小姐好了。」

這頓飯吃到很晚，走出屋子時天早已經黑透。站在小小的天井裡，可以看到一方藍墨似的天空，她不由得仰起臉，天空的四角都隱隱發紅，也許是因為光污染的緣故，但竟然可以看到星星，一點點，細碎得幾乎看不見。杜曉蘇沒有喝酒，也覺得臉頰滾燙。剛才在屋子裡，趙媽媽塞給她一枚金戒指，很精緻漂亮，容不得她推辭。

趙媽媽說：「振嶸跟我自己的孩子一樣，所以我一定要給妳。宇濤第一次帶你們大嫂來的時候，我給過她一個，將來宇崢帶女朋友來，我也有一個送給她。妳們三個人人都有，是趙媽媽的一點心意。」

本應該是喜歡，可她只覺得那戒指捏在指間滾燙，彷彿會燙手。夜晚的空氣清冽，吸入肺中隱隱生疼。因爲冷，她的鼻尖已經凍得紅紅的，邵振嶸忍住想要刮她鼻子的衝動，牽起了她的手，很意外地問她：「妳的手怎麼這麼冷？」

她胡亂搖了搖頭，雷宇崢已經走出來了，三個人一起跟趙媽媽告別。

司機和車都已經來了，靜靜停在門外。並不是杜曉蘇在機場外見過的銀灰捷豹，而是部黑色的瑪莎拉蒂，這車倒是跟主人氣質挺像，內斂卻不失鋒芒，而她只覺得一顆心沉下去，直沉到萬丈深淵。

雷宇崢說：「走吧，我送你們。」又問：「你們是回景山？」

邵振嶸點頭。

他很客氣，讓振嶸和她坐後座，自己則坐了副駕駛的位置。司機將車開得很平穩，而車內空調很暖。杜曉蘇低頭數著自己的手指，她沒有這樣安靜過，所以邵振嶸問她：「累了吧？」她搖頭，有幾縷碎髮茸茸的，落在後頸窩裡，他替她掠上去，他的手指溫暖，可是不曉得爲什麼，她心裡隱隱發寒。

車子快到了，雷宇崢這才轉過臉來。「你們明天的飛機？可惜時間太倉促了，振嶸你也不帶杜小姐到處玩玩？」

邵振嶸笑著說：「她在北京待過一年呢，再說大冷天，有什麼好玩的？」見他並沒有下車的意思，頓了頓，終於忍不住，問：「哥，你有多久沒回家了？」

雷宇崢露出點笑意，嘴角微微上揚，只說：「別替我操心，你顧好你自己就成。」想了一想，遞給邵振嶸一只黑色盒子。「這是給你們的。」

邵振嶸笑著說：「謝謝二哥。」接過去，轉手便交給杜曉蘇。「打開看看，喜不喜歡？」

杜曉蘇聽話地打開，原來是一對ＮＨＣ的Ottica腕錶，低調又經典，造型獨特大方，沒有明晃晃的鑲鑽。剎那間，她的臉刷一下子就白了，邵振嶸倒是挺高興的，對她說：「二哥就喜歡腕錶，他竟然有一塊製錶大師矯大羽手工製的Tourbillon，曉蘇，他這人最奢侈了。」

杜曉蘇關上盒蓋，努力微笑，只怕邵振嶸看出什麼來。

一直回到酒店，她才開始發抖，只覺得冷。其實房間裡暖氣充足，而她沒有脫大衣，就那樣坐在床上，也不知在想些什麼，腦中一片空白，直到電話鈴聲突兀地響起。是房間的電話，急促的鈴聲嚇了她一跳，她的心怦怦跳著，越跳越響，彷彿那響著的不是電話，而是自己的心跳。她看著那部乳白色的電話，就像看著一個不認識的東西，它響了許久，突地靜默了。她緊緊抓著自己的衣襟，像攥著最後一根救命稻草，不自覺出了一頭冷汗。

可是沒等她鬆口氣，電話再次響起，不屈不撓。她像是夢遊一樣，明知再也躲不過，慢慢站起來，拿起聽筒。

他的聲音低沉：「我想我們有必要談一談。」

她沉默。

「我在車上等妳。」嗒一聲，他將電話掛斷。

她仍然像是夢遊一樣，半晌也不知道將聽筒放回去，耳邊一直迴響著那空洞的嘟嘟聲，她恍惚地站在那裡，就像失去了意識。

7

鄒思琦總覺得杜曉蘇從北京回來後有點變化，可到底是哪裡變了，鄒思琦又說不上來，只覺得不太對。從前杜曉蘇很活潑好動，精力充沛，加班通宵還能神清氣爽拉著她去吃紅寶石西點的奶油小方蛋糕，一張嘴更是不閒著，可以從娛樂圈最新的八卦說到隔壁大媽遛狗時的笑話。現在雖然也有說有笑，但笑著笑著，經常會神思恍惚，彷彿思緒瞬間飄到了遠處，就像突然有隻無形的大手，一下子將笑容從她臉上抹得乾乾淨淨。

鄒思琦忍不住問：「曉蘇，妳怎麼這麼蔫啊？跟邵醫生吵架了？」

杜曉蘇說：「沒有。」

「那是妳這回去他們家，他父母不待見？上次妳不是說他父母對妳挺好的？」

杜曉蘇低垂著眼，鄒思琦只看到她覆下的長長睫毛。她們坐在靠窗的位置，初春的陽光正好，她整個人都在逆光裡，周身是一層模模糊糊光暈的毛邊。鄒思琦突然有點驚訝，因為她整個人看上去有點發虛，彷若並不真實，臉頰上原本的一點紅潤的嬰兒肥也不見了，一張臉瘦成了眞正的瓜子臉。

她不由得握住杜曉蘇的手。「曉蘇，妳到底怎麼了？遇上什麼事了？說出來大家想想辦法啊！」

杜曉蘇愣了半天，才說：「他爸爸是……」停了一下，說了個名字。

鄒思琦一時沒聽得太清楚。「是誰？」杜曉蘇卻沒搭腔。鄒思琦挖起蛋糕往嘴裡送，吃著吃著突然一口蛋糕噎在嗓子眼，噎得她直翻白眼，半晌才緩過一口氣。「同名同姓？」

杜曉蘇想起在機場裡，自己也曾傻呼呼問過這句話，是真的有點傻吧，當時邵振嶸真的有點緊張，因爲在意著她。她心酸得直想掉淚，只能輕輕搖了搖頭。

鄒思琦不由得咬牙切齒。「呸！我當什麼事呢！搞了半天妳是在爲嫁入豪門發愁？這種金龜都讓妳釣到了手，妳還愁什麼？」說著在她腦門上一戳。「極品怎麼就讓妳遇上了？眞嫉妒死我了。哎喲，眞看不出來，邵醫生平常挺簡樸的，人品也好，一點也不像公子哥。妳啊，別胡思亂想了，只要邵醫生對妳好，妳還怕什麼？」

杜曉蘇有點倉皇地抬起眼，神色又陷入了那種恍惚中，斷續地、有點乏力地說：「我眞的不知道他是……其實我都不太認得他……」

鄒思琦聽不明白，搖了搖她的手。「曉蘇，妳在說什麼？」

杜曉蘇猛地回過神，臉色十分蒼白，嘴角無力地沉下，很小聲地說：「沒什麼。」

鄒思琦想想還是不放心，到家之後打了個電話給邵振嶸。他正在忙，接到她的電話很意外，鄒思琦很直接地問：「邵醫生，你跟曉蘇沒吵架吧？」

他有點疑惑，亦有點著急。「曉蘇怎麼了？我回來後手術挺多的，她也挺忙的，都有一星期沒見面了。她怎麼了？是不是病了？」

鄒思琦聽出他聲音裡的關切，頓時放下心，調侃道：「邵醫生，事業要緊，愛情也重要，有空多陪陪女朋友。」

邵振嶸好脾氣地笑。「我知道，我知道。」

其實他每天晚上都會打電話給曉蘇，但她總是在加班，在電話裡都可以聽出她聲音中的疲倦，所以他總是很心疼地叫她早些睡。

於是週末，他特意跟同事換了班，早早去接曉蘇下班。

黃昏時分，人流洶湧，他沒等多久就看到杜曉蘇從臺階走下來，她瘦了一點，夕陽下只見她微低著頭，步子慢吞吞的。他很少看到她穿這樣中規中矩的套裝，也很少看到她這樣子，心裡有點異樣感，因爲她從來都是神采飛揚，這樣的落寞，彷彿變了一個人，或許是太累了。

「曉蘇。」

她猝然抬起頭，睜大了眼睛定定地看著他，像受到了什麼驚嚇，不過幾秒她已經嘴角上彎，似是笑了。「你怎麼來了？」

「今天沒什麼事。」他順手接過她的包包。正是下班時候，從辦公大樓出來的有不少杜曉蘇的同事，有人側目，也難怪，邵振嶸與杜曉蘇站在一起，怎麼看都是賞心悅目、非常搶眼的一對。

「晚上想吃什麼？」

她想了想。「我要吃麵，鱔絲麵。」

她想吃醫院附近那家小店的鱔絲麵。週末，堵車堵得一塌糊塗，他隨手放了一張CD，旋律很美，一個男人沙沙的聲音，吟哦般低唱：「Thank you for loving me …Thank you for loving me …I never knew I had a dream …Until that dream was you …」

這城市最擁擠的黃昏，他們的車夾在車流中間，緩慢而執著地向前，一直向前駛去，直到遇到紅燈，才停下來。

前後左右都是車子，動彈不得等著綠燈。杜曉蘇突然叫了他一聲：「邵振嶸！」

她喜歡連名帶姓叫他，有一種蠻橫的親近，他不禁轉過臉來微笑。「什麼？」

她的聲音溫柔得可憐。「我可不可以親你？」

他耳根子唰一下紅了，說：「不行！」說完，卻突然俯過身親吻她。她緊緊抱著他，好久都不肯鬆手，交通信號燈早已經變換，後面的車不耐煩，開始按喇叭。他喚：「曉蘇。」

她不願放手，好像這一放手，他就會消失一樣。

他又叫了她一聲：「曉蘇。」

她的眼淚突然湧了出來，他嚇了一跳。「曉蘇，妳怎麼了？」

她沒有回答，固執地流著眼淚。

「曉蘇……出了什麼事情？妳別哭，告訴我，妳別這樣，曉蘇……」

他的聲音近在她耳畔，喚著她的名字，焦慮不安地攬著她，後面的車拚命地按喇叭，已經有交警朝他們這邊走來。

「邵振嶸，我們分手吧。」

他的身子微微一震，眼底還有一抹驚愕，根本沒有反應過來她說了什麼。她幾近麻木地又重複了一遍，他才慢慢明白過來。

這一句話，她日日夜夜在心裡想，彷彿一鍋油，煎了又煎，熬了又熬，把自己的五臟六腑都熬成了灰，熬成了渣，熬到她自己再也不覺得痛，沒想到出口的那一剎那，仍舊椎心刺骨。

他眼底漸漸泛起難以置信。「曉蘇，妳說什麼？」

「我不想再說一遍。」她的語氣平靜而決絕，彷若自殺的人割開自己的靜脈，已經不帶一絲痛楚。

他問：「爲什麼？」

外頭交警在敲他們的車窗，用手勢示意。

他連眼睛都紅了，又問了一遍：「爲什麼？」

「我不願意跟你在一起，我不愛你了。」

他抓著她的手腕，那樣用力，她從沒見過這樣子的他。他溫文儒雅，他風度翩翩，而這一刻他幾乎是猙獰的，額頭上暴起細小的青筋，手背上也有。

他聲音沙啞地說：「妳胡說！」

交警加重了敲車頂的力道，他不得不回頭，趁這機會她推開車門下了車，如果再不走，她怕自己會做出更可怕的事情來。她頭也沒回，就從堵著的車夾縫裡急急往前走，像是一條僥倖漏網的魚，匆忙想要回到海裡。四面都是車，而她跌跌撞撞，跑起來。

邵振嶸急了，推開車門要去追，但被交警攔住。他什麼都顧不上，掏出駕照錢包全往交警手裡一塞，車也不顧了，就去追杜曉蘇。

他追過了兩個路口才趕上她。她穿著高跟鞋但跑得飛快，像一隻小鹿，急忙得幾近盲目地逃著，當他最後狠狠抓住她的時候，兩個人都在大口大口地喘氣。

她的臉白得嚇人，臉上有晶瑩的汗，仍想要掙脫他的手，掙不開，最後有點虛弱地安靜下來。

「曉蘇，」他盡量使自己聲音平和，「妳到底怎麼了？我做錯了什麼？」

她垂下眼睫。「你沒有錯，是我錯了。」

「有什麼問題妳坦白說出來行不行？我哪裡做得不好，妳可以提出來，我都可以改。」

他的額髮被汗濡濕，有幾綹貼在了額頭，而他的眼睛緊緊盯著她，彷彿細碎星空下墨色的海，純淨得令她心碎。

她要怎麼說？不管要怎麼說，都無法啓齒。

「曉蘇，」他緊緊攥著她的手，「我不知道出了什麼事，但感情的事不是負氣，有什麼問題妳可以坦白說出來，我們一起想辦法，好不好？」

他的眼底有痛楚，令她越發心如刀割，如果長痛不如短痛，那麼揮刀一斬，總勝過千刀萬剮。

「邵振嶸，我以前做過一件錯事，錯到無法挽回。」她幾近於哀求，「錯到我沒有辦法再愛你。我們分手好嗎？我求你好不好？我眞的沒有辦法了。」

她那樣驕傲，從來不曾這樣低聲下氣，他覺得心痛，無所適從。「曉蘇，沒有人從不犯錯，過去的事情都已經過去，我並不在乎妳那個前男友，我在英國也曾有過女朋友。我們相遇相愛是在現在，我只在乎現在。」

「不是這樣。」她幾乎心力交瘁，只機械而麻木地重複：「不是這樣。」

她臉上仍舊沒有半分血色，慢慢地說：「我當年是眞的愛林向遠，很愛很愛。我那時候根本沒遇過任何挫折，父母疼愛，知名大學，還有個優秀的博士男友，我一直以爲我畢業就會嫁給他，從此幸福一輩子。可是不是那樣，他去了北京，我一畢業也去了北京，但他沒過多久，就跟別人結婚了……」她的聲音低下去，支離破碎。「我沒有辦法忘記他，直到再次見到他，我才知道我沒辦法忘記他……所以，我們分手吧……」

「曉蘇，我不相信妳說的話。」他慢慢鎮定下來，雖然他的手指仍微微發顫，但他的聲音中透著無可質疑的堅定。「曉蘇，把這一切都忘了。妳再不要提這件事情了，就當它沒有發生過。」

可是她沒有辦法。

她艱難地開口，眼裡飽含熱淚，只要一觸，就要滾落下來。「我一直以爲我忘記了，可是如今我沒有辦法了，就算你現在叫我忘記，我也沒有辦法了。我根本沒有辦法面對你……」

「妳說的我不相信。」他平靜而堅定地說，「我不相信妳不愛我。」

如果可以，她寧可這一刹那死去，可是她沒有辦法。她嘴唇顫抖著說：「振嶸……我是認眞的，我以爲我愛你，可現在才知道，你不過是我能抓到的一根浮木，我對不起你……」

他的臉色發青，隱約預見了什麼，突然他粗暴地打斷她：「夠了！我們今天不要再談這件事情了，我送妳回家，妳冷靜一下好不好？」他那樣用力地拉扯她，想阻止什麼，可不過是徒勞。

「邵振嶸，」那句話終於還是從齒縫間擠了出來：「請你不要逃避，我眞的沒有喜歡過你，請你不要再糾纏我。」

整個世界一下子靜止下來，那樣喧囂的鬧市，身後車道上洪水般的車流，人行道上的人來人往，車聲人聲，那樣嘈雜，卻一下子失了聲，只餘自己的心跳，咚！咚！咚……非常緩慢，非常沉重，一下一下，然後才是痛楚，很細微卻很清晰，慢慢順著血脈蜿蜒，一直到心臟。原來古人說心痛，是眞的痛，痛不可抑，痛到連氣都透不過來。

他有點茫然地看著她，像不認識她，或不曾見過她，要不然這是個夢，只要醒來，一切都安然無恙。可是沒有辦法再自欺欺人。

她的眼淚漸漸乾了，臉上繃得發疼，眼睛幾乎睜不開。天色慢慢黑下來，路燈亮了，車燈也亮了，夜色如此綺麗，似是一種毒，而她陷在九重地獄裡，永世不得超生。

「振嶸，」她的聲音幾乎已經平靜，「我們分手吧，我沒有辦法跟你在一起。」

他終於鬆開手，眼中沒有任何光彩，一下子，整個人突然黯淡得像個影子。他沒有說話，慢慢地轉過身。

他起初走得很慢，但後來走得越來越快，不一會兒就消失在街角，而她像傻子一樣站在那裡，只眼睜睜看著他漸行漸遠。

她不知在那裡站了多久，才攔了計程車回家。

到家後，她放水洗澡，水嘩嘩流著，她有點發愣，有單調的聲音一直在響，她想了半晌才記起來是電話。腦子已經發了僵，電話一直響，她想電話響自己應該怎麼辦呢？電話響了應該怎麼辦呢？終於想起來應該去接電話。

她跌跌撞撞走出來，被地毯上的小豬抱枕絆倒，猛一下磕在茶几上，頓時疼得連眼淚都快湧出來，看到來電顯示，顧不得了，連忙抓起聽筒。

「曉蘇？今天天氣預報說有寒流降溫，妳厚外套還沒有收起來吧，明天多穿一點，春捂秋凍，別貪漂亮不肯穿衣服。」

「我知道。」

「妳聲音怎麼了？」

「有點感冒。」

杜媽媽頓時絮絮叨叨：「妳怎麼這樣不小心？吃藥了沒有？不行，打個電話給小邵，看看需不需要打針？」

「媽，我爐子上燉著湯，要漫了，我掛了啊。」

「嗐！這孩子做事，著三不著四的，快去快去！」

她把電話掛上，才發現剛才跌那一下，摔得手肘上蹭破了整塊皮，露出赤紅的血與肉，原來並不疼。她滿不在乎地想，原來並不疼。

洗完了澡，她又開始發怔。頭髮濕淋淋的，應該怎麼辦？她有點費勁地想，吹乾，應該用吹風機。

好不容易找到吹風機，拿起來又找開關，平常下意識的動作都成了最吃力的事，她把吹風機轉過來翻過去，只想：開關在哪裡呢？為什麼找不到？

終於，找到開關，風呼一下全噴在臉上，熱辣辣的猝不及防，眼淚頓時湧出來。

她不知道自己在浴室哭了多久，也許是一個小時，也許是四個小時，手肘上的傷口一陣陣發疼，疼得她沒有辦法。這樣疼，原來這樣疼……她嚎啕大哭，原來是這樣疼……疼得讓人沒辦法呼吸，疼得讓人沒辦法思考。她揪著自己的衣襟，把頭抵在冰冷的洗手台上，這疼從五臟六腑裡透出來，疼得讓人絕望。

她嗚咽著把自己縮起來，蜷成一團縮在洗手台旁，很冷，她冷得發抖，可是沒有辦法，除了哭她沒有別的辦法。她錯了，錯得這樣厲害，她不知道會這樣疼，可是現在知道了也沒有辦法。她縮了又縮，只希望自己從這個世界消失，要不就永遠忘掉邵振嶸，可是一想到他，胸口就發緊，緊到透不出氣。這樣疼，原來這樣疼，只要一想到他，原來就這樣疼。

8

她高燒了一週不退，傷口也感染了。她起初不管不顧，還堅持去上班，最後燒得整個人都恍惚，手也幾乎無法動彈，才去了社區醫院。醫生看到她化膿紅腫的傷口，立刻建議她轉到大型綜合醫院，她很怕，最後實在捱不過才去。幸好不是他的醫院，跟他的醫院隔著半個城市。

可還是怕，怕到見著穿白袍的醫生就發抖，她怕得要命，怕到眼淚隨時隨地會流下。要把傷口的膿擠出來，把腐肉刮去。

替她處理傷口的護士非常詫異，說：「妳怎麼拖到現在才來醫院？妳再不來這手就廢了！」然後又說：「妳別動，有一點疼，忍忍就好了。」

忍，她拚命地忍，這樣疼，原來這樣疼。疼得清晰地感覺那刀子在傷口上刮，疼得清晰地感覺那剪子剪開皮肉，可她一滴眼淚都沒有掉，手指深深掐入掌心，只麻木地想：還得要多久？還得要多久才會結束？還得要多久才會不疼？

每天三四袋點滴，燒漸漸退下去，手仍不能動彈，每天換藥如同受刑。她倒寧願忍受這種近乎刮骨療傷的殘忍，總好過心口的疼痛。

有天半夜她睡著，迷迷糊糊電話響了，她拿起來，聽到熟悉的聲音，只喚了她一聲「曉蘇」。她以爲是做夢，結果也是在做夢，電話幾乎立刻就掛斷了，她聽著那短促的嘟嘟聲，想：原來眞的是做夢。

她躺下去又接著睡，手臂一陣陣發疼，最後實在疼得沒有辦法，只好起來找芬必得止痛藥。吃一顆還是疼，吃了兩顆還是疼，她神使鬼差把整盒的藥都掰出來：小小的一把，如果全吞下去，會不會就不疼了？

她把那些膠囊放到了嘴邊，只要一仰脖子吞下去，也許永遠就不疼了。

猶豫了好久，最後，她狠狠將藥甩出去，膠囊落在地上，彷彿一把豆子，嘣嘣亂響。她倒下去，手還是疼，疼得她又想哭了。

她用很小的聲音叫了聲：「邵振嶸。」

黑暗裡沒人應她。

她疼到了極點，蜷起來，把自己整個人都蜷起來，終於慢慢地睡著了。

再次見到杜曉蘇的時候，林向遠眞的很意外。

她似乎變了一個人，上次見著她，她神采奕奕，像一顆明珠，教人移不開目光，而這次見到她，她整個人彷彿一下子黯淡下來，再沒了那日的奪目光華。雖然在會議中仍舊專心，可是偶爾的一剎那，總能看見她濃密深重的長睫掩去一雙眸子，似幽潭的深影，倒映著天光雲色，卻帶著一種茫然的無措。

開完會，下樓來到停車場，杜曉蘇才發現自己把資料忘在會議室了。寧維誠並沒有說什麼，但她十分內疚，最近自己神不守舍，老是丟三落四。她低聲對寧維誠說：「寧經理，要不你們先走吧，我拿了資料，自己叫計程車回家就行了。」

她搭了電梯又上樓，推開會議室的門，卻怔了怔。

會議室裡並沒有開燈，黑暗中只看得到一點紅色的光芒，影影綽綽可以看到有一個人坐在那裡吸菸。她從外頭走廊進來，一時也看不清楚是誰，她有點猶豫，想要先退出去。

「曉蘇。」忽然，他在黑暗裡喚了她一聲。

她有意語氣輕鬆地說：「原來是林總在這裡——我把東西忘這兒了。」

「我知道。」他的聲音很平靜，「開關在妳身後的牆上。」

她伸手一摸，果然，於是按下去，天花板上滿天繁星般的燈，頓時齊齊大放光明，突如其來的光線令她不太適應，不由自主伸出手來遮了一下眼睛，待放下手，林向遠已經從桌邊站起來，將文件遞給她。

他的身材依然高大，巨大的陰影遮住了頭頂的光線。她有點謹慎地說：「謝謝。」

「曉蘇，我們之間不用這樣客氣。」

她短暫地沉默了一會兒，最後說：「好的，林總。」

他忽然笑了笑。「曉蘇，我請妳吃晚飯吧。」

她說：「謝謝林總，不過我約了朋友，下次有機會再說吧。」

他嘆了口氣，像是想忍下什麼，可最後還是問了：「曉蘇，妳是遇上什麼事了嗎？我可以幫到妳嗎？」

她輕輕搖頭，沒有人可以幫到她，她只是自作孽不可活。

他自嘲地笑了笑。「我真是……我還真是不自量力。請妳別誤會，我是覺得妳今天精神有點不太好，所以僅僅是基於朋友的立場，想知道妳是否遇上了困難。」

她的臉色蒼白，不願意再說話。

沉默了很長時間，他卻說：「曉蘇，對不起。」

杜曉蘇的臉色很平靜，聲音也是。「你並沒有什麼對不起我的地方。」

「曉蘇，妳家境優渥，所以妳永遠也不明白什麼叫奮鬥，因為妳生來就不需要奮鬥。我知道妳鄙夷我，瞧不起我，但妳不曾有過我的經歷。」他的笑容帶著一點自嘲。「過去妳問過我，為什麼讀博士，現在我可以告訴妳，是因為自卑。是啊，自卑，只有學位能讓我贏得旁人的尊重，只有學位讓我對自己還有自信。想不到吧？這麼可笑的理由。

「妳知道我出生在礦區，父親很早就去世了。我沒有告訴過妳，我的母親沒有正式的工作，就靠那點可憐的撫恤金，還有打零工的那點錢，我才可以上學。我永遠也不會忘記，因爲沒有錢，眼睜睜看著我母親的病，由B肝轉成肝硬化，她的病就是被窮給耽誤的。我再也忍受不了這樣的生活、這樣的貧困。我們礦區一中非常有名，每年很多學生考到清華、北大，妳知道爲什麼嗎？因爲窮，沒有辦法，沒有退路，只好拚命讀書，考上知名大學，出來脫胎換骨，重新做人。

「可是妳知道這有多難？我付出了常人三倍四倍的努力，才拿到獎學金，但畢業出來，一無所有，沒有人脈，沒有關係，沒有倚靠，曉蘇，我永遠也不會忘記我當時找工作的窘境。可是妳，妳說妳要去北京，和我在一起，妳根本就沒顧慮過找工作的問題，因爲馬上就有妳父親的戰友把一切都替妳安排好了。如果妳因此而瞧不起我，我心裡也會好受些，可妳偏偏不是那樣，妳絲毫沒有這種想法，反而替我張羅著找工作。

「那段時間，我在妳面前幾乎抬不起頭來。我這麼多年的努力，最後能有什麼？比不上妳父親的一個電話，比不上我那些本科同學們家裡認識的這個叔叔、那個伯伯。我什麼都沒有，甚至還要借助於妳。我還需要養活我母親，讓她可以安度晚年，我是她這一生唯一的希望，唯一的驕傲！在學校的時候，妳對我不肯帶妳回家一直不解，也一直覺得委屈，我不是不想帶妳回家，而是覺得我沒法讓妳面對我的母親。我一直讀到博士，但家裡真的是家徒四壁，那樣的房子，那樣的家……

「我在妳面前那樣優秀、那樣驕傲，妳一直以我爲榮，妳一直覺得我是世上最棒的，妳不知道我到底付出了多少努力才可以跟妳站在一起，而妳輕輕鬆鬆，仍舊比我擁有的更多。妳是那樣美，那樣好，單純到讓我自卑，我跟妳在一起，太辛苦才可以保存這樣的美好，太辛苦了。所以到最後，我實在沒有辦法忍耐，沒有辦法再堅持……」

他停了一會兒，笑了笑，聲音變得輕微，透著難以言喻的傷感。「曉蘇，如今說什麼都不能彌補，但可以對妳說這些話，讓我覺得好受許多。」

他的話像一場雨，密密匝匝，讓她只覺得微寒侵骨。會議室裡燈光如碎，照在他身上，那身剪裁得體的手工西服，襯得人眉目分明，分明熟悉，又分明陌生。她確實沒有想過，他曾經有過那樣的心事與壓力。過去的那些事情，她極力忘卻，沒想到還是毀了今天的一切，但她保持著長久的緘默，彷彿想把過往的一切都安靜無聲地放逐於這沉默中。

最後，她說：「過去的已經過去，已經不重要了。」

他說：「曉蘇，請妳原諒。」

她仍然沉默，最後道：「你沒有做錯什麼，更不需要我的原諒。」然後問：「我可以走了嗎？」

「我送妳。」

「不用。」她重新推開會議室的門，外頭走廊裡有風，吹在身上更覺得冷。

回家的路上，杜曉蘇打起精神看車窗外的街景。黃昏時分，城市熙熙攘攘，車如流水馬如龍，繁華得像是一切都不曾發生。就像一場夢，如果可以醒來，一切不曾發生。

而她永遠沒有辦法從這惡夢中醒來了。

到了家門口，她才發現自己的包不見了，不知道是落在地鐵上，還是落在了計程車上。

很累，她什麼都不願意回想，於是抵著門，慢慢坐下來，抱著雙膝，彷若嬰兒，這樣子最安全，這樣子最好。如果可以什麼都不想，該有多好。

鑰匙錢包，還有手機，都在那包裡。

她進不去家門，但也無所謂了，反正她也不想進去。

這個世界有一部分東西已經永遠死去，再也活不過來。她把頭埋進雙臂中，如果可以，她也想就這樣死去，再不用活過來。

那樣不堪的過去，她曾經以爲自己眞的忘了。因爲青春的愚昧與狹隘，因爲失戀而衝動的放縱，一夜之後卻發現自己和一個陌生男人同床共枕，慌亂之後她強迫自己忘記。成功地，永遠地，遺忘了，一乾二淨，永不記起，彷如一把剪刀，把中間一團亂麻剪去，沒有餘下半分痕跡。她自己自覺地，把那段回憶全都抹去，抹得乾乾淨淨。可終歸是她犯下的滔天大罪，才有了今天的報應。她以為那只是一次偶爾的失足，二十幾年良好的家教，她從來沒有做過那樣大膽的事，卻在酒後失態，沒想到今天會有報應，原來這就是報應。

她錯了，錯得那樣厲害、那樣離譜。她想不到那個男人會重新出現在自己面前，而且還是邵振嶸的哥哥。這就是報應，只要一想起來，整顆心都焦痛，整個人如同陷在九重地獄裡，身受火燒冰灼，永世不得翻身，不能安寧。

那天晚上，她很晚才想起來請人幫忙打電話給鄒思琦，因為她的備用鑰匙在鄒思琦那裡。她又等了很久，最後電梯終於停在了這一層，有腳步聲傳來，有人向她走過來，卻不是送鑰匙來的鄒思琦，也不是鄰居，而是邵振嶸。

她就那樣精疲力竭坐在門前，看到他的時候，她身子微微一跳，彷彿想要逃，但背後就是緊鎖的門，無路可退。

他安靜地看著她，手裡拎著她的包，她倉皇地看向他，他把包給她，聲音有些低：「妳忘在計程車上了，司機翻看手機的電話簿，打給我了。」

她不敢說話，也不敢動彈，就像是淺潭裡的魚，只怕自己的尾輕輕一掃，便驚動了人，從此萬劫不復。

「曉蘇，」他終於叫出了她的名字，彷彿這兩個字帶著某種痛楚。他聲音仍然很輕，像往日一樣溫柔。「妳要好好照顧自己，別總是這樣丟三落四的。」

她一動也不動。他伸著手，將那包遞在她面前很久，她還是沒有動，更沒有伸手去接，最後，他把包輕輕放在她面前的地上，轉身走了。

一直到電梯門闔上，叮一聲微響，她才被驚動般抬起頭。

她什麼都顧不上，只顧得撲到電梯門前，數字已經迅速變化，減少下去，如同人絕望的心跳。

她拚命按鈕，可是沒有用，他已經走了，沒有用。她拚命地按鈕，絕望地看著數字一個個減下去，他是眞的走了。她掉頭從消防梯跑下去，一層層的樓梯，黑洞洞的，沒有燈，也沒有人，無窮無盡一層層的臺階，旋轉著向下，無盡地向下……

她只聽見自己的腳步聲，嗒嗒嗒嗒，嗒嗒嗒嗒，伴隨著急促的心跳，撲通撲通，就要跳出胸腔，那樣急，那樣快，連呼吸都幾乎困難。來不及，她知道來不及……

她一口氣跑到了樓下，砰一聲推開沉重的逃生門，反彈的門扇打在她的小腿上，打得她一個踉蹌，可是她還是站穩了，因爲不能跌倒，她沒有時間。

眼前的大廳空蕩蕩的，大理石地板反射著清冷的燈光，外面有聲音，也許是下雨了。

她沒有絲毫猶豫，直接衝了出去，急匆匆直衝下臺階，正好看到他的汽車尾燈，紅色的，像是一雙眼睛，滴著血，淌著淚，卻轉瞬遠去，拐過車道，再也看不見了。

是眞的下雨了，雨絲淋濕了她的頭髮，她沒有哭。

明明知道，他是眞的已經走了。
他是眞的走了。
她站在那裡，像傻子一樣，不言不語。
明明知道那是地獄，卻親手把自己陷進去，眼睜睜到絕望。

不要留我在原地

9

地震來臨時，杜曉蘇正和同事朱靈雅搭電梯下樓。電梯劇烈地震動了好幾下，就像一只鐘擺，甚至可以聽到電梯撞在電梯井上發出的沉悶聲響，緊接著就再也不動，似乎卡住了。

朱靈雅嚇得尖叫一聲，緊緊抓著杜曉蘇的胳膊。「怎麼回事呀？」

杜曉蘇也不知道，以為是電梯故障，幸好過了片刻電梯就恢復運行，結果一出電梯，就見所有人紛紛往樓梯間跑去。

「地震了呀！快走！」

她們根本來不及反應，就被人流帶著往樓梯間湧去，一口氣跑到樓下，才發現附近辦公大樓的人全下來了，街上站滿了人。她身旁的朱靈雅驚魂未定，幾乎是第一時間就拿起手機打電話給男友：「嚇死塌類。」又殷殷叮囑：「離房子遠礙，勿要隨便上去。上班？儂勿要命啦，阿拉都勿上班，那老闆腦子搭錯了，儂勿要睬伊，儂太壽了，勿怪哪能儂勿要上去，不然我再啊不睬儂了……」①

膩言軟語，聽在耳中彷彿嘈嘈切切的背景聲。杜曉蘇仰起臉，兩側高樓大廈似山石嶙峋，參差林立，岌岌可危，更襯得狹窄的街道幽深如河，偶爾有一縷陽光從高樓的縫隙間射下來，刺痛人的眼。她想，如果再來一次更劇烈的山搖地動，這些樓全都塌下來，她們躲也躲不過……可又如何？她的整個世界早已天崩地裂，崩塌得無半分完好。

朱靈雅打完電話，轉過臉來笑吟吟地問她：「曉蘇妳怎麼不打電話？報個平安也應該的呀。」

她這才想起來，應該給媽媽打個電話，但又想到，看樣子震度並不高，家裡隔著幾千里遠，應該沒什麼感覺，還是別讓父母擔心的好。然後又想到邵振嶸，不知道他們醫院怎麼樣，他肯定忙著保護病人——一想到他，心裡就十分難過。

朱靈雅看她把手機拿出來，又放回包包裡，不由得覺得好笑道：「打電話男朋友也沒有什麼不好意思的，還非要等他先打過來呀？」

杜曉蘇勉強笑了笑，終究沒作聲。

因爲她們上班的辦公大樓是高層，震感明顯，所有人如同驚弓之鳥，在馬路上站了好幾個鐘頭。大家議論紛紛，不知震央到底是哪裡，有人收到短信說是黃石，有人收到短信說是四川，並沒有確切的消息傳來。只是難得繁忙的週一就這樣站在馬路上浪費，於是樓上另一家公司的男職員過來搭訕，又買奶茶來請客，逗得杜曉蘇公司裡幾個小姑娘有說有笑。

到了四點，公司主管終於宣佈提前下班，於是所有人一哄而散。杜曉蘇有點茫然，本來上班很忙，忙到她沒有多餘的腦力去想別的，但突如其來空出這樣幾個鐘頭，可以回家了。

因爲大家都急著回家，這邊路上都攔不到計程車。她走了兩站路去地鐵站，卻搭了相反的方向，去了醫院。

醫院附近的馬路上還有稀稀落落的人群沒有散盡，大概是附近上班的職員，或者來急診的病人，甚至還有病人家屬舉著點滴吊瓶站在人行道上。杜曉蘇放慢了步子，看著人行道上的行人穿梭往來，她卻不想進醫院，於是拐了彎，一步拖一步地往前走，一抬起頭，才發現不知不覺走到上次和邵振嶸吃飯的地方。

隔著門猶豫不決，最後還是走進去了。還沒有到吃飯的時間，店裡沒什麼客人，到了二樓，有很大的落地窗，正對著醫院。服務生有點歉意地笑，想替她放下窗簾。「不好意思，外面有點吵。」

「沒事。」她阻止了服務生，「就這樣吧。」

太陽已快要落下，樓與樓的縫隙可以看到一點淡淡的晚霞，很淺的緋紅色，隱隱透著紫色的天光。她坐到了華燈初上，看路燈亮起來，對面醫院大樓的燈也一盞盞亮起來，整幢建築剔透得如水晶塔，彷彿瓊樓玉宇，人間天上。

---

① 此句為上海話。儂：你。阿拉：我們。伊：他、她或它。壽：意指傻瓜。

從窗口望出去，是一片星星點點璀璨的燈海。這城市的夜色一直這樣美，就像她的眼睛，裡面倒映了寒夜的星輝，可是那星輝卻支離破碎，最後走的時候，他一直沒有敢回頭，怕看到她眼睛裡的淚光。

如果她真是在騙他，爲什麼會哭？他不由得嘆了口氣。

「邵醫生！」護士急促的呼喚聲打斷了他的思緒，「十七床突然嘔吐，您要不要去看看？」

「我馬上來。」他轉過身，匆匆朝病房走去，將窗外的燈海拋在身後。

這個夜班非常忙碌。凌晨時分，急診轉來一個頭部受傷的車禍病人，搶救了整夜。上午例行的查房之後，邵振嶸與日班的同事交接完畢，脫下醫生袍，換上自己的衣服，才感到疲憊襲來。他揉了揉眉心，正打算回家補眠，忽然護士探頭叫住他：「邵醫生，急診電話找您。」

是急診部一個相熟的護士。「邵醫生你快下來，你女朋友出事了。」

他到急診室的時候，杜曉蘇還沒醒，病床上的她臉色非常蒼白，眼周微微陷下，顯得非常憔悴。接診醫生說：「基本檢查剛才都做了，就是血壓有點低，初步診斷應該是疲勞過度。」一旁的護士說：「早上剛接班，一個晨早運動的老大爺送她進來的，說是暈在外邊馬路上了。我們都沒注意，忙著查血壓、心跳、瞳孔反應，搶救的時候我越看越覺得眼熟，這才想起來，她不是邵醫生的女朋友嗎？就趕緊給你打電話了。」

邵振嶸看了看點滴，是葡萄糖。

醫生問：「邵醫生，你女朋友有什麼慢性病或藥物過敏史嗎？」

「沒有。」

「噢，那就好，我去寫病歷。對了，她是醫保還是自費？」

「我去交錢吧。」邵振嶸說，「我猜她沒帶醫保卡。」

掛號交費後，回到急診觀察室，杜曉蘇已經醒了。看到他進來，她的身體突然微微一動，不過幾天沒見，她的大眼睛已經深深凹進去，嘴唇上起了碎皮，整個人就像彩漆剝落的木偶，顯得木訥而黯淡無光。她的手擱在被子上，交錯綁住針頭的膠帶下可以清晰地看到血管，她最近瘦了很多。

她的目光最後落在他手中的單據上，低聲說：「對不起。」

他並沒有作聲。

這時正好急診醫生拿著化驗單走進來。「醒啦？驗血的報告已經出來了，血紅素有點偏低，可能是缺鐵性貧血，以後要注意補血，多吃含鐵、銅等微量元素多的食物……這個讓邵醫生教妳吧，反正平常飲食要注意營養。」他將病歷和一疊化驗單都交給邵振嶸。「應該沒什麼大問題，葡萄糖輸完後就可以回家了。對了，多注意休息，不要熬夜。」

等他走後，邵振嶸才問：「妳昨天晚上在哪兒？」

她像犯了錯的孩子，默然低垂著眼。

「妳不會在醫院外頭待了一夜吧？」

看看她還是不作聲，他不由得動氣。「杜曉蘇，妳究竟怎麼回事？妳如果有什麼事情來找我，就直接過來，妳在醫院外頭待一夜是什麼意思？妳覺得這樣做有意義嗎？」

她從來沒見過他生氣的樣子，他嚴厲的語氣令她連唇上最後一抹顏色都失去了。她怔怔看著他，像不知道該怎麼辦才好。

他終於及時克制住心頭那股無名火，轉開了臉。觀察室外頭人聲嘈雜，聽著很近，可是又很遠。她還是沒有作聲，點滴管裡的藥水一滴滴落著，震動起輕微的漣漪，可是空氣卻漸漸凝固起來，彷彿有什麼東西在漸漸滲進來，然後，風化成泥，又細微地碎裂開去，龜裂成細小的碎片，扎進人的眼裡，也扎進人的心裡，令人覺得難受。

「妳沒吃早飯吧？」他語氣平緩下來，「我去買點東西給妳吃。」

其實她什麼都不想吃，雖然昨天連晚飯都沒吃，但她並不覺得餓，相反的，胃裡跟塞滿了石頭似的，沉甸甸，根本再塞不下別的東西。她嘴唇微動，想要說什麼，他已經走出去了。

看到他的身影消失在門後，杜曉蘇突然覺得，也許他走了再也不會回來了，也許他只是找一個藉口……她想叫住他，他的名字已然到了嘴邊，終究默然無聲。

時間感覺特別慢，半晌點滴的藥水才滴下一滴，卻又特別快，快得令她無措，只好數著點滴管裡的藥水，一滴、兩滴、三滴……又記不清數到了哪裡，只好從頭再數……一滴、兩滴、三滴……她強迫自己將全部注意力集中起來，不再去想別的。藥水一點點往下落，她的手也一點點冷下去，冷得像心裡開始結冰。

他走路的腳步很輕，輕到她竟然沒有聽到，當他重新出現在她面前，她都覺得不眞實，只是恍惚地看著他。

「蟹粉小籠包。」他把熱騰騰的包子遞給她，「本來想買點粥給妳，但已經賣完，只有這個了。」

包子很燙，她拿在手裡，只覺得燙。他拿筷子給她。「妳先吃吧。不管什麼事，吃完了再說。」有氤氳的熱氣，慢慢觸到鼻酸，她低著頭。「我出去抽支菸。」

她看著他，他以前從來不抽菸，偶爾別人給他，他都說不會。她怔看著他，他已經走到門口了，卻忽然回過頭來，她的視線躲閃不及，和他的視線碰在了一起。他皺著眉頭，說：「我等會兒就回來。」這才掉頭往門外走去。

邵振嶸走到花園，掏出打火機和菸，都是剛才在小店買的，剛點燃的時候，被嗆了一口，嗆得他咳嗽起來。他不會抽菸，可是剛才買完包子回來，路過小店，卻不由自主掏錢買了盒中華。他試著再吸了一口，還是嗆，讓他想起四五歲的時候，二哥跟他一塊兒偷了姥爺一盒菸，兩個人躲在花園假山底下偷偷點燃。那時他用盡全部力氣狠狠吸了一口，沒想到嗆得大哭起來，最後勤務員聞聲尋來，才把他們倆給拎出來，行伍出身的姥爺蒲扇般的大手扇在屁股上不知道有多疼。「小兔崽子，好的不學學這個！」

他不願再想，揉了揉臉，把菸掐熄了，扔進垃圾桶裡。

再回到觀察室，葡萄糖已經快打完了，杜曉蘇卻睡著了，她臉上稍微有了一點血色，長長的睫毛在眼下投下淡淡的黑影。他站在那裡看了一會兒，又把點滴的速度調慢，微微嘆了口氣。

護士來拔針，她一驚，就醒了，掙扎著要起來穿鞋。

邵振嶸說：「打完點滴要觀察幾分鐘再走。」稍頓了頓，又說：「我送妳回家。」

她這才想起要給公司打電話請假，幸好上司沒說什麼，只叮囑她好好休息。

在停車場，明亮的太陽給她一種虛幻的感覺，五月的城市已略有暑意，風裡有最後一抹春天的氣息。她站在那裡，看他倒車，一切在陽光下顯得有些不真實，彷如做夢。

一路只是沉默。她送給他的小豆苗還放在中控台上方，一點點地舒展，搖著兩片葉子，像是活的一樣。交通很順暢，難得沒有堵車，他將她送到公寓樓下，車子並沒有熄火。

她低聲說：「謝謝。」

他沒有作聲。

她鼓起勇氣抬起眼，他並沒有看她，只是握著方向盤，看著前方。

「邵振嶸……」她幾近艱難地啓齒，「我走了，往後你要好好保重。還有，謝謝你。」

他用力攥緊了方向盤，還是什麼都沒說。

她很快打開車門，逃也似地下車跑掉了。

身後有人叫她的名字，聲音很遠，她知道那是幻覺，所以跑得更快，不管不顧，一口氣衝上了臺階，突然有隻手拽住了她的胳膊。竟然是邵振嶸，他追得太急，微微有點喘，而她胸脯也劇烈起伏著，透不過氣，彷若即將窒息。

他說：「等我幾天時間，請妳，等我幾天時間。」

她不敢動，也不敢說話，只怕一動彈就要醒來。她從來沒有奢望過，到了這一刻，更不敢奢望。他的眼底盡是血絲，似乎也沒有睡好，他說：「妳不可以這樣，妳得讓我弄明白究竟爲什麼……」他似是忍住了後面的話，最後，只說：「請妳，等我幾天，可以嗎？」

他終於鬆開了手，很安靜地看著她，看著她的眼睛，看著她瞳孔裡的自己。他的眼裡倒映著她的影，卻盛著難以言喻的痛楚，她微微覺得眩暈，不願也不能再想。

過了很久，他才轉身往外走去，外面的太陽很燦爛，就像茸茸的一個金框，將他整個人卡進去，而她自己的影子投在平滑如鏡的大理石地上，無限蕭索。

10

又過了一天，杜曉蘇上班後，才知道地震的災情嚴重——因爲她回家後倒頭就睡了，既沒看電視也沒有上網。MSN上跳出一則則觸目驚心的消息，網站開始鋪天蓋地報導災情，所有人都忍不住流淚。公司的業務已經幾近停頓，同事們主動發起募捐，杜曉蘇把一個月薪水都捐了出去，午休的時候，和同事一塊兒去找捐血車。距離她上次捐血還差幾週才到半年，但她知道自己的血型稀缺，她只想救更多的人，哪怕是救一個人也好。

還沒找到捐血車，她突然接到邵振嶸打來的電話，這時應該是他上日班的時間。

「曉蘇，」他語氣十分匆促，「我們醫院接到命令，要組織醫療隊去四川。我剛才已經報名了，現在通知我們下午就出發。」稍頓了頓，又說：「等我回來，我們再談，可以嗎？」

她的心猛地一沉，因爲聽說餘震不斷，她急急地說：「你自己注意安全。」

「我知道。」他那端背景聲音嘈雜，似乎是在會場，又似乎是在室外。「我都知道。」他稍頓了下，道：「再見。」

電話被匆忙掛斷了，只留嘟嘟聲響，她站在那裡，心酸中摻著些微震動。她會等，等他回來，向他坦白。她做了錯事，她會鼓起勇氣去面對，不管到時他會是厭憎還是離開，她都會等到那一刻，等他回來。

邵振嶸走後就杳無音訊，因爲手機基地台還有很大部分沒搶通，災區通訊困難，電信業者也呼籲大眾盡量不要往災區打電話，以保證最緊急和最重要的通訊。電視上二十四小時直播救災新聞，整個世界都沉浸在悲痛和淚水中，成千上萬的人死去，包括最幼小最無辜的孩子。每個人都在流淚，有同事在茶水間低聲哭泣，因爲那些新聞圖片，那些永遠沉睡的孩子們，那些失去親人痛不欲生的畫面。

杜曉蘇同樣覺得無力，在這樣的災難面前，個人的力量渺小到近乎絕望。她說服自己鎮定，去做一些自己可以做到的事。血庫已滿，她排隊登記預約，如果缺血，可以第一時間捐血；幾個同事組織了一下，湊錢採購礦泉水、帳篷和藥品寄往災區，杜曉蘇也去幫忙。郵局業務非常繁忙，很多人往災區寄衣服被子，臨時豎起的告示牌，寫著寄往災區的賑災物資一律免費，郵局的員工忙著往大箱大箱的衣物貼上標籤；有人就在大廳抽泣起來，身邊有人輕聲安慰，不知是否記掛身在災區的親友，還是單純爲自己的無力而泣。

累到了極點，她腦中反倒一片空白。

杜曉蘇在回家的地鐵上睡著了，她夢到父母，夢到振嶸，也夢到自己。下了很大一場雪，白茫茫的大雪將一切都掩埋起來，她一個人在雪地裡走，走了很久很久，又餓又冷，卻找不到半個人。

地鐵震動著停下，開始廣播，她才驚醒，發現坐過了站，只好下車，又換了車往回搭。車廂裡有年輕的母親帶著孩子，漂亮的小姑娘，大約一兩歲，烏溜溜的黑眼睛，望著她笑。

在這被淚水浸漬的時刻，在這全國都感到痛不可抑的時刻，在連電視直播的主持人都泣不成聲的時刻，只有孩子還這樣微笑，用無邪的眼睛，清澈地注視著一切，讓人看到希望，讓人看到未來，讓人看到幸福。

回家後，她意外收到邵振嶸走後的第一條短訊：「曉蘇，今天手機可以收到短訊了，但還不能通話。這裡情況很不好，至今還有鄉鎮沒有打通道路，明天我們醫療隊要跟隨部隊進山裡，到時手機就更沒訊號了。」

她拿著手機打了很長一段話，刪了添，添了刪，改到最後，只餘了十個字：「望一切平安，我等你回來。」

短訊發了很久沒有發出去，手機一直提示發送失敗。她毫不氣餒，試了一次又一次，窩在沙發裡，看手機螢幕上那小小的信封不停旋轉著。發送失敗，再來，發送失敗，再來……終於，出現「短訊發送成功」，她抬起頭，才發現脖子都已經痠了。

他沒回她短訊，也許因爲訊號不好，也許因爲太忙了。新聞裡說很多救援人員都是超負荷在一線奮戰，畫面上有很多救援部隊就和衣睡在馬路上，醫生和護士都是滿負荷運轉。也許他太累了，忙著手術，忙著搶救，連休息的時間都很少……她一直等到半夜，最後攥著手機在沙發上睡著了。

第二天上午剛上班，大老闆就讓人把她找去了。「宇天地產那邊打電話來，點名叫妳去一趟。」

她微微一怔。

老闆叮囑：「宇天地產是我們最重要的客戶，妳馬上過去，千萬別怠慢了。」

「是。」

去宇天地產的辦公大樓還得過江，路途花費一個多小時，才來到那幢摩天高樓下。搭電梯上去，櫃檯確認了預約，於是打電話通知：「單祕書，博遠的杜小姐到了。」對方似乎說了一句什麼話，櫃檯這才放下電話告訴她：「杜小姐，您可以上樓了。」

不出意料的氣勢恢宏，連走道的落地窗都對著江灘，觀景視野一覽無遺。從這麼高俯瞰，江水變成細細的白練，江邊那一灣百年奢華的建築也遙遠綽約得如微型盆景；陽光清澈，整個城市似金粉世界，洋溢著俗世巔峰的繁華，而她根本無心賞景，只緊隨著引路的單祕書進入會客室。

單祕書一副公事公辦的模樣，顯得很客氣。「杜小姐請稍坐一會兒，雷先生待會兒就過來。」

雖然已經做足了心理準備，但再次見到雷宇峥，她仍然有些侷促地從沙發上站起來。沉重的橡木門在他身後闔上，她第一次這樣正視他，才發現他與邵振嶸頗有幾分相像。唯一不像的大概就是目光，邵振嶸的目光總是像湖水一樣，溫和深沉，而他的目光卻像海，讓人有種無可遁形的波瀾莫測。

她深深吸了口氣，似是知道要面臨什麼。

「杜小姐請坐。」

他也挺客氣，但她還是等他坐下，才十分謹慎地坐上沙發。

他的樣子比較放鬆，跟那天晚上的咄咄逼人彷彿是兩個不同的人，帶著一種類似邵振嶸的溫和氣息，顯得儒雅溫良。「杜小姐，我本來想約妳在外面談話，但考慮到這裡更私密安全，我想妳也不願意被人知道我們的會面。」

她只是很安靜地聆聽。

「明顯我低估了妳在振嶸心中的分量，這麼多年來，我第一次看到他這樣沮喪。這件事情我不打算讓我父母知曉，顯然杜小姐妳更不願意鬧大，所以趁振嶸不在，我想和妳好好談一談。」

「雷先生……」

他打斷她的話：「杜小姐是聰明人，應該知道，我們家裡雖然開明，但我父母對子女婚姻對象的唯一要求是：身家清白。我不想讓我的家人成爲笑柄，更不想讓振嶸受到任何傷害，所以我認爲這件事最佳的處理方式，仍是我當初給妳的建議——離開振嶸。」

她艱難地開口：「我——」

「出國讀書怎麼樣，杜小姐？妳對哪間學校有興趣？美國的衛斯理學院、曼荷蓮學院或哥倫比亞大學？」

「雷先生……」

「杜小姐，我的耐心有限。」他雙手十指交叉，顯得有點漫不經心。「妳目前就職的博遠，是一間所謂的建築設計公司，而我對這個行業的影響力，可能遠遠超出妳的預期。如果我記的無誤，令尊還有兩年就可以退居二線，令堂也剩幾年就可以退休，到時候他們可以在家安享晚年……」

她不自覺站了起來，攥緊了手指。「雷先生，如果振嶸知道了一切事情，他要離開我，我不會說半個字，因爲我做錯了事，他不原諒我是應當的。但如果振嶸打算原諒我，我死也不會放棄，因爲我眞的愛他。」

雷宇崢靠在沙發上，似十分放鬆地笑了起來，杜曉蘇這才發現他笑時左頰上也有隱約的酒窩，但比邵振嶸的要淺，因爲他笑得很淺，若有似無。他的笑容永遠像海面上的一縷風，轉瞬就不知去向，讓人恍疑眼錯。

他似笑非笑地問：「杜小姐，妳眞的不覺得羞恥嗎？」

「我不覺得羞恥。雷先生，你幾乎擁有這世上的一切，權力、地位、金錢……正如你說的那樣，這世上你辦不到的事情很少。但你在威脅我的時候都不覺得羞恥，我爲什麼要覺得羞恥？是，當初我一時糊塗，事後我後悔了，我離開，你憑什麼認定我就是放縱的女人？我做錯了事，錯到不打算原諒自己，但如果振嶸原諒我，我一定會盡我所能繼續愛他。

「我很後悔我沒有向他坦白，我眞的很後悔，哪怕他不打算原諒我。可惜失貞便要浸豬籠的時代已經過去了，雷先生，說到貞潔，我覺得你完全沒有立場來指責我。你與你的家庭可以要求我毫無瑕疵，而你未來的太太呢？她是否有資格也要求你守身如玉，婚前沒有與任何異性有關係？所以你沒有任何資格來指責我，唯一有資格指責我的，只有振嶸。我們之間的事，是我認識振嶸之前，而振嶸也坦白告訴過我，在國外他曾經有一位同居女友，只是後來性格不合分手了。到了今天，我所受到的教育，我所接受的知識，讓我覺得男女在這件事情上是平等的。認識振嶸之後，我沒有做過任何對不起他的事，我一心一意對他，所以我覺得沒有什麼可羞恥的。」

他瞇起眼，似在打量她，最後，他說：「杜小姐，妳是毫無誠意解決這件事了？」

「如果你覺得我配不上振嶸，你可以直接要求振嶸離開我，而不是在這裡拿我的家人威脅我。」

他贊許般點了點頭。「勇氣可嘉！」

她站在那裡，像是一支箭，筆直筆直，她的目光也是筆直的，與他對視，他突然嗤笑了一聲。「其實我眞想知道，如果振嶸回來，明確與妳分手，妳會是什麼表情。」

「那是我和他之間的事，只要他做出選擇，我都會接受。也許我會很痛苦，也許會消沉一段時間，也許這輩子我再也不會愛上別人，可是我愛過他，也許還要愛很久，停不下來，但我很幸福，因爲我知道什麼是愛。而你，雷先生，你沒有體會過，更不會懂。」

她露出這幾天來的第一個微笑。「這裡是五十層，站在這樣高的地方，雷先生，我一直以爲，你的眼界會比別人開闊。」她欠一欠身，「告辭。」

進了電梯，她才發覺自己雙頰滾燙，似在發燒。她摸了摸自己的臉，沒想到自己一口氣說出那樣一番長篇大論，可是一想到振嶸，想到他說讓她等，她就覺得什麼都不可怕，什麼也不用怕，因爲他說過讓她等，她就一定要等到他回來。

手機響的時候還以爲聽錯了，怕是邵振嶸，趕忙從包裡翻出來，竟然是老莫。

老莫還是那副大嗓門，劈頭蓋臉就問：「杜曉蘇，去不去災區？」

一句話把她問懵了，老莫哇啦哇啦直嚷嚷：「人手不夠，報社除了值班的全去了災區，但是有好幾個受災重鎭還沒有記者進去，頭版在前方的報導實在是跟不上，老李在北川急得直跳腳，賀明又困在青川。深度報導！我要深度報導！下午有一架救援包機過去，我已經找人弄了個位子，報社實在抽不出人來，妳要不要去？如果要去的話快點說，不行我就找別人。」

「我去我去！」她不假思索，急急忙忙答。「我當然要去！」

老莫很乾脆地說：「那妳自備乾糧和水，別給災區民眾添麻煩。」

「我知道我知道。」

她掛了電話，就坐計程車直奔公司，找到主管人力資源部的副總，一口氣將事情全說了，又說：「如果公司批准我的假期，我馬上就要走了，如果公司不批准……我只好辭職。」

反正雷宇峥已經打算讓她在這行混不下去，她也並不留戀。如果能去災區，雖然沒機會遇上邵振嶸，但可以和他在一片天空下，呼吸著一樣的空氣，重要的是，可以爲災區做一點事情，即使受苦她也願意。

副總似乎有點意外。「杜小姐，即使是正常的離職，妳仍需要提前三個月向公司提出。」不過副總很快微笑道：「特事特辦對不對？妳去災區吧，我們可以算妳休年假。」

她感激得說不出話來，只好說了一遍又一遍的「謝謝」。

副總又說：「現在餘震不斷，妳一個女孩子，千萬注意安全。」

她好像只會說謝謝了。

頂頭上司寧維誠也十分支持，立刻安排同事接手她的工作，爽快地說：「妳放心去吧，注意安全。」

她跑去買了許多食物和藥品，如果都可以帶過去，能分給災民也好；忙中又抽空給鄒思琦打了個電話，拜託她替自己瞞著父母。等東西買齊，帶著大包小包趕到機場，差不多已經到登機時刻了，找著老莫安排好的接應的人，十分順利地上了飛機。

飛行時間兩個多小時，飛機上都是專業的衛生防疫人員，大家十分沉默，幾乎沒有人交談。杜曉蘇有點暈機，也許是因爲太緊張，只好強迫自己閉上眼睛休息。

沒有做夢，只睡著一小會兒，也許是十幾分鐘，也許是幾分鐘，也許只是幾秒。天氣非常不好，進入四川上空後一直在雲層上飛，後來到達雙流機場上空，又遇上空中管制，不得不盤旋了十幾分鐘。成都正在下雨，幸好降落的時候還算順利。

下了飛機，杜曉蘇就打開手機，訊號倒是正常的。她嘗試打電話給邵振嶸，但他的手機不在電信訊號涵蓋區，於是她趁著等行李的工夫，發了條短訊給他，他沒回，大概是沒收到，或正忙著。杜曉蘇發了條短訊給老莫，報告自己已經平安到達。候機大廳裡人聲嘈雜，到處是志工和來支援的專業醫療團隊，大家都在等行李。她終於在輸送帶上看到自己的大包，搬下來很吃力，旁邊有人伸手過來幫她提上推車，她連聲道謝。

那人看到她打包成箱的藥品和速食麵，問她：「妳是不是志工？」

她有些赧然。「不是，我是記者。」

那人很溫和地笑。「沒關係，一樣的。」

是啊，他們都是來做自己可以做的事，盡自己所能。

成都的情況比她想像得要好很多，城市的秩序基本已經恢復，雖然空曠處仍搭滿了帳篷，但交通情況已經恢復正常，偶爾可以看到救護車一路鳴笛飛馳而過。報社在成都有記者站，記者們全都趕赴一線災區了，就一個值班的編輯留守。她去跟這位編輯碰了頭，哪知剛進門不久就遇上餘震，杜曉蘇只覺得屋子晃動了好幾秒，她嚇了一跳，編輯倒是很鎮定。「晃著晃著妳就習慣了。」

11

目前去重災區仍然十分困難，大部分道路因爲塌方還沒有搶通，不少救援部隊都是冒險翻山步行進入的。

「又下雨，這天氣，壞透了。」編輯說，「一下雨就容易塌方土石流，更糟了。」

找不到車，編輯幫忙想了很多辦法，天色漸漸黑下來，即使找到車夜行也十分不安全，不得不先在成都住下。杜曉蘇打電話給老莫，簡短說明了情況，老莫竟然十分寬容，還安慰她說：「不要緊，明天再想辦法，新聞雖然重要，安全更重要。」

她帶了筆記型電腦，發現酒店寬頻竟然是通暢的，於是上網查詢了一下各重災區的地理位置，還有冒險跟隨救援部隊進入災區的記者發回的十分簡短的報導。越看越是觸目驚心，死亡數字仍在不斷攀升，看著那些前方最新的圖片，她覺得胃裡十分難受，這才想起原來晚飯忘了吃，可是已經很晚了，她也不想吃任何東西，於是關上電腦強迫自己去睡覺。

窗外一直在下雨，她迷迷糊糊睡過去，做了很多夢，都是些破碎的片斷，模糊的，迷離的，斷斷續續地醒了睡，睡了醒，醒來總是一身冷汗。也許是因爲換了環境，實在睡得不踏實，最後她突然被強烈的晃動震醒——餘震！

眞的是餘震！窗子在咯咯作響，從朦朧的小夜燈光線裡可以看到，桌上的水杯晃得厲害。沒等她反應過來，外頭民房的燈已經全亮，酒店的火警警報尖銳地響起，走道裡，酒店人員已經在叫：「餘震了！快走！」

很多客人穿著睡衣慌慌張張就跑下樓，杜曉蘇還記得帶上相機和筆記型電腦。凌晨的街頭，突然湧出成百上千的人來，附近居民也全下了樓，攜家帶口的。大家驚魂未定，站在街頭，有小孩子在哭，也有人在咒罵。她到這時一顆心才狂跳起來，跳得又急又快，她想，大約是被嚇著了。

在酒店外站到凌晨三點左右，大地一片寂靜，彷彿剛才只是它在睡夢中不經意伸了個懶腰，只有身臨其境，才能知道在大自然面前，人是這樣孱弱而無力。馬路上的人漸漸散去，酒店人員也來勸客人們回去睡覺。杜曉蘇本就是天不怕地不怕的性子，況且還要進重災區，遲早得適應這樣的情況，於是第一個跑回房間倒頭大睡了。

到了早上才知道，凌晨發生的餘震是地震後規模最大的一次，通往幾處鄉鎮的道路又受到了影響，山體滑坡和塌方讓剛搶通的道路又中斷，包括通往她要去的目的地的道路。但杜曉蘇還是義無反顧，同事幫她打了無數電話，才找了一輛願意去的越野車，據說這輛車是志工包車，還有個位子可以捎上她。

一上車就覺得巧，因爲正好遇上在機場幫她提行李的那個人。他還有兩個同伴，三個大男人坐了一排，把副駕駛的位子留給了她。車後座塞滿了物資，以藥品居多，還有災區最緊缺的帳篷、帆布之類。

那人見著她也很意外。「啊，眞巧！」

是挺巧的，於是簡單聊了兩句，杜曉蘇知道了他姓孟，是從北京過來的志工。

車行兩小時，山路已經開始崎嶇難行，一路上不斷遇到賑災的車隊，或運送傷患的救護車。路很窄，有的地方落有大石，不得不小心翼翼地繞行，越往前走越是險峻，山上不斷有小的落石，打在車頂上砰砰亂響。司機小心開著車，不斷用方言咒罵著老天。走了很久，突然看到了一名交警，就站在最險峻的彎道處指揮會車。這名交警戴著一頂灰塵撲撲的警用安全盔，身後不遠處停著一部同樣灰塵撲撲的警用摩托車，他的樣子疲憊不堪，手勢也並不有力，可是大部分賑災車輛在他的指揮下得以快速通過。他們的車駛過時，杜曉蘇隔著車窗舉起相機，拍下了這位堅守崗位的無名英雄。

臨近中午，車走到一個地勢稍微開闊的地方，司機把車停下來稍作休息。司機去路基下的河邊小解，杜曉蘇也下車活動一下發麻的腿，覺得胃灼痛得難受，拆了塊巧克力，強迫自己咽下去。那三個志工沒有下車，他們就坐在車上默默吃了麵包當午飯。

司機回來三口兩口嚥了個麵包，就叫杜曉蘇上車，說：「走吧。」看了看天色，又喃喃咒罵：「個龜兒子！」

路仍然顚簸，杜曉蘇開始頭痛，也許是昨天沒有睡好。凌晨三點才回房間睡覺，早晨六點鐘就又起來，實在是沒睡好。車在山路上繞來繞去，她也迷迷糊糊了一會兒，其實也沒睡著，就是閉了會兒眼睛，突然被淒厲的笛聲驚醒，睜開眼，驚出了一身冷汗，探頭張望，才知道原來剛剛駛過一輛救護車。

隨著車在山路中兜來轉去，手機訊號也時好時壞，她試著又發了一條短訊給邵振嶸，依然沒有告訴他自己來了四川，只是寫：「我等你回來。」

杜曉蘇一直不能去想，那天是怎麼接到那個電話的，可是總是會想起模糊的、零亂的碎片，不成回憶，就像海嘯，排山倒海而來。不，不，那不是海嘯，而是地震，是一次天崩地裂的地震，這世上所有的山峰垮塌下來，這世上所有的城市都崩塌下去，把她埋在裡面，埋在幾百公尺深的廢墟底下，永世不能翻身。她的靈魂永遠停留在那黑暗的地方，沒有光明，沒有未來。所有希望的燈都熄滅在那一刻，所有眼睛都失明在那一刻，所有諸神諸佛，都灰飛煙滅，只在那一刻。

電話是邵振嶸醫院一個什麼主任打來的，她的手機訊號非常不好，當時她還在車上，通話若斷若續，中間總有幾秒夾雜著大量的噪音。那端的聲音嗡嗡的，她聽了很多遍才聽明白，邵振嶸出事了。

從頭到尾她只問了一句話：「他在哪裡？」

那天的一切她都不記得了，電話那端是怎麼回答的，她也不記得了，像一台壞掉的攝影機，除了一晃而過的零亂鏡頭，一切都變成白花花的空白。她只記得自己瘋了一樣要回成都，她顛三倒四地講，也不知道同車的人聽懂沒有，但司機馬上把車停下，他們幫她攔車，一輛一輛的車從她面前飛馳而過，她什麼都不能想，竟也沒有掉淚。最後他們攔到一部小貨車，駕駛室裡擠滿了人，全是婦孺，還有人纏著帶血的綳帶，她絲毫沒有遲疑就爬到後面貨廂裡坐，那位姓孟的志工很不放心，匆匆忙忙掏出圓珠筆，把一個號碼寫在她的掌心。「如果遇上困難，妳就打這個電話。他姓李，妳就說，是孟和平讓妳找他的。」

她甚至來不及道謝，貨車就已經啓動了，那個叫孟和平的志工、司機還有他的同伴都站在路邊，漸漸從視野中消失。她從來不覺得時間過得有這麼慢，這麼慢。貨車在蜿蜒的山路上行駛，她坐在車廂裡，被顛得東倒西歪，只能雙手緊緊攀著柱子——是車廂上的欄杆，風吹得頭髮一根根打在臉上，很疼，而她竟然沒有哭。

她一直沒有哭。到雙流機場的時候，天已經黑下來，她撲到所有的櫃檯去問：「有沒有去上海的機票？」

所有的人都對她搖頭，她一個一個問過去，所有的人都對她搖頭，直問到絕望，可是她都沒有哭。航班不正常，除了運輸救援人員和物資的航班，所有的航班都是延誤，而且目前往外地的航班都爆滿。她沒有辦法回去，她沒辦法。她絕望地把頭抵在櫃檯上，手心有濡濡的汗意，突然看到掌心那個號碼，被那個叫孟和平的人寫在她掌心的號碼。

不管怎樣她都要試一試，可是已經有一個數字模糊得看不見了，她試了兩遍才打通電話。她也拿不準是不是，只一鼓作氣道：「你好，請問是李先生嗎？我姓杜，是孟和平讓我找你的。」

對方很驚訝，也很客氣：「妳好，有什麼事嗎？」

「我要去上海。」她的嗓子已然嘶啞，不管不顧地說：「我在雙流機場，今天晚上無論如何，我一定要去上海。」

對方沒有猶豫，只問：「幾個人？」

她猶如在絕望中看到最後一線曙光。「就我一個。」

「那妳在機場待著別動，我讓人過去找妳。這個手機號碼是妳的聯絡號碼嗎？」

她拚命點頭，也不管對方根本看不見，過了半晌才反應過來，連聲說：「是的是的。」

電話掛斷後，她渾身的力氣都像被抽光似的，整個人搖搖欲墜。她還能記起來給老莫打電話，還沒有說話，他已經搶著問：「妳到哪兒了？」

「莫副，」她盡量讓自己的聲音平靜下來，「要麻煩你另外安排人過來，我不能去一線了，我要回上海。」

「怎麼了？」

她說不出來，那個名字，她怎麼也說不出來，她拿著電話，全身都在發抖，怎麼都說不出話來。老莫急得在那邊嚷嚷，她也聽不清楚他在嚷什麼，倉促地把電話掛斷了，整個人就像虛脫了一樣。她不能想，也不能哭，她什麼都不能做，她要忍住，她要見到振嶸。他沒有事，他一定沒有事，只是受傷了，只是不小心受傷了，所以被緊急送回上海。她要去醫院見振嶸，看看他到底怎麼樣了，不，不用看她也知道他沒事。可是她一定得見到他，一定得見到他，她才心安。

她又打給醫院：「我今天晚上就可以趕回來，麻煩你們一定要照顧振嶸。」不等對方說什麼，她就把電話掛了。她沒有哭。老莫打過來好多遍，她也沒有接，最後有個十分陌生的號碼撥進來，她怕是醫院打來，振嶸的傷勢有什麼變化，連忙急急按下接聽鍵。結果是個陌生的男人，問：「杜小姐是吧？是不是妳要去上海？妳在哪裡？」

她忍住所有眼淚。「我在候機廳一樓入口，東航櫃檯這邊。」

「我看到妳了。」身穿制服的男子收起電話，大步走近她，問：「妳的行李呢？」

「我沒有行李。」她緊緊抓著一個包，裡頭只有採訪用的相機和採訪機，她連筆記型電腦都忘在那輛越野車上了。

「請跟我來。」

她不知道自己是怎樣熬過飛行時間的，每一分，每一秒，都好似被擱在油鍋裡煎熬。她的心被緊緊揪著，腦海中仍是一片空白。她拚命安慰自己：我不能想了，我也不要想了，見著振嶸就好了，只要見到他，就好了。哪怕他斷了胳膊斷了腿，她也願意陪他一輩子，只要他——只要他好好在那裡，就好了。

下飛機的時候，她甚至想，萬一他殘廢了，她馬上就跟他結婚，馬上。只要他還肯要她，她馬上就嫁給他。

旅客通道裡竟然有醫院的人在等著她，其中一個她還認識，是振嶸他們科室的一位女醫師，人很好。杜曉蘇原來總是跟著邵振嶸叫她大姐，大姐平常也很照顧他們，有次在家裡包了春捲，還專門打電話讓他們去嘗鮮。沒等她說什麼，大姐已經迎上來，一把攙住她，說：「曉蘇，妳要堅強。」

這是什麼意思？

她幾乎要生氣了，她一直很堅強，可是他們這是什麼意思？她近乎憤怒地甩開那位大姐的手。「我自己走！」

在車上她一直沒說話，那位大姐悄悄觀察她的臉色，也不敢再說什麼。

到了醫院，看到熟悉的燈火通明的二號樓，她一下車就問：「振嶸一定住院了，他在哪個科？骨外？神外？他傷得重不重？在哪間病房？」

「曉蘇……」那位大姐有些吃力地說，「下午在電話裡我們已經告訴過妳了。妳要堅強地面對現實……邵醫生他……已經……正好遇見塌方……當地救援隊盡了最大的努力……可是沒有搶救過來……」

她看著大姐的嘴一張一合：滑坡……意外……爲了病人……犧牲……那樣可怕的詞，一個接一個從大姐嘴裡說出來，那樣可怕的詞……杜曉蘇瞪大了眼，直愣愣地看著。

這一切只是一場夢，一場噩夢，她只是被魘住了，只要用力睜開眼睛，就會醒來，就會知道這是一場夢，就可以看到振嶸，看到他好端端重新出現在自己面前。再或者，醫院這些人都是騙自己的，他們串通起來跟她開玩笑，把振嶸藏起來，讓自己著急，急到沒有辦法的時候，他自然會笑嘻嘻跳出來，刮她的鼻子，罵她是個小傻瓜。

她甚至連一滴眼淚都沒有掉。她總覺得，怎麼可能？這一切怎麼可能？一定是弄錯了，要不然，就是自己被騙了，反正不會是眞的，絕對不會是眞的。因爲他叫她等他，他那樣守信的一個人，連約會都不曾遲到過，他怎麼會騙她？

他們在一旁說著什麼，她全都不知道。她垂下頭，閉起眼睛，安安靜靜地等著，等著，像她承諾過的那樣，她要等他回來。

再次睜開眼時，她已經在病床上了。她默默數著點滴管裡的點滴，希望像上次一樣，數著數著，他就會突然推門進來，望著她。原來他看著她時，眼睛裡會含著一點笑意，嘴角微微抿起，他笑起來左頰上有個很小的酒窩，不留意根本看不出來，但她就是知道，因爲他是她的邵振嶸。她愛他，所以他最細微的神情她都一清二楚。這次他一定是在嚇她，一定是。他也許是受了很重的傷，也許眞的殘了，所以他不願意見她，因爲他心理上接受不了，或者他最終不打算原諒她，但沒關係，她會等他，一直等到他回來，就像上次在醫院裡一樣。

可是她數啊數啊，也不知道數到了多少，直到一瓶藥水滴完了，再換上一瓶。身邊的護士來來去去，心理醫生每天都來同她說話，常常在她病床前一坐就是幾個小時，循循善誘，舌燦蓮花，可任憑那醫生說破了嘴皮子，她就是不搭腔。

因爲他們都在騙她。

他一定會回來的。他這樣愛她，即使她曾犯過那樣大的錯，他仍叫她等他，他怎麼會捨得放她一個人在這裡？他一定會回來的。

父母已經聞訊從家裡趕過來，憂心如焚。尤其是媽媽，守在她身邊，寸步不離，反反覆覆勸她：「孩子，妳哭吧，妳哭一場吧。妳這樣要憋壞自己的，哭出來就好了。」她還沒有哭，媽媽倒哭了，不停拭著眼淚。

而她微揚著臉，不明白爲什麼要哭。

她的振嶸不見了，可是他一定會回來，他曾那麼愛她，怎麼捨得撇下她？他一定會回來，不管怎麼樣，他一定會回來。

最後那天，媽媽跟護士一起幫她換了衣服，梳了頭，扶著她進電梯。她不知道要去哪裡，只是渾渾噩噩，任人擺佈。

踏進那間大廳，遠遠只看到他，只看到他含笑注視著她。

她有些不懂了，一直走近，伸手撫摸著那黑色的相框。照片放得很大，隔著冰冷的玻璃，她的手指慢慢畫過他的唇線，他曾經笑得那樣溫暖，他一直笑得這樣溫暖。這張照片很好，可是不是她替他拍的，她有點倉皇地回頭看，在人堆裡看到了振嶸的保母趙媽媽，於是輕輕叫了聲：「趙阿姨。」她記得，牢牢記得，春節的時候振嶸曾帶自己去見過她，趙媽媽待她就像自己的女兒一樣，親自下廚熬雞湯給她喝，還送她戒指，因爲她是振嶸的女朋友——趙阿姨也被人緊緊攙扶著，不知爲什麼她今天竟然連站都站不穩。幾個月不見，趙阿姨的樣子憔悴得像老了十年，連頭髮都白了。

她一見到杜曉蘇，眼淚頓時撲簌簌往下掉，杜曉蘇掙脫了媽媽的手，向她走過去，聲音很輕：「阿姨，振嶸叫我等他，可他一直都沒有回來。」

趙阿姨似乎哽住一口氣，身子一軟就昏過去了。廳中頓時一片大亂，幾個人湧上來幫著護士把趙阿姨攙到一旁。媽媽也緊緊抓住了她的手，淚流滿面。「孩子，妳別傻了，妳別傻了。」

她不傻，是他親口對她說，叫她等他。她一直在這裡等，可是都沒有等到他回來。他說過回來要跟她談，他這樣愛她，怎麼會不回來？他這樣愛她，怎麼會捨得不要她？

她一直不明白，她一直不相信，直到最後一刻，直到他們把她帶到那沉重的棺木前。

那樣多的花，全是白色的菊，而他就睡在那鮮花的中央，神色安詳。

她困惑疲憊地注視著，仍不明白發生了什麼事，直到他們一寸一寸闔上棺蓋，直到趙阿姨再次哭得暈過去，所有的人都淚流滿面。只有她木然站在那裡，沒有知覺，沒有意識，什麼都沒有，彷彿一切都已經喪失，彷彿一切都已經不存在。

邵振嶸的臉一寸寸被遮蓋起來，所有的一切都被遮蓋起來，他整個人都被遮蓋起來，她才驟然明瞭：這一切不是夢，這一切都是眞的。他們沒有騙她，他眞的不會回來了，永遠不會回來了。自己眞的永遠失去了他。

她發瘋般撲上去，父母拚命地拉住她，很多人都上來攙她，而她只是哭叫：「媽媽！讓我跟他去吧，我求你們了，讓我跟他去，我要跟他在一起！媽媽……讓我跟他一起……」

更多的人想要拉開她，她哭得連氣都透不過來。「讓我跟他一起，我求你們了。邵振嶸！邵振嶸！你起來！你怎麼可以這樣撇下我！你怎麼可以這樣……」

手指一根一根被掰開，旁邊的人一根根掰開她的手指，她哭到全身發抖，只憑著一股蠻力，想要掙開所有人的手，把自己也塞進那冷森森的棺木裡去，因爲那裡面有她的邵振嶸，她要跟他在一起，不管什麼時候、什麼地方，她只要跟他在一起。

她聽到自己的哭聲，嘶啞而絕望，如被圍困的獸，明知道已是不能，可是拚了這條命，不管不顧不問，她只要跟他一起。

所有的人都在拉她，都在勸她。她聽到自己的聲音，淒厲得如同刀子，剜在自己心上，剜出血與肉，反反覆覆：「讓我去吧，讓我去吧，你們讓我去吧！邵振嶸死了啊，我活著幹什麼？讓我去吧，我求你們了。」

媽媽死命地拽著她的胳膊，哭得上氣不接下氣。「孩子，孩子，妳別這樣！妳這樣媽媽該怎麼辦？媽媽該怎麼辦啊……」

她拚盡了力氣只是哭，所有的眼淚彷彿都在這一剎那湧了出來。她這樣拚命地掙扎，可是她的邵振嶸不會回來了，他眞的不會回來了；任憑她這樣鬧，這樣哭，這樣大嚷大叫，這樣拚命伸出手去抓撓，可每一次只抓在那冰冷的棺木上。一切皆是徒勞，他再也不會應她了，他騙她，他騙她等他，她一直等一直等，他卻不回來了。

她的嗓子已經啞了，她再沒有力氣，那樣多的人湧上來，把她架到一邊，她只能眼睜睜看著，看著他們帶走了他，看著他們帶走了她的邵振嶸。她是眞的不想活了，她只要跟他一起，要死也死在一起。可是他不等她，他自己先走了。

媽媽還緊緊地抱著她，聲聲喚著她的名字。媽媽的眼淚落在她臉上，而她眼睜睜看著別人抬走棺木，她什麼聲音都發不出來了，如同聲帶已經破碎。

她已經沒有了邵振嶸。

她這樣拚命，還是不能夠留住他一分一秒，命運這樣吝嗇，連多的一分一秒都不給她。

她是真的絕望了，拚盡最後的力氣，發出最後支離破碎的聲音：「媽媽，別讓他們帶走他……媽媽……我求妳了媽媽……別讓他們帶走他……」

媽媽哭得連話都說不出來，就那樣仰面昏倒，倒在父親懷裡。旁邊的人七手八腳扶住她，牢牢地按住她，而她無助似初生的嬰兒，她已經絲毫沒有辦法了，連她最信任最依賴的媽媽都沒有辦法了。

所有的一切都分崩離析，整個天地在她眼前轟然暗去。

如果回到起點

12

城市的夏天，總是有突如其來的暴雨，天氣在頃刻間變換，落地窗外只看見鉛灰色的天空，沉甸甸的、大塊大塊的雲團鋪陳得極低，低得觸手可及。這樣的天空，像是電影裡某個未來城市的鏡頭，巨大的玻璃窗上落滿了水滴，橫一道縱一道，然後又被風吹得斜飛出去。

整個會議室的氣氛亦低沉壓抑，所有的人心情都不是太好。以房地產爲首的盈利項目，連續兩季業績下滑已是不爭的事實，而大老闆今天終於從北京返回上海，幾個月來積累的問題不得不面對。看著雷宇崢那張沒有絲毫表情的臉孔，所有主管都小心翼翼，唯恐觸到什麼。

「災區重建我們不做。」雷宇崢用一根手指就闔上厚達半寸的企劃書，「競爭激烈，沒必要摻和。」

負責企劃的副總臉色很難看，雖然公司註冊地在北京，但一直以來業務的重心都在上海，很多大型的投資計畫都是以上海這邊的名義做的。這次他們花了差不多一個月的時間，才將細緻詳實的企劃案寫出來，還沒有報到董事會，只不過是例會，就已經被這樣輕易否決掉了。

災區重建？雷宇崢幾乎冷笑。憑什麼？憑什麼去重建那片廢墟？

誰也不知道，那天他是怎麼趕到災區的，誰也不知道，他是怎麼到達那片塌方亂石的現場。站在那片塌陷的亂石前，他是眞的知道沒有半分希望了。可是他很冷靜，動用了一切可以動用的力量，當地救援的部隊也盡了最大的努力，終於把那輛壓扁了的救護車刨了出來，當時醫療隊的領隊，一個大男人，直挺挺站在那裡就哭了。他們是醫生，他們全是見慣生離死別、見慣流血和傷痛的醫生，可是在災難和死亡面前，一樣的面如死灰，只會掩面哭泣。

是他親手把振嶸抱出來的。振嶸全身上下，奇蹟般的沒受多少傷，臉上甚至很乾淨，連身體都還是軟的，可是因爲窒息，早已經沒有任何生命跡象。時間太長了，太長了，他等不到他的二哥來救他，就已經被深達數公尺的泥土湮去了最後的呼吸。

他是他最疼愛的弟弟，父母最疼愛的小兒子，他最親密的手足，那個從小跟著他的小尾巴，那個跟著他、軟軟地叫他哥哥的小不點，那個甚至還帶著乳香的豆芽菜——振嶸自幼身體不好，所以家裡給他訂了兩份牛奶，早上一份晚上一份地喝著，於是他身上永遠帶著一股奶香氣，讓他小時候總是嘲弄這個弟弟「乳臭未乾」。

「乳臭未乾」的振嶸一天天長大了，變得長手長腳，有了自己的主見。振嶸考進了最好的重點高中，振嶸執意要念醫科，振嶸去了國外繼續念書……有次出國考察，他特意繞到學校去看振嶸。那天剛下了一場大雪，兄弟兩人並肩走在學校裡，雪吱吱在腳下響，四周都是古老的異國建築，振嶸跟他說著學校裡的瑣事，捲著雪花的朔風吹在他臉上，振嶸像小時候那樣瞇著眼睛。那時他才突然意識到，振嶸竟然跟自己長得一樣高了。

他一直以爲，他們都會活很久，活到頭髮全都白了，牙齒全都掉了，還會坐在夕陽下的池塘邊，一邊釣魚，一邊唸叨兒孫不聽話。

那是他最親密的手足，那是他最疼愛的弟弟，他抱著振嶸坐在飛機上，整個機艙空蕩蕩的，誰也不敢來跟他說話。他想他的臉色一定比振嶸的更難看，他不許任何人來碰振嶸，最後下飛機，也是他親自抱著振嶸下去的。

大哥已經趕回北京，孤零零的幾輛汽車停在停機坪上，那樣遠，他走得一步比一步慢。他幾乎要抱不動了，振嶸不再是那個輕飄飄的病秧子，振嶸是個大男人了。大哥遠遠地走過來，不作聲，伸出手接過了振嶸。千里迢迢，他把他最小的弟弟帶回來，交到大哥手裡，兩個抬著擔架的小夥子只敢遠遠地跟隨著他們。大哥走到車邊，把振嶸放下來，放到車上準備好的棺木裡，他在旁邊幫忙，托著振嶸的頭，低頭的那一刻他清清楚楚看到，兩顆眼淚從大哥眼裡掉下來，落在振嶸的衣服上。

那是他第一次看到大哥掉眼淚，永遠風度翩翩，甚至比父親還要冷靜還要堅毅的大哥。

他站在車前，看著風把大哥從來一絲不亂的頭髮全吹亂了，看著他臉上的兩行淚痕。

他們盡了最大的努力去安慰父母。雖然將振嶸帶回了北京，但他們甚至想要不合情理地阻止年事已高的父親去看振嶸最後一面，所以又把振嶸送回上海，將追悼會放到上海振嶸的醫院去舉行。因爲大哥和他都知道，有著嚴重心臟病的父親，實在無法承受那種場面。

怎麼也不應該是振嶸。

他是全家年紀最小的一個，是全家最疼愛的一個。

他從小連欺負同學都不曾，他待人從來最好最眞誠，他沒有做過任何傷天害理的事情。他選醫科，是因爲可以治病救人，他去災區，也是爲了救人。

怎麼都不應該是振嶸。

在很長一段時間裡，雷宇崢都陪在父母身邊，像是回到極小的時候，依依膝下。

大哥因爲工作忙，沒有辦法跟他一起常伴父母左右，於是大嫂請了長假帶著孩子回來住，家裡因爲有了正在牙牙學語的小侄女，感覺不再冷清。可是母親還是日益消瘦，在小侄女睡午覺的時候，他常常看到母親拿著他們兄弟小時候的合照，一看就是兩三個鐘頭。

他幾近猙獰地想，憑什麼是振嶸？憑什麼還要在那個全家人的傷心地投資？憑什麼還要他去重建那片廢墟？

連最不該死的人都已經死了，連蒼天都已經瞎了眼，憑什麼？

他再不會有一分一毫的同情心，他再不會有一分一毫的憐憫，連命運都不憐憫他，都不憐憫振嶸，他憑什麼要去憐憫別人？

他再不會。

永遠再不會。

開完會出來，祕書單婉婷猶豫了一下，才問：「雷先生，博遠設計的杜小姐一週前就預約，想和您見面。您見不見她？」

他聽到「博遠設計」四個字，想起是公司的合作商，於是說：「設計公司的事交給劉副總。」

單婉婷知道他沒想起來，又補充了一句：「是杜曉蘇杜小姐。」

他終於想起這個女人是誰，更加面無表情。「她有什麼事？」

「不知道，她堅持要跟您見面談，一遍遍打電話來，她說是和您弟弟有關的事。」

單婉婷說完很小心地看了一眼老闆的臉色，不知道爲什麼老闆最近心情非常差，不僅一反常態在北京住了很久，回來後對公事也沒有往常的耐性。公司有傳聞說老闆家裡出事了，可是出了什麼事，誰也不清楚，更不敢打聽。

雷宇崢有幾秒鐘沒有任何反應，單婉婷心想：壞了，難道這個杜小姐是什麼重要人物，自己把事給耽擱了？

結果雷宇崢十分冷淡地丟下一句：「妳看一下行程表，抽出五分鐘給她。」說完轉身就進了辦公室。

單婉婷去查了老闆的行程表，調整出時間安排，然後才給杜曉蘇打電話，通知她下午來見雷宇崢。

雷宇崢見到杜曉蘇的時候，幾乎沒有認出她來。兩個月不見，她瘦得厲害，瘦得幾乎只剩了骨頭，整個臉龐小了一圈，一雙眼睛憔悴無神。

他想起振嶸領回家的那個女孩子，豐潤而飽滿的蘋果臉，忽閃忽閃的大眼睛。即使後來他認出她，並阻止她和振嶸在一起，她上辦公室來和他談話，仍舊有傲骨錚錚，似乎在她心裡，有著最強大的力量支撐著她。

可是現在她彷彿變成了另外一個人，整個人都黯淡下去，神色疲倦。她抱著一個大的旅行袋，把那個沉甸甸的袋子放在他的辦公桌上，拉開拉鍊，一下子全倒過來，撲通撲通，成捆成捆的百元大鈔鋪了一桌子，滾落得到處都是。

他皺起眉頭。

她的聲音很小，但很清楚。「雷先生，這裡是七十萬，我知道不夠，可是這是我能籌到的全部資金。我有工作，我可以申請公積金和商業貸款，七十萬應該夠首付了。我是來請求您，把振嶸買下來的那間房子，賣給我。」

她的語氣近乎卑微，可是她的眼睛閃動著難以言喻的狂熱，她緊緊盯著他的臉、他的眼睛，彷彿注視著這世上唯一的希望。

她說：「雷先生，這是我唯一的願望，希望您可以答應我。」

雷宇崢用手指輕輕推開那些錢。「那間房子我不打算賣給妳。」

她不卑不亢地把另一疊文件放在他面前。「這是購屋合約、房款發票。」

他仍然沒有任何表情。「合約還沒有在房產局備案，目前它仍是無效的。」他拿起那份購屋合約看了看，突然就從中間撕掉，杜曉蘇被他這一突如其來的舉動驚呆了，眼睜睜看著他將合約撕了個粉碎。他輕描淡寫：「付款人是邵振嶸，妳沒有資格拿到這間房子。」

「我只是想買下這房子，所以才帶著錢來到這裡。」她渾身發抖，「你憑什麼撕掉合約？」

「我不打算賣給妳。」他按下內線，呼喚祕書：「送杜小姐出去。」

她沒哭也沒鬧，很順從地跟著單婉婷走了。

雷宇崢本來以為這事已經過去，沒想到晚上下班的時候，他的車剛駛出來，她突然一下子從路旁衝出來，衝到了路中間，攔在了車前，把司機嚇得猛踩剎車。幸好車子的性能好，嘎一聲已經死死剎住，離她不過僅僅幾公分的距離，風卷著她的裙子貼在車頭的進氣柵上，她整個人單薄得像隨時會被風吹走，可她站在那裡，直直看著他。停車場的警衛嚇了一跳，立刻朝這邊跑過來。隔著車窗，她很平靜地看著他，似對自己剛才做的危險動作根本無所謂。

雷宇崢敲了敲椅背，告訴司機：「開車。」

警衛把她拉開，車子駛出了停車場，從後照鏡裡還可以看到她在掙扎，想要掙脫警衛。

他漠然注視著後照鏡中越來越小的模糊影子。

他沒想到她真的跟瘋了一樣，每天都準時守在那裡，不管他上班還是下班，她總有辦法跟著他。警衛攔住了不讓進，她就在外面等，只要他的車一出來，她便如幽靈般緊緊相隨。他換了幾次車，她都有辦法第一時間認出，在上下班的交通繁忙高峰時刻，她仍有辦法搭計程車緊盯著他的車，甩不了拋不掉。有好多次，她一直跟到社區門口，幸好他住的公寓警衛非常嚴格，她無論如何也混不進去。但有時他自己開車出來，一出來就能看到她站在社區外的路口。

他想起來，她以前是娛樂記者，如今她似乎把所有時間都花在這上頭。她不哭也不鬧，也不騷擾他，就是遠遠跟著他的車。他上哪兒她就上哪兒，他回公寓，她就跟到公寓大門外；他回別墅，她就跟到別墅區的大門外；他出去應酬吃飯，她就等在餐廳或酒店外面。

她像一個安靜的瘋子，一個無藥可救的偏執狂，非常平靜、非常冷靜地跟隨著他，不管他走到哪裡，只是單純而沉默地跟隨著他。他無數次讓警衛驅逐她，不讓她出現在自己的辦公大樓附近，她不爭也不吵，任由那些人趕走她——她很順從也很安靜地任由他們擺佈，可是眼睛一直看著他。她的眼睛非常黑，瞳仁幾乎黑得大過眼白，她看著他，目光裡什麼都沒有，只有一種空洞的平靜，彷彿明知身患絕症的病人，眼裡沒有任何生機，只是那樣看著他。

她像是一個真正意義上的瘋子，只活在自己的世界裡，做自己想做的事情，不達目的，誓不甘休。他不把房子賣給她，她就天天跟著他，每時每刻跟著他，她把所有的時間都用來做這件事。

雷宇崢覺得奇怪，這個女人越來越瘦，瘦得手腕纖細，像是隨時會被折斷，警衛架住她的胳膊，毫不費力就可以把她弄到一邊。不知道是什麼在支撐著她，彷若一莖小草，竟然可以奮力頂起石頭，從縫隙裡長出來。

單婉婷問過他兩次：「雷先生，要不要我通知法務部出面，發一封律師函？她這是騷擾。」

雷宇崢瞥一眼後照鏡裡的人影，淡淡地答：「我看她能跟到什麼時候，半年？一年？」

單婉婷也就不再提了。

但杜曉蘇比他們想像得堅韌，她幾乎風雨無阻，上班之前，下班之後，總是可以出現在他們的視線中。逐漸地，連雷宇崢的司機都習慣了，出停車場之前總要先看一眼後照鏡，只要杜曉蘇的身影一出現，立刻踩油門，加速離開。

這天雷宇崢加班，下班已經晚上八點了，天早已黑透，又下著暴雨，四周漆黑一片，連路燈的光都只是朦朧的一團。雨下得太大，積水順著車道往底下流，彷若一條河。車子從停車場駛上來，兩道大燈照出去全是銀亮的雨箭，斜飛著朝車子直直撞過來，雨刷已經開最大，一波一波的水潑上來，被雨刷刮掉，緊接著又有更多的水潑上來，天上像是有一百條河，直直地傾瀉下來。

司機因雨勢太大，所以開的速度很慢，習慣性地看了眼後照鏡，不由得咦了一聲，旋即知道失態，再不作聲。

雷宇崢聞聲抬起頭，也看了眼後照鏡。下這樣大的雨，杜曉蘇就站在停車場出口旁，因為那裡緊貼著大廈的牆根，有裙樓突出的大理石壁簷，可以稍有遮蔽。她沒有打傘，全身上下早已濕透，路燈勾勒出她單薄的身影，看上去像個紙人般。只見她的身影在後照鏡中漸漸遠去，在茫茫雨幕中晃了幾下，最後倒了下去，就倒在積水中，一動也不動。

司機從後照鏡中看著她倒下去，本能地踩下了剎車。

雷宇崢問：「停車做什麼？」

司機有點尷尬，連忙又啓動了車子。後照鏡裡，只見她倒在水裡，仍一動也不動，雨嘩嘩下著，更多的雨落在她身上，而車漸行漸遠，後照鏡裡的人影也越來越小，終於看不見了。

13

杜曉蘇做了一個很長的夢，夢到邵振嶸，他回來了。可是她累得說不出話，全身都疲乏到極點，她沒辦法呼吸，她覺得嗆人，也許是水，讓人窒息。她連動一動嘴都辦不到，太累了，彷彿連骨頭都碎了。她有那樣多的話要跟他說，她是那樣想他，所有人都說他死了，可是她不信，她永遠也不會信。她想他，一直想到心裡發疼，如果他知道，他會回來的。他讓她等，於是她一直等，乖乖地等，可是沒有等到他。

現在他回來了，他終於——是回來了。

她不哭，因爲她有好些話要說給他聽。比如，她愛他，這一生，這一世，下一生，下一世，她仍舊會愛他；比如，她想他，她很乖，她有按時去看心理醫生，她有按時吃藥，她只是不能不夢見他。

可是他的身影很模糊，就在那裡晃了一下，就要離開，她伸出手，想要抓住什麼，也許是衣角，她緊緊抓住了不放，有人在掰她的手指，她惶恐極了，怎樣也不肯放。她知道一放手他就走了，或者一放手，她就醒了，再也夢不到他。那是振嶸，那是她的邵振嶸，她死也不會再放開手，她寧可去死，再也不會放手。

雷宇崢微皺著眉頭，看著緊緊攥著自己衣角的那幾根手指，非常瘦，瘦到手指跟竹節似的，卻有一種蠻力，抓著他的衣角，死也不肯放。不管他怎麼樣用力，她攥得指甲都泛白了，就是不肯鬆開。

他覺得自己將她送到醫院是犯了個錯誤，還不如任由她昏迷在那裡被積水嗆死。他實在不該管這樣的閒事，可是她攥著他的衣角，怎麼樣也不肯放。她的嘴唇白得泛青，雙頰卻是一種病態的潮紅，她發著高燒，點滴瓶裡的藥水已經去了一半，仍舊沒有退燒，醫生來了好幾次，護士也來測過幾次體溫，每次都說三十九．六度、三十九．四度……

這麼燒下去，不知道會不會把腦子燒壞？不過她也跟瘋了差不多了。他想了很多辦法想把她的手掰開，但她攥得太緊了，手指又燙得嚇人，隔著衣服也可以感受到那駭人的體溫，他幾乎想把自己這衣角給剪掉，以便擺脫這討厭的女人。他嘗試著把她的手指弄開，於是弓下身，離得她近些，終於聽清楚她在說什麼。

她說的是：「振嶸……」

原來她一直在喚振嶸的名字。

她現在的樣子很醜，兩頰的顴骨瘦得突起，頭髮也沒有乾，貼在臉上，更顯得瘦。她的眼窩深陷，睫毛很長，可是是濕的，原來她一直在哭，枕頭上濕了一大塊。她哭起來的樣子更醜，五官皺成一團，身子也蜷縮著，像隻蝦米。她哭得沒有任何聲音，只是流眼淚，淚水毫無阻礙地順著長長的睫毛滑下去，落到枕頭上。

其實當初她是很漂亮的，他記得她的大眼睛，非常漂亮，非常動人。那天晚上他在酒吧停車場撿到她，她當時伏在他的車前蓋上，醉態可掬，拉著後照鏡不撒手，認定這是計程車，認爲他要跟自己搶計程車。他去拉她，她卻忽然揚起臉，親吻他。

那吻很甜，帶著些微的酒氣。那天他大概也是眞的喝多了，因爲他竟然把她帶回去了。

整個過程她沒有發出任何聲音，幾乎是一言不發，除了他的腕錶不小心纏上她的頭髮，大概很疼，她輕輕啊了一聲，於是他把腕錶摘下，繼續親吻她。她沒什麼反應，身子一直很僵，反應也很生澀，非常出乎他的意料，因爲她是第一次。在他醒來前，她就消失了，就像穿著織金衣裳的仙度瑞拉，驚鴻一瞥，可是午夜鐘聲過後，便消失在時光的盡頭。

他們終究是認出了對方，他認出她，她也認出了他，沒有水晶鞋，只有難堪。他不動聲色看著她，這個女人究竟想幹什麼？

她的反應沒有出乎他的預料，她出爾反爾，她糾纏振嶸，她甚至振振有詞。

可是振嶸如今不在了——想到這裡，他心裡一陣難受。她還緊緊揪著他的衣角，眼角噙著很大一顆淚珠，發著高燒，她的囈語仍舊是振嶸。

或許，她對振嶸還是有幾分眞心。

司機還在急診觀察室外的長椅上等著，可是他走不掉，她還緊緊抓著他的衣角，就像嬰兒抓著母親，就像溺水的人抓著最後一塊浮木。算了，看在振嶸的分上，看在振嶸一直對她不能割捨的分上。一想到振嶸，他就覺得心裡有個地方開始發軟，軟到隱隱生疼。

那是他最親愛的弟弟，最親密的手足。

她的燒漸漸退下去，護士拔針的時候她終於醒過來，看到熟悉的側影，熟悉的臉部輪廓，幾乎令她驚叫起來，可是馬上就知道，那不是振嶸，那不是她的振嶸。

她的手緊抓著他的衣角，她忙不迭放開，像做錯事的小孩。他的絲質襯衣已經皺巴巴，不知道被她抓了多久。

「謝謝。」她的聲音是啞的，嘴裡是苦的，發燒後連舌頭都發麻，說話也不利索。

他什麼也沒說，腳步也沒停，就像根本沒聽到，走掉了。

她病了差不多一週，每天吊點滴，沒辦法再去跟著他。好不容易不發燒了，醫生又多開了兩天的點滴瓶，鞏固治療。

他送她入院時曾替她交了一千塊押金，這天她輸完最後一瓶藥水，就去宇天地產的樓下，等著還他錢。

到晚上六點多才看到他的車出來，她伸手想攔，警衛已經看到她了。幾個人十分熟練地將她攔在一旁，逼著她眼睜睜看著他的座車揚長而去。

她去他別墅路口前守了一個鐘頭，沒看到他的車出入，想他也許回公寓了。在本市他就有好幾個住處，她曾經天天跟著他，所以知道。

她應該把錢還給他，可是她沒辦法接近他，也沒機會跟他接觸。她沒辦法，只得把那一千元裝在信封裡，快遞到宇天地產。

她知道他不在乎那一千塊錢，可是那是她應該還的。她也知道那天他是看在振嶸的面子上，才會送她去醫院。她鼻子發酸，即使他不在了，仍是因為他的緣故，振嶸是她最大的福氣，她卻沒有那福氣留住他。

天與地那麼大，這世上，她只是沒有了振嶸。

杜曉蘇沒有想到，那一千塊錢又被原封不動快遞回來。快遞的寄件人簽名非常秀氣，是個陌生的女性名字，叫「單婉婷」，應是雷宇崢的祕書。

杜曉蘇把快遞信封翻來覆去看了好幾遍，最後才拆開來。裡面不僅有那一千塊錢，還有一枚鑰匙。

鑰匙放在印製精美的卡片裡，卡片上印著宇天地產的標誌，打開來，裡面是一行印刷體：「一品名城歡迎業主入住」，後面則填著樓、棟等號碼。

有一瞬間杜曉蘇什麼都沒有想，自從邵振嶸走後，她常常有這樣短暫性的思緒空白，心理醫生說是由於她有逃避現實的心理，才會出現這樣的情況。

可一直堅持不懈，等了這麼久，終於拿到這鑰匙，她有種不真實的感覺，就像常常夢到振嶸，可是醒過來才知道是做夢。

下班後，她沒有坐計程車，搭了地鐵去一品名城。社區已經陸續有屋主入住，夏季的黃昏，光線朦朧，社區裡新種了樹木和草坪，噴灑系統在噗噗噴散著水珠，有幾滴濺到她腳背上，微微一點涼意。

走道的聲控燈已經亮了，她一路走上去，燈一路亮起來。其實天色還早，可以看見遠處高樓縫隙裡的一點深紫色的晚霞。她找著那扇門，摸出鑰匙來打開，屋子裡光線還算明亮，因爲沒有做隔斷，朝南面的陽臺和凸窗都有光透進來。

她走到空蕩蕩的屋子中央，想到看房子的時候，想到從前和邵振嶸無數次紙上談兵，說到裝修的事。

客廳裡最大的那面牆，她用手摸了摸，水泥刮得很平，她想起振嶸出的主意，他們曾經打算在這面牆上自己動手繪上牆花，連樣子都找好了，她特地在圖書館裡泡了好幾天，最後選中宋代瓷瓶上的折枝牡丹，花樣很複雜，畫起來一定很難，但當時不覺得，喜孜孜拿回去給邵振嶸看。

屋子裡空蕩蕩的，她在那面牆前站了一會兒，四周十分安靜，對面人家開了一盞燈，隱隱約約有電視的聲音，而這裡就只有她一個人。

她蹲在那面牆前，額頭抵著冰冷的水泥牆面，覺得有些冷，不過她沒有哭。

最後，慢慢地，她小聲地說：「邵振嶸，我拿到鑰匙了。」

這是他們的家，她要按原來設想的樣子裝修，搬進來一定要換上抽紗窗簾，然後看著日光一點點曬到地板上，映出那細紗上小小的花紋。她會在書房裡刷上淨白的牆面，放上書架，等改成嬰兒室的時候，可以換成顏色柔和一點的壁紙……

她和振嶸的家……

她會好好活下去，因爲他和她在一起，他會一直和她在一起。

她會努力讓自己重新開始生活，就像他從來不曾離開，就像他永遠在她身邊。

她銷假，重新回到公司上班，畢竟工作可以讓自己閒不下來。新晟這條線她一直在跟進，所以避免不了與林向遠碰面，但談的全是工作。

沒想到有一天，在走廊遇見林向遠，她打了個招呼想走過去，他卻突然問她：「前陣子妳不是說在找房子，找得怎麼樣？我正好有個朋友要出國，他的房子要出租，妳要不要去看看？」

他的語氣很自然也很熟稔，彷彿只是老朋友隨意聊天。她租的房子快要到期，房東要收回去裝修，她正四處找房子，也不知道林向遠是怎麼知道這事的。

她說：「不用了，謝謝林總。」

林向遠不知不覺嘆了口氣。「曉蘇，妳別這樣見外，我只是想幫妳，並沒有其他意思。」

她知道，但她只是不願意生活中再與他有任何交集。她抬頭看到同事正朝這邊張望，連忙說：「我同事在找我呢，我得過去了。」

杜曉蘇沒想到林向遠對這事非常認眞，過了幾天又打電話給她。「房子妳要不要看一下？我朋友急著出國，妳也算幫個忙。租金對方說了好商量，主要是想找個可靠的人，住著日常維護一下，省得房子被弄壞了。」

畢竟是合作方的副總，杜曉蘇覺得再拒絕下去就顯得矯情了，於是記下房東的電話號碼，答應過去看一看。正好週末的時候，鄒思琦有時間，就陪她一起去了。

房子地段眞不錯，離她上班的地方很近，地鐵就三站。裝修中規中矩，房東拿到一份工作要出國，所以租金相對便宜。鄒思琦看了都動心，覺得實在划算，二話不說替她拍了板，當場就先交了押金。正好週休二日用來搬家，杜曉蘇東西不多，鄒思琦幫她找了輛車，一趟就搬完了。

兩個人累癱在沙發上，看東西七零八落擱在地板上，也沒力氣收拾。

鄒思琦說：「什麼都好，就是家具什麼的都太男性化了，趕明兒重新換個窗簾，把地毯什麼的也換了，就好了。」

杜曉蘇累得有氣無力道：「我沒那心思了，等房子裝修好，我就搬了。」

鄒思琦有些小心地問她：「要不要找設計公司？」

杜曉蘇笑了笑。「我請裝潢部的同事幫忙做了幾張效果圖，看著還沒我自己設想的好。」

「倒忘了妳就是做這個的。」

「其實不太一樣，室內裝潢跟結構設計差得很遠。」杜曉蘇語氣很平靜，「再說我跟振嶸商量過，我們很早之前就商量過要怎麼裝修了。」

她的語氣似乎很隨意，鄒思琦卻不太敢搭腔，杜曉蘇又笑了笑。「總算搬完了，晚上想吃什麼，拉著妳做了一天的苦力，我請妳吃飯吧。」

「那行，」鄒思琦有意將語氣放輕鬆，「我餓了，非大吃妳一頓不可。」

杜曉蘇把地上的紙盒踢到牆角，很爽快地答應：「行！吃牛排，我也餓了，咱們吃好的去。」

那天晚上吃完飯，兩個人又回來收拾屋子，一直弄到夜深人靜才收拾好。

鄒思琦去便利店買了鴨脖子，杜曉蘇買了幾罐啤酒，兩個人啃著鴨脖子就啤酒，妳一罐，我一罐，最後都喝得有點多了。

鄒思琦說：「曉蘇，妳要好好的，不然我們這幫朋友，看著心裡都難受。」

杜曉蘇笑嘻嘻，又替她拉開一罐啤酒。「妳放心吧，我好著呢。」她仰起臉，屋子裡只開了一盞壁燈，幽幽的光映出她眼中濛濛的水霧。「思琦，妳不用勸我，我不難過，真的，我挺好的。再過陣子新房子裝修好了，我再請妳吃飯，在新房子裡。我和振嶸……本來一直想請妳吃飯……」她的聲音有些低，顯得像在喃喃。「思琦，妳別勸我，我受不了，有什麼話妳別跟我說。妳得讓我緩一緩，我這輩子也許眞的緩不過來了，可是妳就算哄我……也別再提了……就當我……就當我自己騙自己也好……我是眞的……就這樣了……」

她的聲音慢慢低下去，終至無聲。

鄒思琦不敢說話，怕一開口自己反倒要哭了。

14

杜曉蘇似乎恢復了平靜生活，按時上班下班。有時鄒思琦休息，就陪她一起去心理醫生那裡就診。杜曉蘇的父母本來想接她回家的，可杜曉蘇不肯，堅持要留在上海，杜媽媽再三拜託鄒思琦照顧她，所以鄒思琦每隔幾天，就約杜曉蘇出來吃飯，再不然自己去看她，兩個人一起去附近超市買菜，下廚做一頓吃的。

這天，兩人從網路下載了幾份食譜，在家試著做了幾個小菜。一邊吃，鄒思琦一邊問杜曉蘇：「妳最近怎麼老加班啊？原來是妳比我閒，現在我都快比妳閒了。」

杜曉蘇也非常鬱悶。「我也不知道。最近新晟來了個副總，空降，據說剛從美國回來的，突然管理業務這塊，不曉得爲什麼總看我們不順眼，橫挑鼻子豎挑眼，我們怎麼改對方也不滿意。設計部全體同事加了一星期的班，最後提案一拿過去又被否決，寧經理快鬱悶死了。」

「你們寧經理不是號稱才華橫溢嗎？難道新晟的副總嫉妒他長得帥，所以連累你們也倒楣？」

「拜託，那副總是女的好不好，怎麼會嫉妒寧經理長得帥？」

「難道是情場宿怨因愛生恨？」鄒思琦興致勃勃，「來來，我們分析一下可能性！」

杜曉蘇愣了一下，才說：「這倒是有可能，因爲那個蔣副總眞是來找碴的……而且年紀也不大，人又漂亮，跟寧經理看起來眞的滿配……」

「姓蔣？」鄒思琦順嘴問了一句：「叫蔣什麼？」

「蔣……」杜曉蘇使勁回憶，終於想起來。「蔣繁綠！挺拗口的名字。」

鄒思琦十分意外，嘶地倒吸一口涼氣。「杜曉蘇，妳怎麼這麼糊塗啊妳，蔣繁綠是誰妳都不知道？」

杜曉蘇有點傻，愣愣地看著她。

鄒思琦整個人只差沒跳起來。「那是林向遠的老婆，那個蔣繁綠！妳怎麼這麼糊塗！妳連情敵名字都不知道，簡直太糊塗了妳！當年林向遠不就是爲娶她把妳給甩了，妳怎麼連她的名字都不弄清楚啊妳！」

杜曉蘇的大眼睛仍然有點發愣，過了好一會兒，才說：「我一直以爲那女人姓江……」

鄒思琦看她臉仍瘦得尖尖的，大眼也無精打采，黯淡無神，不忍多說，岔開話：「得了得了，過去的事咱們都不想了。」

杜曉蘇卻慢慢地有點反應過來。爲什麼新晟突然如此百般刁難，爲什麼每次在會議上那位蔣副總說話總是那樣尖刻，爲什麼那個年輕漂亮的蔣副總老是處處針對自己，原來不是自己的錯覺，而是因爲對方是蔣繁綠，林向遠的妻子，她顯然對自己有敵意。

她也不願意在這個圈子接觸林向遠或蔣繁綠，可是既然工作中避免不了，她只好努力做到公事公辦。

就是這樣，依然避無可避。恰逢一年一度的地產論壇高峰會，各公司皆有出席，杜曉蘇和幾位新同事也被副總帶去開眼界，剛進會場，卻出乎意料看到雷宇崢。

他是受邀的嘉賓之一，杜曉蘇從未在公開場合見過他，幸好隔得遠，他應該沒有看到她。雷宇崢發了言，只寥寥數語，應酬完了新聞媒體又應酬同行，最後餐會還有一堆記者圍著，從房價走勢一直問到經濟形勢，脫不了身，他的助理亦步亦趨跟在他身後，時不時替他賠笑圓場。他的模樣很冷漠，痕跡很深的雙眼皮，目光深邃如星光下的大海，偶爾波光一閃，那光亦是清冷的，不像振嶸，總讓她覺得溫暖。

其實如果他表情再溫和一些，或把西裝釦子多解開一顆，會更像邵振嶸。

杜曉蘇沒來由覺得心酸。偶爾可以看見這麼像振嶸的人，遠遠的也讓她覺得安心，覺得邵振嶸並沒有遠走，他還在她的生活中，只不過離得遠，她觸不到而已。

杜曉蘇沒心思吃東西，好在餐會是在酒店中庭花園，三三兩兩的人聚在一起，不算醒目。她端著盤子跟同事們一起，一抬頭就看見林向遠與蔣繁綠伉儷，偏偏寧維誠也看到了，於是專程帶著同事們一起過去打招呼。

林向遠神色挺自然，蔣繁綠似格外有興趣，從頭到腳把杜曉蘇打量了一遍。蔣繁綠本來是飽滿豐頤的那種美，兩彎描摹得極精緻的眉，微微一皺，就讓人想起《紅樓夢》裡「粉面含春威不露」的鳳辣子，杜曉蘇卻知道這女人只怕比王熙鳳還要厲害，盡量不作聲。

誰知她竟然打趣寧維誠：「寧經理，原來杜小姐是妳的女朋友。」

寧維誠連忙解釋：「不是，我和杜小姐只是同事。」

蔣繁綠卻笑著岔開話：「寧經理，冒昧請教一下，貴公司的住宿福利是不是不太好？」

寧維誠相當錯愕，但很認眞地回答：「我們博遠的住房補貼雖然不算高，可也是高於業內平均水準的。蔣總怎麼忽然這樣問？」

蔣繁綠輕笑了一聲。「我是覺得貴公司似乎有員工租不起房子，所以才關心一下。」

寧維誠本來就是聰明人，聽她話裡有話，不由得狐疑，而杜曉蘇眼睫低垂。

林向遠十分尷尬地試圖解圍：「繁綠，張先生在那邊，我們過去跟張先生打個招呼吧。」

蔣繁綠卻充耳不聞，笑盈盈地對寧維誠道：「現在這世道也挺奇怪的，原來都是甲方的人向乙方索賄，現在竟然有乙方的人敢向甲方伸手，眞是讓人匪夷所思。你說是不是，寧經理？」

林向遠的臉色已經十分尷尬，她聲線微高，旁邊已經有人詫異地轉過身來張望，博遠的幾個同事更是面面相覷。

寧維誠聽出她話裡的意思，不由得道：「蔣總，如果我們的員工有任何地方冒犯到貴公司，您可以直接告知我們，我們絕不會偏袒。今天業內公司在場的人很多，您這樣說必然有您的理由，如果是我們公司員工有違法亂紀的行爲，請您指出來，我們會嚴究。」

蔣繁綠輕笑：「哪裡，貴公司的員工怎麼可能違法亂紀？他們都是精英。」

杜曉蘇再也忍不住：「林太太，如果有任何誤會，您可以正大光明說出來，不用這樣陰陽怪氣。我和您的個人問題，不應該牽涉到我所在職的公司，如果您對我的存在不滿，我可以立刻辭職，從這個行業消失。但您的指責，我不能接受，作爲乙方的工作人員，我自問沒有向新晟公司索取過任何賄賂，請您不要信口開河。」

「哎呀！」蔣繁綠睜大了眼，似乎有些吃驚。「杜小姐，妳這話是什麼意思？我點名道姓說妳什麼了，還是杜小姐妳自己那個……啊，眞不好意思，我在國外待了幾年，中文不太好，可能用詞不當，讓妳誤會。但妳說我信口開河，信口開河這個詞我是知道的。杜小姐，如果我沒弄錯，妳現在租的那間房子，是屬於新晟公司名下，而且房租遠遠低於市價，不知道杜小姐對此事有什麼感想呢？」

博遠幾個同事不由得全看著杜曉蘇，目光中全是錯愕。

「繁綠……」林向遠很是尷尬，「其實……」

「其實我先生是出於好心，尤其對杜小姐這樣的老朋友，能幫就幫一把。」蔣繁綠仍笑容燦爛，「可是新晟是責任有限公司，不用說外子，就是我，身爲執行董事和副總經理，也沒有權力這樣擅自處理公司名下的房產。」

杜曉蘇這才明白過來，又窘又氣又惱，什麼話都說不出來，只覺得同事目光複雜，似乎什麼都有。

寧維誠也十分意外，問：「杜小姐，蔣總說的是眞的嗎？」

「我不知道那房子是新晟的。」杜曉蘇臉色蒼白，「我會馬上搬出來，您放心，我會在二十四小時內搬出。」

蔣繁綠微笑。「也不必這樣趕，我給杜小姐三天時間搬家。聽說杜小姐新近遇上意外，心情可能不太好，可是自己的男朋友沒了，還是不要飢不擇食，盯著別人的老公才好。」

杜曉蘇幾乎連站著的力氣都沒有了，往後退了一步，卻不想正好撞在某人背上，那人轉過身，她抬起頭——振嶸……竟是邵振嶸。她恍惚地看著他，本能地抓著他的衣袖，她搖搖欲墜，臉白得沒有半分血色，幾乎就要倒下去。

雷宇崢不動聲色放下手，她的手抓得很用力，就像那天晚上在醫院裡一樣。她的眼睛漸漸有了焦點，她漸漸清楚，漸漸明白，這不是她的邵振嶸，不是她可以依靠的振嶸。她的眼裡漸漸浮起哀涼，像是孩子般茫然無措。

雷宇崢微微瞇起眼，看著蔣繁綠。

蔣繁綠也十分意外，看著雷宇崢，過了幾秒鐘，才微笑道：「雷先生，您好。」

他沒什麼表情，冷冷掃了她一眼，蔣繁綠向他介紹：「這是外子林向遠。」

林向遠伸出手，雷宇崢十分冷淡地伸手，幾乎只觸了觸指尖便放下，反手拖過杜曉蘇。「向賢伉儷介紹一下，這是杜曉蘇。」

蔣繁綠萬萬沒想到他會替杜曉蘇出頭，不由得怔了一下。

雷宇崢轉頭，冷冷對杜曉蘇說：「誰敢讓妳不在這行做了，叫他先來問過我。」

杜曉蘇眼裡已飽含熱淚，但拚命忍住，勉強擠出一個笑容，簡直比哭更難看。怎麼也沒想到他剛才就在旁邊，把什麼話都聽了去。

雷宇崢仍冷著一張臉，問：「妳不是有房子嗎？沒時間裝修妳不知道找人？原來那些本事都上哪兒去了？只知道哭！」

杜曉蘇幾乎忍不住淚了，被他銳利如鋒的眼風一掃，硬生生又把眼淚忍回去。

雷宇崢的祕書單婉婷早就過來了，他一轉頭看見單婉婷，便道：「送杜小姐回去，明天找幾個人幫她搬家。」

蔣繁綠笑盈盈道：「對不起，我真不知道。要不那個房子，還是先給杜小姐住著……」

雷宇崢淡淡地答：「我們家空房子多著，用不著別人獻寶。」再不多說，由著一堆人簇擁著，揚長而去。

杜曉蘇十分不安，上車後，才低著頭小聲說：「謝謝。」

雷宇崢十分嫌惡道：「妳就不能稍微有點廉恥心？林向遠是什麼東西，妳跑去跟他勾三搭四，就爲貪圖那點便宜？妳別以爲我今天是幫妳，我是爲了振嶸的面子，不願意讓人家看我們家笑話。我也不指望妳三貞九烈，可妳也不能這麼不要臉，妳丟得起人，我們家可丟不起。」

他話裡每一個字都似最鋒銳的刀，刀刀扎在她心尖上，刀刀見血，扎得她呼吸困難，扎得她血肉模糊，扎得她肝腸皆斷，幾乎連最後的知覺都沒有了。她只覺得難過，百口莫辯。明明是百口莫辯，她卻不想分辯別的，只想分辯自己對振嶸沒有二心，可是振嶸都不在了，其他的一切又有什麼意義？

所以她只是用力睜大了眼，把心底最後一絲酸涼的悲哀逼回去。她的聲音仍舊很小：「我沒給振嶸丟臉，我是眞的不知道，我回去就搬家，麻煩停一下車。」她有些語無倫次，「我不會給振嶸丟人，不管你信不信。」

雷宇崢不願意再搭理她，敲了敲椅背，司機把車靠邊停下了。

那天杜曉蘇是走回家的，沒有搭地鐵，沒有搭公車，也沒有攔計程車。走了好幾站路，走得小腿抽筋，她在人行道上蹲著，等著那抽搐的疼痛一陣陣挨過去，然後再往前走。到家後，她腳上起了兩個水泡，她進了家門才把高跟鞋脫了，赤腳踩在地板上，水泡位置隱隱生疼，才知道皮磨破了，露出裡面紅色的肉。可是顧不上了，她得把所有東西打包、搬家。

她收拾了一夜，才把所東西打包完。天已經亮了，她叫了計程車去鄒思琪那裡，鄒思琪睡眼惺忪替她開了門，見她拖著大包小包嚇了一跳，聽她簡單描述了一下緣由，更是氣得破口大罵林向遠。倉促間，只得先把東西放下，兩個人趕著去上班。

杜曉蘇一夜未睡，熬得兩眼通紅，對著電腦螢幕上縱橫的線條與資料，只覺得頭昏腦脹，只好抽空端著杯子上茶水間，給自己泡杯濃咖啡。誰知還沒走到茶水間口，就聽見裡面隱約的笑聲，依稀是朱靈雅的聲音在說：「噢喲，看是看不出來，沒想到是這樣。平常看她，人還挺好的呀。」

另一個女同事的聲音裡卻透著不屑。「這也是人家本事呀，怪不得新晟老是挑剔我們，合作了這麼多年，沒想到弄出個禍水來……」

「人家林太太也不是好惹的，你們昨天沒聽到那話，說得真難聽，我們在旁邊都臉紅，杜曉蘇竟然都不在乎。」

「後來她跟宇天的老闆走了，聽說當年她進公司，就是上邊有人跟我們項總打招呼。這女人不曉得什麼來頭，真是有辦法。」

另一個聲音卻壓得更低了些：「人家是睡美人，只要肯睡，當然比我們有辦法。幸好她未婚夫死得早，不然那綠帽子戴的……」幾個人一起輕笑起來，隔著門，那聲音也像刀，一下一下刮著杜曉蘇的耳膜，刮得她額角上的青筋跳起，跳得生疼生疼，可是更疼的是心裡。

她的手在微微發抖，轉身往辦公室走，踉踉蹌蹌走回座位，新開了個檔案，輸入「辭職信」，眼睛直直盯著這三個字看，過了幾秒鐘，才曉得往上頭打字，她機械般地敲著鍵盤，一個一個的說辭顯示在螢幕上。其實她都不知道自己打了些什麼，最後，她把辭職信發到主管人力資源的副總信箱。

隔壁座位都空著，寧維誠又帶著同事去新晟那邊了，但這次沒有帶上她。

她想，原來自己進公司是有人專門打過招呼的，那麼當年肯定是振嶸幫自己找著這工作的。可是她終究還是得辜負，她不能在這裡了，她懦弱，她沒出息，可是她受不了人家這樣議論振嶸，這樣質疑她和振嶸。她確實懦弱，但她已經沒有力氣掙扎，她得逃開一小會兒，她只想到一個沒有人的地方，安安靜靜地，想念振嶸。

她只有振嶸了，可是連他也不在了。

杜曉蘇的辭職沒有獲得批准，副總特意將她叫去，和顏悅色地跟她談話。「曉蘇，妳的信我們已經討論過了，妳說妳身體不好，無法勝任目前的工作，我們也十分理解。要不這樣，我們給妳放一段時間的假，妳休息一段時間之後再來上班，怎麼樣？」

她直盯著副總看，問：「宇天是我們最大的客戶，您是不是在擔心會影響公司與宇天的關係？那我可以坦率地告訴您，我和宇天沒有任何關係，如果我繼續留在公司，只怕會對公司造成不良的影響。」

副總十分意外地看著她，過了好一會兒才笑了笑。「曉蘇，妳真是多慮了。這樣吧，妳還是暫時先休息一段時間，等精神好點再上班。」

因爲這位副總一直對她挺關照的，她也不好再多說什麼。

當務之急還是找房子，總不能老跟鄒思琦擠在一塊兒。她在偌大的城市裡奔波來去，跟著仲介一間間地看，一幢幢地跑，最後終於租到侷促的一室一廳。地段不怎麼樣，房子又朝西，租金更不便宜，可是也不能計較了。

鄒思琦特意請了一天假幫她搬家，見著新租的房子諸多不滿，頗有微詞。

杜曉蘇安慰她：「反正我只暫住，等新房子裝修完了，我也就搬了。」

她決定裝修房子，找好了裝修公司，帶著裝修工人去現場，卻發現鑰匙無論如何都打不開門鎖。

她起初以爲鎖壞了，找到了物業管理人員，對方卻告訴她：「杜小姐，這房子房地產公司收回去了，前兩天剛換了鎖。」

她完全傻掉了，如五雷轟頂，難以置信。過了好半晌，才想起來打電話給雷宇崢，但總機不肯把電話轉過去，甜美的嗓音婉拒她：「對不起，杜小姐，我不能夠把您的電話轉接至雷先生辦公室。」

她急中生智，想起給自己寄鑰匙的那個名字，應該是雷宇崢的祕書吧。她已經完全沒有了方寸，失魂落魄，抱著電話，就像抱著最後的救命稻草。「那麼單祕書呢？可以接單祕書嗎？」

總機仍充滿歉意地拒絕：「對不起，單祕書陪雷先生出國了。」

她誰也不認識，雷宇崢出國了，單祕書陪他出國了，他讓人把鎖換了。

他不聲不響，就拿走了一切。

她渾身的力氣像被抽光了，擱下電話，整個人深深窩在牆角，就像受到最後重創的弱小動物，再沒一絲力氣掙扎。

她把自己關在屋子裡三天，不吃不喝，也不動，就坐在破舊的沙發裡，像個木偶。如果真的可以像木偶就好了，沒有痛覺，沒有思想，沒有記憶，沒有一切。

他收回了他的慷慨，把房子拿了回去，他把她僅存的最後一點念想也拿走了。她沒有再做錯事，可是他不打算原諒她，她沒有對不起振嶸，可是他再不打算原諒了。

中間她或許有昏睡，可是再醒來，也不覺得餓，雖然水米未進，可是胃裡像塞滿了石頭，沒有任何感覺。她搖搖晃晃站起來，走進廚房，打開瓦斯，那幽藍的小火苗舔著壺底，其實壺裡是空的，並沒有水，她也不打算燒水。

當時在醫院裡，媽媽抱著她那樣哭，幾乎是哀哀泣求：「曉蘇，妳得答應媽媽，妳不能跟振嶸走，妳得答應媽媽。我和妳爸爸只有妳一個，妳要是做什麼傻事，爸爸媽媽可眞的活不下去了。」

當時她答應過，答應過媽媽，好好活下去。

可是沒想到這樣難，難得她幾乎已經沒有力氣撐下去，她眞的沒有勇氣撐下去了。

她走回臥室，把床頭櫃上邵振嶸和自己的合照抱在懷裡。相框冰冷冰冷的，照片還是春節的時候，兩個人在家裡，她拿手機拍的，傻呼呼的大頭照，兩個人挨在一起，像兩隻小熊，放大了很模糊。他們的合照並不多，因爲兩個人工作都忙，聚一塊兒也顧不上照相。有時候她喜歡拿相機拍他，可那些照片都是他一個人。

她還是把瓦斯關了，因爲振嶸，振嶸他也一定很希望她好好活下去。

他曾那樣愛她，她這樣愛他，她不會違背他的意思，她會盡最大的努力活下去。

她把頭靠在沙發扶手上，昏昏沉沉又睡過去了。

15

清晨時分，下起了小雨，從窗子看出去，遠處新筍樣的樓尖，近處相鄰公寓乳白的凸窗，都隔著一層淡淡的水氣，變得朦朧迷離，整座城市被籠進淡灰色的雨霧裡。

雷宇崢很早就醒了，從浴室出來，窗外的天色仍舊陰沉沉的，雨絲細密綿綿地飄落著。

他換了套衣服，搭電梯下樓，直接到地下停車場。

還很早，雖然下雨，但交通很順暢。在這個城市裡他很少自己開車，跑車引擎的聲音低沉，輕靈地穿梭在車流中，但他沒有任何愉悅的感覺。在高架橋上接到電話，藍牙裡傳出祕書的聲音：「雷先生，您今天所有的行程都已經被取消，但MG那邊剛剛通知我，他們的總裁臨時改變計畫，預計今天下午飛抵上海，您看……」

他連話都懶得說，就把電話切斷，祕書很知趣地沒有再打來。

路很遠，位置十分幽僻，車只能停在山下。上山要走很久很久，他沒有打傘，雨絲連綿如針，濡濕了他的頭髮和衣服。山路兩側都是樹，香樟的葉子，綠得像春天一樣，不時有大滴的雨水順著葉子滑下來，砸在人頭頂上。其實這種樹是在春天落葉的，而現在已經是夏天了。

雨下得大起來，遠處的山景籠在淡灰色的水霧裡，近處的樹倒綠意盈盈，生機盎然。他在半山腰的涼亭裡站了一會兒，抽了一支菸。

振嶸不抽菸，原來也老是勸他戒，因爲對身體不好。

那時候他根本沒放在心上，把振嶸說的都當孩子話，聽過就忘了。

但他其實早就不是小孩子，是大男人了。

振嶸二十八歲了，今天。

他把菸掐滅，繼續往山上走。

兩手空空。

他不知道該帶點什麼給振嶸，也沒訂個蛋糕什麼的，因爲振嶸不怎麼吃甜食，雖然今天是他的生日。他最小的弟弟，也二十八歲了。

他還記得振嶸八個月大的樣子，臉很瘦，不像別的孩子胖嘟嘟的，只看到一雙大眼睛黑葡萄似的，圓溜溜，瞪著人。

那時候趙媽媽抱著振嶸就發愁。「這孩子，瘦得只剩下一雙眼睛了。」

他也記得振嶸八歲的時候，很黏他，他到哪裡，振嶸就要到哪裡。暑假的時候一幫男孩子衝鋒陷陣，他一直是他的小尾巴。

他也記得振嶸十八歲的時候，考完了高考，在家跟父親賭氣，他回來，替弟弟在父母面前說合。

今天振嶸已經二十八歲了。

他不知道今天父母會怎麼過，大哥會怎麼過，但一定比他更難受。

所以他不回家，而是往這裡來。

遠遠已經看到碑，是醫院選的，黑色大理石。那上面有振嶸的名字，有振嶸的照片。

讓振嶸長眠於此，醫院在徵求他與大哥的意見後，便買下了這塊墓地。

他和大哥都同意不將振嶸的骨灰運回家。他和大哥，都妄圖以數千公里的距離，來阻斷父母的傷心。

如果看不見，或許可以不想念。

但是明明知道，那是父母最疼愛的小兒子，那是自己最疼愛的弟弟，即使在另一個世界，也沒有辦法不想念。

他覺得很難受，所以站在很遠的地方，停了一會兒。

雨下得小了些，細細密密，如牛毛般，倒像是春天的雨，但不覺得冷。山裡十分安靜，有一隻小小的灰色麻雀，羽毛已經淋得半濕，一步一跳從青石路面走到了草叢裡。

他這才看到墓前有人。

她縮著胸，很安靜地蜷在那裡，頭抵在墓碑上，就像那隻被淋濕羽毛的麻雀，飛不起來，亦不能動彈。

碑前放著花，很大一束百合，花瓣上積了雨水，一滴滴往下滴著。花旁，蛋糕上的蠟燭還沒有熄，依稀可以看出數字的形狀，一支是「2」，一支是「8」，小小的兩團光焰，偶爾有雨點滴落在上頭，發出嗤嗤輕響。

蛋糕上什麼都沒有寫，一朵朵漂亮的巧克力花，鋪在水果與奶油中間，挨挨擠擠，彷彿在雨氣中綻開。

他在那兒站了起碼有十分鐘，連蛋糕上的蠟燭都熄了，她依然一動未動。她的臉被胳膊擋住，完全看不到是什麼表情，頭髮隨意披在肩上，有晶瑩的雨珠從髮梢沁出來，衣裳全濕透了，不知道她在這裡待了有多久。她一動不動，就像沒有了任何生機。

他忽然想到，該不會眞出事了吧？於是走過去探下身，推了她一下。

她似是睡著了，迷迷糊糊嗯了一聲，動彈了一下，同時他聞到一股濃烈的酒氣，也發現她腳邊擱著的空酒瓶。

原來是喝多了。

自從振嶸不在，他看到的都是狼狽不堪的她。

她跟流浪貓一樣蜷在這裡，手指瘦得同竹節一樣，看得到隱隱的青筋，緊緊抓著墓碑，就像抓著唯一的依靠，唯一的浮木，倒讓人覺得有點可憐。

雨又漸漸下大了，滿山都是風聲雨聲，那束花被雨打得微微顫動，每一朵都楚楚可憐，而她仍然一動不動待在那裡，彷彿已經喪失了意識。她的臉緊貼著墓碑，長長的睫毛覆著，像枝葉叢生的灌木，卻有晶瑩的雨珠，也或者是眼淚，似墜未墜。

雨下得更大，山間被濛濛的水霧籠罩起來，地上騰起一層細白的水氣，不一會兒，衣裳就全濕透了。大雨如注，打在臉上隱隱作痛，連眼睛都難以睜開，她卻根本沒任何反應，縮在那裡似一截枯木，任由雨水澆淋。雨這樣大，他想還是下山，去涼亭裡暫避一下。

他轉身往山下走，走到涼亭時衣服早就濕透了，衣角往下滴著水，山風吹在身上，令人覺得冷；菸也有點潮了，打火機的火苗點了許久，才點燃。

他在涼亭裡把一盒菸抽完，那女人竟然還沒下山。

這是唯一一條下山的路，她如果走下來，一定會從這裡經過。

大概真是醉死了。他把空菸盒揉了，扔進垃圾桶。

雨漸漸小了，聽得到樹葉上的水滴滑落的聲音。他往山下走，路很滑，可以看到蝸牛慢慢爬到青石路面上，振嶸三四歲的時候，就喜歡捉蝸牛，看牠們吃葉子。

振嶸一直是很安靜的孩子，很乖。

長大成人後，他也很安靜，母親總是說，振嶸是家裡最乖巧的一個。

雷宇崢走到停車場，啓動了車子，還沒駛出停車場，他又想了想，終於還是把車停下，重新上山。

上山更覺得路滑，雨已經停了，但路上有淺淺的積水，映著人的影子，亮汪汪的。他走得很快，不一會兒就看到那黑色的大理石墓碑，被雨水沖刷得似晶瑩的黑曜，而杜曉蘇竟然還在那裡，像從來沒有改變過，雖然衣服已經濕透了，可是她仍像雕塑般，一動也不動靠在墓碑上。

「喂！」他喚了她一聲，「醒醒！」

她沒應他。

「杜曉蘇！」

他叫她的名字，她也沒反應。

最後他用力推了她一下，她終於睜開眼睛，看了他一眼。

她的眼神疲乏而空洞，看到他的時候，眸子裡似燃起一點光，像是炭火中最後一絲餘燼，沒等他反應過來，她忽然就鬆開了抓著墓碑的手，緊緊抓住他，她整個人撲上來，撲到他懷裡，然後全身劇烈地抖動——他從來沒見過有人這樣子，就像是掏心掏肺，要把五臟六腑都嘔出來。可是她並沒有吐，也沒有哭，只是緊抓著他，無聲地劇烈顫抖著，是真的無聲，她沒有發出任何聲音，卻幾乎是用盡了全身的力氣。她整個人都在發抖，沒有聲音，她像是失去了聲帶，把所有的一切都化成固執的悲慟，卻沒有一滴眼淚。他用力想撥開她的手，可是她死也不肯放，她的嘴唇發紫，也許是凍的，也許是因爲傷心，竟然一下子就暈過去了。

他從來沒見過一個人可以傷心成這樣，其實她連眼淚都沒有掉，可是這種絕望而無聲的悲慟，卻比嚎啕大哭更讓人覺得戚然。

他試圖弄醒她，掐她的人中掐了很久，她竟然都沒有反應。她的一隻手緊攥著他的衣服，他費了好大的力氣才把她抓著自己衣角的那隻手掰開，聽到叮一聲微響，有什麼東西掉在地上，他拾起來一看，原來是一枚戒指。

他認得，是趙媽媽給的，應該是一模一樣的三枚，有一枚給了大嫂，這一枚給了她。沒想到她還隨身帶著。

其實不是不可憐。

他怔了好久，才把戒指套回她手指上，把她弄下了山。

終於將她塞進車裡時，他出了一身汗，連衣服都已經被蒸乾了。她並不重，身上全是骨頭，硌得他都覺得疼。

她在副駕駛座上迷迷糊糊，時不時身子還抽搐一下，像小孩子，哭得太久，於是一直這樣。可她都沒有哭，連眼淚都沒有掉。

她睡了很久，一動也不動，像子宮裡的嬰兒，只是安靜地沉睡。

她或許做了一個夢，在夢裡，她把自己丟了，好像還很小，找不到父母，找不到回家的路，只知道驚慌失措地哭泣。

然後振嶸來了，他帶她回家，他抱著她，就像從來沒有離開她。她覺得很安心，把臉貼在他胸口，聽他的心跳，咚咚咚，熟悉而親切。

可是振嶸已經不在了。

她知道是做夢，所以不肯睜開眼，更不肯哭泣，只怕自己略一動彈，他就不見了，就像許多次在夢中一樣。

終究是會醒來。

醒過來時她也沒有哭，雖然在夢裡她曾經大哭過一場，抱著振嶸，就在他懷裡，就在他最溫暖最安逸的懷裡，她哭得那樣痛苦，哭得那樣絕望，哭得那樣肝腸寸斷，可是醒過來，也不過是夢境。

再不會有振嶸，可以放任她在懷中哭泣。

她知道，於是把手貼在胸口，那裡還在隱隱地痛，她知道會痛很久很久，一輩子，一生一世。

她只是沒有了振嶸。

房間很大，也很陌生，床很寬，身上是薄薄的涼被，天花板上全是鏡子，可以看到自己蜷縮成一團。

她不知道這是哪裡，只記得自己去看振嶸，買了花，買了蛋糕，買了酒，然後，去振嶸那裡。是振嶸的生日，所以她去了。墓碑上嵌著他的照片，隔著薄薄的無色琉璃，他含笑凝視著她，就像從前一樣。

她跟振嶸說了很多話，太辛苦，只能對振嶸說，活著實在是太辛苦了。她答應過媽媽，她知道振嶸也希望她好好活下去，可是那樣辛苦，不可以對任何人講，只有振嶸。

後來，雨下大了，她睡著了。

她不知道自己是在哪裡，也不知道自己到底睡了多久，身上的衣服已經差不多全乾了，皺巴巴的像鹹菜，她起身，看到有浴室，進去洗了個臉。鏡子裡的人蒼白憔悴，像是孤魂野鬼，其實她本來就是孤魂野鬼，活著亦不過如此。

她沒找到自己的鞋，於是赤腳走出房門。走廊裡全是地毯，走上去無聲無息，可以望見挑高進深的客廳。

樓下十分安靜，沒有人。

偌大的別墅十分空闊，她拐了一個彎，那裡有扇門，門後似乎有微小的聲音。

她推開門。

西式廚房前有設計獨特的中庭採光，別致的下沉式庭院裡種了一株極大的丹桂，雨水將丹桂的葉子洗得油亮油亮，映在窗前，盈盈生碧。

他回頭看了她一眼，沒有任何表情，又轉過頭繼續。

她的視線模糊，在朦朧的金色光暈中，依稀可以看見他的側影，眉與眼都不甚清晰。

可是他不在了，這不是他。

她明明知道。

就如同明明是夏天，可是晨雨點點滴滴落在丹桂的葉子上，卻像是秋聲了。

他隨手將麵包擱到盤子裡，塗上果醬，然後把盤子推到她面前，走到冰箱前，打開麵包袋，又爲自己烤了兩片。

廚房裡的原木餐桌很寬很長，早晨剛送來的新鮮插花被他隨手擱在餐桌中央，擋住他大半張臉，看不清楚他的表情。她很努力把麵包吃下去，刀叉偶爾相觸，發出細微的叮噹聲。

兩人都十分安靜，外頭的雨又下起來，滴滴答答，落在中庭的青石板上。

她鼓起勇氣，抬起了頭。「求你一件事，可以嗎？」

16

他原本以爲她會開口要那間房子，結果出人意料，並沒有。

她和振嶸助養了偏遠海島上一所希望小學的幾個貧困孩子上學，那幾個懂事的孩子幾乎每個月都寫信給他們。過年的時候孩子們寫信來，央求她寄了一張她和振嶸的合照過去，孩子們一直盼望可以親眼見見她和振嶸，當時她就和振嶸在回信中說，等小邵叔休假，一定去看他們，帶著照相機，跟他們拍很多照片，等他們長大後再看。

「能不能陪我去看看孩子們？就這一次，不會耽誤你很久時間。你和振嶸很像……他們不會知道……」她喃喃，「我眞的不知道該怎麼跟他們說……我要是說，振嶸不在了……這麼殘忍的話，我自己都沒辦法接受……」她低下頭，沒有哭，嘴角反而倔強地上揚，帶著一點淒涼的笑意。

他看了她一眼。「妳攬的事還挺多的。」

「我們本來打算資助這些孩子直到大學，可是現在……反正我會供他們讀下去。」她抬起眼，看著他。「就只麻煩你這一次，我會告訴孩子們，小邵叔叔馬上就要出國，所以不會有下次了，我保證以後再不會給你添麻煩，這是最後一次。」

她烏黑的大眼睛看著他，並沒有哀求的神色，也不顯得可憐，眼中只有一種坦蕩的明亮，就像她並不是在請求他，只是單純在尋求幫助。本來他一直覺得她可憐，可是有時候，她偏偏又出乎他的意料。

他沉默不語。

三天往返時間有點緊張，可是勉強也夠。杜曉蘇沒什麼行李，卻買了一大堆文具畫筆之類的東西，還買了不少課外書，竟然裝滿一個五十公升的登山包。下了飛機又冒雨轉車，行程非常艱苦，一直在路上顛簸，最後還要轉兩次輪渡，到海上天已經黑了，又換了更小的漁船去島上。本來就在下雨，風浪很大，漁船很小，她暈船，吐得一塌糊塗，蹲在船舷邊不敢站起來，他拿了瓶水給她，因為經常出海釣魚，他比她適應得多。只見她蹲在那裡，抱著拉網的繩子吐了又吐，卻一聲不吭，既不叫苦，也不問還有多遠才到達。

她這倔強的樣子，眞有點像振嶸。

好不容易熬到下船，她大概是第一次搭這樣的漁船過海，腳踏上陸地之後，她的腳步仍舊打滑，像是地面仍和海面一樣在搖晃。碼頭上有盞燈，照見雨絲斜飛，不遠處的海面漆黑一片，更覺得還像在船上。

孩子們提著風燈，由唯一的老師領著，守在碼頭上接他們。那位孫老師年紀也不大，也不過是十八九歲的小夥子，見到他們分外靦腆，搶著要幫他們拿行李。

有個孩子怯怯叫了聲：「小邵叔叔！」

杜曉蘇明顯怔了一下，回頭看他，他笑著應了，還摸了摸那孩子的頭，杜曉蘇鬆了口氣。一幫孩子嘰嘰喳喳叫起來，像一窩小鳥，馬上熱鬧起來。幾個小女孩叫杜曉蘇：「曉蘇姐姐！」有個大點的姑娘踮起腳，想要替杜曉蘇撐開一把傘，看著小姑娘那樣吃力，雷宇崢把登山包背好，騰出手，接過傘。「我來吧。」

一路上杜曉蘇都很沉默，邵振嶸出事後她一直是這樣子，跟孩子們說話的時候，她才有點活潑起來。「四面都是海，我們肯定不會走錯路的，怎麼下雨天還出來接我們？」

小孫老師還是很靦腆，說：「昨天接了電話，說你們要來，學生們就唸叨了一天，一定要到碼頭來等，我勸不住。再說你們大老遠來，我們當然應該出來接。」

傘很小，雨下得大起來。

小姑娘認眞地說：「曉蘇姐姐，妳看小邵叔叔都淋濕了。」

原來，他手裡的傘是傾向她的。杜曉蘇愣了一下，看他有大半個肩頭被淋濕了，她不知道怎麼辦才好，最後遲疑了一下，伸出手挽住他的胳膊。

一幫小孩子都笑嘻嘻的，大概很樂於見到他們親密的樣子。

學校建在半山腰，上山的路不好走，蜿蜒向上，幾乎是一步一滑。好不容易到了學生宿舍，所有人幾乎全淋濕了。所謂的學生宿舍只是一間稍大的屋子，搭著一長溜鋪板，頭頂懸著盞昏黃的燈泡。

小孫老師還是很靦腆地笑。「我們有發電機……」話音未落，燈泡就滅了，孩子們全笑起來，在黑暗中，小孫老師聲音顯得很懊惱。「還笑。」一幫孩子又哄笑起來，小孫老師說：「去年買的舊發電機，老是壞，壞了島上又沒人會修……」

雷宇崢打燃打火機，從登山包裡把手電筒找出來，小孫老師也找著蠟燭，說：「我去灶間燒開水，孩子們還沒洗呢，淋濕了很容易感冒。」

雷宇崢問：「發電機在哪兒？我去看看吧。」

杜曉蘇有點詫異地看了他一眼，他沒有說什麼。

小孫老師引著他去看發電機。

雷宇崢把外套脫了，捋起袖子，仔細檢查。「毛病不大。」

因爲小孫老師急著去燒水，所以杜曉蘇接過手電筒，替雷宇崢照亮。他有很多年沒有碰過機器了，上次還是在大學裡的實驗室，好在基本原理還沒忘，電路也不複雜。因爲手電筒的光束照出去的角度十分有限，稍遠一點又嫌不夠亮，所以杜曉蘇就蹲在他旁邊，兩個人幾乎頭並著頭，這樣他才看得清機殼裡的零件。離得太近，她的呼吸暖暖的，細細的，拂在他耳邊，耳根無端端發起熱來；呼吸間有淡淡的香味，不是香水，是她身上的氣息，若有似無夾雜在機器的柴油氣味裡。他有點懷疑是自己的錯覺，因爲柴油的味道很濃，應該什麼都聞不到。

折騰了差不多一個小時，弄得一手油污，發電機終於重新轟鳴起來，屋子裡的燈泡亮了，孩子們也歡呼起來。

回到屋子裡，一幫孩子七嘴八舌——

「小邵叔叔眞能幹！」

「小邵叔叔是醫生！」

「會治病還會修發電機！」

「長大了我也要跟小邵叔叔一樣！」

……

她微笑著回過頭來，電燈昏黃的光線照在她臉上，雙頰有一點暈紅，像是歡喜。

「我去打水來給你洗手。」

沒等他說什麼，她已經跑去廚房了。

小孫老師已經燒了一大鍋開水，她舀了一瓢，兌成溫水，給他洗手，又幫著小孫老師招呼孩子們洗澡。都是附近島上漁民的孩子，集中到這個小島上讀書，因爲大小島嶼隔海相望，很多學生一個月回不了兩次家，從上課學習一直到吃喝拉撒睡，全是這位小孫老師照料。幸好孩子們非常懂事，自己拿臉盆來分了水，排隊洗澡。

小孫老師把房間讓出來給他們，自己去和學生擠著睡。他笑得仍舊靦腆，道：「柴油漲價了，發電機只能用一會兒，早點休息吧。」

雷宇崢覺得很尷尬，幸好小孫老師也覺得挺不好意思的，把手裡拎的兩個開水瓶放在地上，撓了撓頭就飛快走了。

他把門關好，打開登山包，取出防潮墊和睡袋。「妳睡床上吧。」

她看了看那張單人床，小孫老師一定特意收拾過，被褥都很乾淨。她說：「還是我睡地上吧。」雖然在山上，可畢竟是島上，又還在下雨，地上十分潮濕。

他說：「沒事，爬山的時候我還經常睡帳篷呢。」他把另一個睡袋給她，「妳要不要？晚上會很冷。」

洗過臉和手腳，就躺到睡袋裡。雨聲瀟瀟，小屋如舟，遠遠聽得見海上的風浪聲，屋內一燈如豆，在路上奔波了一天，在這海上孤島小屋裡，倦意很快襲來，她翻了個身，不一會兒就呼吸均勻，顯然是睡著了。

過沒多久，燈泡裡的鎢絲微微閃了閃，昏黃的燈泡也熄掉了。

大概是那點柴油已經用完了吧。

不知爲什麼睡不著，也許是因爲屋外的風聲雨聲海浪聲，也許是因爲陌生的環境，也許什麼原因都沒有，只是想抽一支菸。

屋子裡漆黑一片，屋外也是漆黑一片，天地間只剩下嘩嘩的風雨聲。她呼吸的聲音很細微，夾雜在一片嘈雜的雨聲中，仍然可以聽見，像一隻貓，或別的什麼小動物，不是打鼾，只是鼻息細細，睡得很香。夜晚是這樣安靜，即使外面狂風橫雨，屋子裡的空氣卻如琥珀般凝固，睡袋暖得幾乎令人煩躁。

他最後還是起身，找著背包裡的菸盒，打火機喀嗒輕響，火苗騰起，點燃香菸的同時，不經意劃破了岑寂的黑暗。微微搖動的光焰，漾出微黃的光暈，忽然照見沉沉睡著的她，烏黑的頭髮彎在枕畔，襯著她微側的臉龐像海上的明月，雪白皎潔得不可思議。

他熄掉打火機的火，靜靜把菸抽完，黑暗裡看不到煙圈，但菸草的氣息深入肺腑，帶著微洌的甘苦。

屋外雨聲密集，這大海中的小島已經變成一葉小舟，在萬頃波濤中跌宕起伏。

第二天雨仍沒有停，反而越下越大。

杜曉蘇很早就醒了，而雷宇崢已經起來了。她走到廚房，小孫老師剛把火生起，於是她自告奮勇幫忙煮早飯。收音機正在播報天氣，颱風向南轉移，幸好颱風中心離小島非常遠，這裡只受一點外圍環流的影響。

孩子們都在屋簷下刷牙洗臉，早飯是稀飯和麵拖魚①。杜曉蘇把魚炸糊了，可是孩子們照樣吃得津津有味，小孫老師吃著焦糊的麵拖魚也笑呵呵，倒是杜曉蘇覺得挺不好意思，把外面炸焦的粉塊都拆了下來。「只吃魚吧，炸糊的吃了對身體不好。」

吃過早餐，她把帶來的文具、課外書都拿出來，孩子們一陣歡呼，像過節一樣歡天喜地。

雨越下越大，風也刮得越來越猛，小孫老師怕颱風會轉移過來，拿了錘子、釘子和木板，冒著雨去加固教室所有門窗，雷宇崢正在幫他忙，看見杜曉蘇彎腰想去抱木板，走過來推開她。「這種事不是女人做的。」

他抱了木板走過去，跟小孫老師一起，冒著風雨在窗外一邊錘一邊釘，大半天才弄完。這麼一來，兩人都濕透了，濕衣服貼在身上，被海風一吹，冷得浸骨。杜曉蘇不會用大灶，還是小孫老師生了火，她手忙腳亂煮了一鍋薑湯，小孫老師沒說什麼，雷宇崢皺著眉頭喝了下去。

她不常下廚，所以很心虛地看著他。「薑湯辣嗎？」

薑湯當然會有點辣，不過比早上炸糊的魚要好多了。

做午飯的時候看她笨手笨腳，他實在忍不住了。「圍裙給我，妳出去吧。」

她怔愣了下，似乎想起什麼，但什麼也沒說，默默解下圍裙遞給他。

小孫老師在灶間燒火，杜曉蘇在旁邊打雜，遞盤子、遞碗什麼的。雷宇崢一共做了四個菜，四個菜全是魚，孩子們把飯盆吃了個底朝天，都嚷嚷說小邵叔叔做飯真好吃，連魚都做得這麼好吃。

杜曉蘇也挺得意。「小邵叔叔最能幹了，做飯也特別好吃，比我做的好吃多了。」

小姑娘也笑了。「曉蘇姐姐妳不會做飯啊？」

杜曉蘇蹲下來，笑盈盈對她說：「曉蘇姐姐還有好多不會的事情，所以你們要好好學習，等你們讀了大學，讀了碩士、博士，就比曉蘇姐姐知道更多事，比曉蘇姐姐更能幹，到時候就輪到你們來教我了。」

小孫老師趁機說：「好了，要上課了，大家去教室吧。」

孩子們去上課了，廚房安靜下來，杜曉蘇把飯碗都收起來，泡在盆裡。水缸裡的水沒了，小孫老師把大木盆放在院子裡接雨水。雨下得太大，只聽得到嘩嘩聲，後山上的灌木和矮樹都被風吹得向一邊倒去。灶前放著一只木桶，上面倒扣著一個塑膠盆，裡面是蝦蛄，蝦是昨天船送來的，小孫老師預備給大家當晚飯。

她揭開看了看，養了一天還活蹦亂跳，有隻蝦一下子蹦出來，她想捉回去，那蝦弓著身又一跳，一直跳到屋角，她跟著追過去，忽然一道小小的黑影掠出來，掃過她的腳背，杜曉蘇被嚇了一跳，後來才看清原來是隻很小的貓，一下子撲到了蝦上。沒想到蝦上有刺，小貓大概正好按在刺上，頓時喵地叫了聲，一躍又躍開很遠，歪著圓圓的小腦

---

① 麵拖是上海菜的一種製作手法，把需要油炸的東西放到麵粉加蛋的糊裡裹一下再下油鍋，因為外面包裹的麵糊呈現不規則模樣，偶爾可能還會像拖把拖過水的樣子，因而得名。

袋，端詳著那隻蝦，過了好一會兒，才躡手躡腳走近，又伸出爪子，試探地撥了撥蝦，蝦奮力一跳，正好撞在小貓的鼻子上，嚇得那隻小貓嗚咽一聲，鑽到杜曉蘇腿下，瑟瑟發抖。

杜曉蘇把小貓抱起來，是一隻黑白相間的小花貓，軟軟的，在她掌心裡縮成一團，像個絨球，喵喵叫著。

她逗著小貓：「咪咪，你叫什麼名字？看你這麼瘦，不如叫排骨吧。」其實小貓跟她眞有點像，都是圓圓的大眼睛，尖尖的臉，看著人的樣子更像，老是水意濛濛，就像眸子會說話。

小貓伸出粉紅色的小舌頭，舔著她的手指，她頓時大笑起來。「振嶸你看，好可愛！」

他沒有說話，她大概是眞的把他當成振嶸了，在這個小島上。

應是眞的很愛很愛，才會這樣沉湎，這樣自欺欺人。

外面豪雨如注，唰唰響在耳邊，伴著教室裡傳來孩子們疏疏朗朗的讀書聲，領讀的是小孫老師那不太標準的國語：「武夷山的溪水繞著山峰轉了九個彎，所以叫九曲溪。溪水很清，清得可以看見溪底的沙石……」聲音夾雜在風雨裡，顯得遠而飄忽。

杜曉蘇看著外面大雨騰起細白的水霧，被風吹得飄捲起來，像一匹白綢，捲到哪裡就濕到哪裡。她不由得有幾分擔心：「明天要是走不了怎麼辦？」

風雨這樣大，只怕渡船要停了。

忽然她又朝他笑了笑。「要是走不了，我們就在島上多待兩天吧。」

以前她總是淚光盈然的模樣，其實她笑起來非常可愛，像小孩子，眉眼間有一種天真的明媚，就像星光，會疏疏地漏下來，無聲無息漏到人心上。

外面風聲雨聲嘈雜成一片，似乎要將這孤島隔離成另外一個世界。

17

傍晚，風終於小了，雨也停了，孩子們衝出教室，在小小的操場上歡呼。杜曉蘇拿著照相機，幫他們拍了無數張照片，一眾小腦袋湊在一起，看數位相機上小小的ＬＥＤ螢幕，合照拍得規規矩矩，孩子們將雷宇崢和杜曉蘇圍在中間，燦爛的笑容就像一堆最可愛的花朵，但有些照片是杜曉蘇迅速抓拍，孩子們愛對著鏡頭扮鬼臉，拍出來的樣子當然是千奇百怪，引人發笑。杜曉蘇非常有耐心，一張張把照片調出來給大家看，逗得一幫孩子時不時發出笑聲。

水缸裡的水快沒了，小孫老師要去提水，杜曉蘇自告奮勇。「我去吧。」

小孫老師撓了撓頭，「那讓邵醫生跟妳一塊兒去吧，路很難走，妳也提不動。」

她愣了一下，雷宇崢已經把桶子接過去了。「走吧。」

走上山，才知道小孫老師爲什麼說路難走。所謂的路，不過是陡峭山上一條細細的之字形小徑，泉眼非常遠，有很長一段路一面就臨著懸崖，崖下就是浪花擊空，嶙峋的礁石粉碎了海濤，捲起千堆雪，看上去令人眩暈。杜曉蘇爬上山頂時已經氣喘吁吁，風很大，把頭髮全都吹亂了。站在山頂望出去，一望無際的大海，近處的海水是渾濁的赭黃色，遠處是極淺的藍色，極目望去看得見小島，星星點點，像雲海中的小小山頭。

大塊大塊的雲被風吹得向更遠處移去，像無數競發的風帆，也像無數碩大無朋的海鳥，漸飛漸遠。她張開雙臂，感受風從指端浩浩吹過，雷宇崢站在那裡，極目望著海天一線，胸襟似乎爲之一洗。天與海如此雄壯廣闊，而人是這樣渺小微弱，人世間再多的煩惱與痛楚，似都被這海天無垣所吞噬，所湮沒。

竟然有這樣壯麗的風景，在這無名的小島上。

有毛茸茸的東西掃著他的腿，低頭一看，原來是那隻小貓，不知道什麼時候跟著來，一直跟到了這裡。四隻小爪已經濺上了泥漿，搖搖擺擺向杜曉蘇跑過去，她把小貓抱起來，蹲在泉邊把牠的爪子洗乾淨，泉水很冷，冰得小貓一激靈，把水珠濺到她臉上。因爲冷，她的臉頰被海風吹得紅紅的，皮膚近乎半透明，像早晨的薔薇花，還帶著露水般的晶瑩，一笑起來更是明豔照人，彷彿有花正綻放開來。

他蹲下去打水。

只聽見她對小貓說：「排骨，跟我們回家吧，家裡有很多好吃的哦。」

他淡淡瞥了一眼，終於說：「妳不會眞打算把牠帶回去吧？」

她的樣子有點心虛。「小孫老師說貓媽媽死了，小貓在這裡又沒什麼吃的，將來說不定會餓死……」

「這裡天天都有魚蝦，怎麼會餓死牠？」

「可是沒人給牠做飯啊。」

他把滿滿兩桶水提起來。「妳會做飯給牠吃？」

她聽出他語氣中的嘲諷，聲調降了下去。「我也不會……可是我可以買貓糧……」

他提著水往山下走。「不能帶寵物上飛機。」

她愣了一下，追上去跟在他身後。「想想辦法嘛，幫幫忙好不好？」

他不理睬她，順著崎嶇的山路，小心翼翼往山下走。

她抱著貓，深一腳淺一腳跟著他，央求：「你看小貓多可憐，想想辦法嘛，你連發電機都會修……」她聲音軟軟的，拉著他的衣袖。「振嶸……」

他忽地立住腳，淡淡地說：「我不是邵振嶸。」

她的手一鬆，小貓跳到地上，她怔怔看著他，像忽然被人從夢中喚醒，猶有惺忪的怔忡。小貓在地上滾了一身泥，糊得連毛皮的顏色都看不出來了，伸出舌頭不停舔著自己的爪子，仰起頭朝他喵喵叫，一人一貓都睜著大眼看著他，彷彿都不知所措。

他拎著水桶繼續往山下走，她抱著貓，默默跟在他後面。

晚上仍是他做的飯，因爲有紫菜，所以做了紫菜蝦米湯，孩子們依然吃得很香，杜曉蘇盛了一碗湯，默默喝著。

小孫老師怕他們受了風寒，特意去廚房找了一瓶酒出來。「咱們今天晚上喝一點兒，免得風濕。」

酒是燒酒，泡了海參，味道有點怪。

小孫老師本來想陪雷宇崢多喝兩杯，但他哪裡是雷宇崢的對手，幾杯酒下肚，已經從臉一路紅到了脖子，話也多起來。「你們來，孩子們高興，我也高興……邵醫生，你跟杜小姐眞是好人，一直寄錢來，還買書寄來……我也有個女朋友，可是她不明白，一直說島上太苦，當老師掙不到錢，讓我上大陸打工去。可我要是走了，娃娃們怎麼辦……他們就沒人教了……你和杜小姐，你們兩個心腸都這麼好……」他有點語無倫次。

杜曉蘇拿過酒瓶，替他斟上一杯酒。「孫老師，我敬你。」

「杜小姐也喝一點吧，這酒治風濕的，島上濕氣重。」小孫老師酡紅的臉，笑得還是靦腆。「這次你們來，沒招待好你們，眞是辛苦你們了。我和孩子們，祝你們白頭偕老。」

最後，把一瓶燒酒喝完，發電機也停了。

小孫老師拿著手電筒，去宿舍照顧孩子們睡覺。杜曉蘇躺在床上，起先隱約還聽見小孫老師在隔壁和沒睡著的孩子說話，後來大概都睡著了，沒了聲音。

屋子裡點著一根蠟燭，燭光微微搖曳。

雷宇崢仍睡在地上，閉著眼睛，她不太肯定他是不是睡著了，所以很小聲地叫他：「喂……」

他睜開眼，看了看她。

「對不起。」

他把眼睛又閉上了。

她說：「謝謝你，這兩天讓孩子們這麼高興。」

他有點不耐煩，翻了個身。「妳放心，下次不會了。」

「我知道我錯了，以前總是怨天尤人，還自以為很堅強。振嶸走了之後……我才知道自己有多懦弱。我覺得不公平，怎麼可以那樣讓振嶸走了，我甚至都來不及跟他說……我也恨過自己，如果我不說分手的事情，也許振嶸不會去災區。可是現在我知道了，即使沒有我，振嶸一定也會去災區，因為他是那樣善良，他一定會去救人的。如果眞的要怪，只能怪我自己沒有福氣。」她的聲音慢慢低下去，「就像小孫老師，他從來沒有怨天尤人，一個人在島上教著這麼幾個學生，就連打點淡水都要走那麼崎嶇的山路。要教書，要照顧學生生活，卻連一聲抱怨都沒有……和小孫老師比起來，和振嶸比起來，我眞是太自私，太狹隘了……」

外邊的天晴了，透過橫七豎八釘在窗子上的木板縫隙，看到有星星，在黑絲絨般的天幕露出來。

海上的星星很大，很亮，像是一顆顆眼睛，溫柔地俯瞰著她。

會不會有一顆星星，是振嶸？

他會不會也在天上，這樣溫柔地俯瞰著她？

她慢慢地闔上眼睛。「謝謝你陪我來島上。」

過了很久很久，她都沒有再說話，他終於轉過頭來。她已經睡著了。蠟燭已燃到了最後，微弱的燭光搖了搖，終於熄滅了。

短暫的黑暗後，漸漸可以看清從窗子透進來的疏疏星光；遠處傳來陣陣濤聲，是大海拍打著山腳的沙灘。

她似乎總是可以很快睡著，沒有心機，就像條小溪，雖然蜿蜒曲折，在山石間若隱若現，實際上卻清澈見底，讓人一眼可以看穿。

跟孩子們告別的時候，難分難捨，漁船駛出了很遠很遠，還看到碼頭上佇立的那一排身影，隔得太遠了，只能看見一個個的小黑點，可是留在視線裡，永遠地停留在視線裡了。

早上收拾行李的時候，學生們十分捨不得他們走，有兩個小姑娘還掉了眼淚，她也十分難過。

以後她再也不會來了，再過幾年，孩子們就長大了，會讀中學，會更懂事，會離開小島，會讀大學……也許孩子們會記得她，也許孩子們終究會忘記她。可是以後，只她一個人，她再也不會到這裡來了。因爲她和振嶸，已經來過了，而她一個人，再不會有以後了。海水滔滔從視線裡擦過，嘩嘩的浪花在船尾濺起，有幾點海水濺在她臉上，海與天這樣遼闊，這樣無邊無際，船在海中，渺小得如同芥子，千百年來，大海不知看過了多少悲歡離合，見過了多少世事變遷。時光會過得飛快吧，從今以後，她一個人的時光。

海風太大，小船在海浪中起伏。雷宇崢站在那裡，看她一動不動蹲在船舷邊，大概早上吃的東西又全吐光了，可她仍然沒有吭一聲，就像來的時候，沉默而倔強的神色。

他們趕到機場，搭最晚一班飛機回去。因爲天色已晚，偌大的航站裡燈光通明，只有寥寥幾個乘客坐在候機室裡，等待登機。

雖然一整天的舟車勞頓，但她只是很沉默地坐在那裡，像一個安靜的洋娃娃。

他拿了一張自己的名片，遞給她，說：「有什麼事可以打這個電話。」

其實他想說的是可以把房子還給她，但不知道爲什麼，這句話到嘴邊又說不出來了。

她接過了名片。「謝謝。」

他沒有再說話。

「振嶸不在了。」她垂下眼睫，「我以後不會再給你添麻煩的。」

杜曉蘇回來後，鄒思琦覺得很奇怪，因爲從島上回來後，她似乎重新開朗起來，甚至偶爾會露出笑容，提到邵振嶸的時候也十分平靜，不再像過去，總是那樣脆弱得不堪一擊。只有杜曉蘇自己知道，島上的那幾天，就像是偷來的時光，小小的孤島，如同世外桃源，唯有孩子們清澈的眼神。他們天眞，卻懂事，努力生活，努力學習，就連小孫老師都有一種難以想像的堅強。她會好好活下去，因爲振嶸希望，因爲愛她的父母希望，因爲愛她的人希望。

所以，她鼓起勇氣去上班。

還是有同事用異樣的眼光看她，但她不再氣餒，也不再留意關於自己的流言蜚語，她認眞工作，全力以赴，不再有任何沮喪與分心，幾個星期後就有明顯的效果，這樣的狀況和態度，立刻重新贏得大部分同事的信任，畢竟業績證明了一切。雷宇崢的祕書單婉婷把鑰匙重新快遞給了她，拿到鑰匙的時候，她幾乎連喜悅都沒有了，得而復失，失而又得，可是不管怎麼樣，她還是很慶幸，可以拿回自己與振嶸的房子。

比較意外的是過了幾天，總經理室突然通知她晚上和市場部的同事一起陪項總去一個商業宴請。到了才知道，是宇天地產的高副總代表宇天地產宴請項總。飯吃到一半，雷宇崢忽然由服務生引著，推門進來，席間的人自然全站了起來，雷宇崢與項總一邊握手，一邊道歉：「剛下飛機，晚了點，實在是抱歉。」

項總是東北人，爲人特別豪爽，握著雷宇崢的手直晃。「說這麼見外的話做什麼。」

喝的是瀘州老窖白酒，總共不過七八個人，很快喝下四瓶「國窖1573」，於是席間熱鬧起來，幾位老闆互相開著玩笑，氣氛也輕鬆了許多。

杜曉蘇本來只顧埋頭吃菜，忽然被項總點名：「曉蘇，代表咱們公司敬雷先生一杯吧。」

她有兩秒鐘的意外，然後就順從地端起酒杯。

已經喝了那樣多的酒，雷宇崢臉上絲毫看不出醉意，笑著說：「不行不行，這個太欺負人了。哪有喝到一半，突然叫個小姑娘出來？不興這樣的啊，照這個喝法，我今天得躺著回去了。」

「我扛你回去。」項總興致勃勃，把他手裡的酒杯硬奪過來。「咱們也不是一年兩年的交情了吧，我知道你的量。來來，曉蘇，滿上，給雷先生斟滿了。咱們東北的姑娘，雷先生無論如何得給點面子。」

這樣的應酬總歸是難免。杜曉蘇還是第一次見著這樣的雷宇崢，或許剛從機場出來，頭髮略有一絲凌亂，灰色的襯衫解開了釦子，整個人半倚半靠在椅背上，跟他平常一絲不苟的模樣大相徑庭，有一種公子哥特有、懶洋洋的放蕩不羈。他修長的手指攔住了杯口。「這不是面子不面子的問題，這是不公平。」他漫不經心地看了她一眼，「要不杜小姐也喝一杯，她喝一杯，我喝一杯。」

項總本來對他與杜曉蘇的關係很是揣度，因爲當初杜曉蘇進博遠設計，就是上邊一位老友給他打電話，挑明是雷家的關係，所以他還特意囑咐過人力資源處日常多關照一下。這次帶杜曉蘇來跟宇天談合約，也是想順便攀個人情，但他一直沒想過這事根本不是他想的那樣子，所以酒席上半開玩笑地讓杜曉蘇出來敬酒，沒料到雷宇崢會說出這樣的話，簡直沒有半分憐香惜玉之心。

正有點尷尬的時候，杜曉蘇已經給自己斟了滿滿一杯酒，端起來，說：「雷先生，我先乾爲敬。」不待眾人反應過來，她已經一仰脖子，咕嘟咕嘟全喝了下去。

那是六十度的烈酒，滿滿一大玻璃杯，席間眾人全愣住了，過了幾秒才轟然叫好。雷宇崢臉上看不出什麼表情，項總心裡倒覺得這兩人關係眞有點異樣，正在琢磨，就見杜曉蘇從服務生手中接過酒瓶，替雷宇崢斟上。「謝謝雷先生。」

雷宇崢也是一口氣喝乾，項總領頭拍手叫好，雷宇崢似笑非笑道：「杜小姐也得跟項總喝一杯，這樣才公平。」

這下輪到項總不幹了。「這不是爲難人家小姑娘嗎？不行不行，咱們喝咱們的……」

雷宇崢把酒杯往桌上一擱，只說了兩個字：「斟滿！」

杜曉蘇知道雖然是宇天請客，但實質上是公司這邊有求於宇天，誰讓宇天是甲方。她端起杯子，一口氣沒喝完，嗆住了，捂著嘴咳了兩聲，仍是勉力喝完。

一旁的高副總看不過去，替她解圍：「哎，今天就杜小姐一個女孩子，要是把她灌醉了，那豈不是太沒風度了。咱們喝咱們的，杜小姐還是喝果汁吧。」

雷宇崢沒有說話。杜曉蘇已經覺得頭昏腦脹，她的酒量一般，那兩杯烈酒喝得又急，此時覺得嗓子裡像要冒火般，火辣辣的。恰好此時杏汁官燕上來了，她本來吃不慣燕窩，但從口裡到胃中全都火辣辣的，總得吃點東西壓一壓，她拿著勺子，覺得自己手在發抖，還好沒有弄灑。

最後一席人又喝了兩瓶酒，才酒闌人散。項總滿面紅光，說話已經不太利索，高副總也喝得頗有幾分醉意，杜曉蘇迷迷糊糊，還記得要幫老總談合約——可是她連路都有點走不穩，她拚命想盡量讓自己清醒一點，但天跟地都在搖搖晃晃，最後她被人塞到車裡，碰的一響關上車門，四周安靜下來。

18

車走得很平穩，其實喝醉後並不難受，只是覺得口渴。眞皮座椅有淡淡的皮革膻味，她回身抱住他，把頭埋在他的肩窩裡，很熟悉很親切的味道，一顆心終於放下，像無數次在夢中那樣。她知道那是振嶸，她又夢到他了。

雷宇崢有點費勁地想要扯開她的手。博遠的人都走了，尤其是項總，丟下句：「杜小姐交給你啦。」揮揮手就上車揚長而去。

而這女人就像那隻流浪貓，睜著霧濛濛的大眼，可憐兮兮地站在路燈下。

不等他發話，他的司機已經一聲不吭把這隻流浪貓塞進了後座，他狠狠瞪了司機一眼，可惜司機沒看到，只顧著關上車門，坐進前面駕駛座，啓動車子。

算了，不過送她回家一次，看在振嶸的面子上。

但不過一會兒，她便整個身子斜過來，不由分說窩進他懷裡，眞的像隻靈巧的貓兒，很自動地找到一個舒服的位置，呼吸輕淺，沉沉睡去。

他整個人差點石化。

他想推開她，但她就像橡皮糖，或者口香糖，黏膩著就是不動，到後來他只要推她，她就抱得更緊，活脫脫一條八爪章魚。

「杜曉蘇！」他拍著她的臉，「妳住哪兒？」

她不應，只唔了聲，下巴在他胸口磨蹭了兩下，頭一歪又睡著了。

沒本事還在酒席間那樣喝。

車到了別墅大門前，司機替他們打開車門，他又用力拍了拍她的臉頰。「喂！」

她沒有任何反應。

算了，把她扔車上睡一夜得了。只是她抱著他的腰，她不動，他也下不了車。

「杜曉蘇！」他又叫了她一聲，仍舊沒反應。

他伸手掐她的虎口，她疼得嗯了一聲，終於睜開眼睛，長而微卷的睫毛如蝴蝶的翼，微微顫動著。

「司機送妳回去。」他終於拉開她一隻手，「我要下車了。」

她的臉半揚著，白皙的肌膚在車頂燈下近乎半透明，有點像冰做的，呵口氣都會化。她傻呼呼笑著，彷彿沒聽明白他的話，她湊過來，把另一條胳膊重新圍上來，孩子般嬌嗔：「你長胖了。」伸出一根手指點了點他的臉頰，「這兒！」然後是下巴，「還有這兒！」

沒等他反應過來，她忽然伸手勾住他的脖子，臉一揚就吻住他。她呼吸裡有濃重的酒氣，滾燙的唇如一條魚，在他唇上滑來滑去，不不，那是她的舌頭。他本能想要推開她，她卻收緊了手臂，更用力地吸吮，他想要說什麼，可是一張口她的小舌就趁機溜進去，把他所有的聲音都堵住。她的臉燙得嚇人，嘴唇也燙得嚇人，整個人就像一團火，狠狠地包圍住他，他有點狼狽地用力掙扎，終於把她甩開了。

司機早就不知去向，花園裡只聽見秋蟲唧唧，不遠處有一盞路燈，照進車裡。其實車頂有燈，照著她的臉，雙頰通紅，她半伏在車椅背上，醉眼迷離。

「邵振嶸，」她的聲音很低地喃喃，好似怕驚醒自己。「我眞的很想你。」

他怔在那裡，她慢慢闔上眼睛，睡著了。

夜已深，客廳沒有開燈，有一大半家具都沉浸在無聲的黑暗裡。客廳的落地窗正對著東牆一垣粉壁，牆下種著竹子，前面地下埋著一排綠色的投射燈，燈光勾勒出支支翠竹，細微如畫，竹影映得屋中森森碧意，沉沉如潭。這裡總讓他想起家中父親的書房，齊簷下千竿翠篁，風吹蕭蕭似有雨聲，隔得很遠可以聽見前面院子裡的電話響，偶爾有人走進來，都是小心放輕了腳步。

臨窗下的棋枰上散落著數十子，在幽暗的光線下反射著清冷的光輝，這還是一個多月前他隨手佈下的殘譜，清潔人員都沒敢動。他很少過來這邊住，因爲屋子大，雖然是中式的別墅，管家負責安排，把這裡打理得很乾淨舒適，但他總覺得少了些生氣，只有偶爾出機場太晚了，懶得過江，才會在這邊休息。

藉著投射燈隱約的綠光，他把那些黑的白的棋子收進棋盒中，嘩啦嘩啦的聲音，又讓他想起小時候學棋，學得很苦，但姥爺執意讓他拜在名師門下，每日不懈。

姥爺說：「濤兒性穩重，不必學棋；嶸兒性恬淡，不必學棋。你的性子太粗糲，非學不可。」

說這話時，振嶸還是個四五歲的小不點兒，自己也不過六七歲，似懂非懂。

那樣的時光，已經都過去了。

他走下臺階，坐在院中的藤椅上，點燃一支菸。

天是奇異的幽藍，似一方葡萄凍，上面撒了細碎的銀糖粒。夜半時分，暑熱微退，夜風很涼，拂人衣襟。

他想起二樓客房裡那個沉沉睡著的女人，就覺得頭疼，彷若真的喝多了。

他曾經見過父母的舉案齊眉，也曾見過祖父母的相敬如賓，那個年代有許多許多的恩愛夫妻，患難與共，不離不棄。

少年時他也曾想過，長大後會遇上自己一生鍾愛的人，從此，執子之手，與子偕老。

可是三千繁華，舞榭歌臺，名利場裡多的是逢場作戲，看多了之後，不免厭倦。

當振嶸帶著她出現在他面前，他更覺得這是一場鬧劇。

她怎麼配？她怎麼配得上振嶸？

可是振嶸愛她，振嶸是真的愛她，他曾經見過振嶸通紅的眼睛，那樣攥緊的拳頭。

只不過沒想到她也這樣愛振嶸。

絕望，失意，行屍走肉般活著，因爲振嶸死了。

姥姥去世時，姥爺悲痛萬分，時間漸長，似也漸漸平復。十年之後，姥爺因病去世，工作人員整理他的身後遺物，發現最多的是書法作品，而且無一例外，厚厚的三尺熟宣，寫的竟然都是蘇東坡那闋《江城子》：「十年生死兩茫茫，不思量，自難忘。」

他想像不出，十年間，老人是以什麼樣的心情，反反覆覆書寫著這首悼詞。姥爺出身世代簪纓的大族，十八歲時不滿家中長輩的包辦婚姻，於是與身爲同學的姥姥私奔到日本，輾轉赴美，半工半讀。抗戰爆發後毅然歸國，從此風風雨雨，一路相攜相伴。

那是經歷過歲月蹉跎、烽煙洗禮的愛情，他一直覺得，如今這時代，再遇不上，再見不到了。

身邊的人和事，他早就看膩，只覺得所謂愛情簡直是笑話。誰不是轉頭就忘，另結新歡，朝秦暮楚？沒想到還有像杜曉蘇這樣的傻子，偏執地，固執地，不肯忘。

他想起曾有人對他說過：「你沒有遇上，所以你不懂得。」

那時候自己多少有點嗤之以鼻，覺得簡直荒謬，這世上哪有生死相許，有什麼可以敵得過金錢或物欲？

可是眞的遇上，才明白。

不是沒有，而是自己沒有遇上。

他把菸按熄，仰起臉，天上有淡淡的星帶，不知是不是銀河。城市的空氣污染嚴重，連星星都淡得似有若無；石階那端有蟋蟀在叫，一聲接一聲。

夜風是眞的涼起來了。

杜曉蘇不知道自己怎麼又到了這個地方，她對著鏡子懊惱了差不多半個小時，也沒能想起昨天晚上到底發生了什麼事。

她喝醉了，然後被塞進車裡，再醒來，就是在雷宇崢的別墅裡。

但願她沒做什麼丟人現眼的事。

她深深吸了口氣，走廊裡沒有人，夏日的豔陽光線明媚，從幾近古意的細密格窗照進來，空氣的浮塵似萬點金沙，飄浮著打著旋。

有穿制服的女傭捧著鮮花笑吟吟同她問好，然後告訴她：「杜小姐，雷先生在餐廳。」

她只好報之以微笑，客廳裡也有人正在更換花瓶中的鮮花，見著她亦含笑打招呼：「杜小姐早。」

她只好快快走進餐廳，低垂著眼，只見光滑如鏡的黃波羅木地板上，雷宇崢竟然是家常的拖鞋，穿著十分休閒的T恤長褲，看起來甚是居家。

她覺得有點尷尬。從島上回來後，她已經下定決心，再不做任何傻事，她與雷宇崢再也沒有任何關係，雖然他是振嶸的哥哥，可是她再不會麻煩他了，沒想到昨天晚上又出了糗。

雷宇崢沒說什麼，一邊吃早餐一邊看報紙。其實他吃得非常簡單，她一直想像富翁的生活就是天天鮑翅參肚，然而他面前碟子裡不過一個培根三明治，旁邊一杯咖啡，看報紙一目十行，心思根本不在吃上頭。

管家親自來問她，是需要中式還是西式早餐，她侷促不安地回：「最簡單的就好。」結果廚房端出來熱騰騰的白粥與筍尖蝦仁小籠包。她咬開包子，鮮香鬆軟，非常好吃，粥也熬得正好，米甜香糯。

「妳以後不要在外面隨便喝酒。」

她一嚇，一口粥嗆在喉嚨裡，差點沒被嗆死。

但雷宇崢根本沒抬起頭，像是對報紙在說話：「一個女孩子，隨隨便便喝得爛醉如泥，像什麼樣子。」

她的聲音很低：「對不起。」

她似乎總是在對他說對不起。

他未置可否，過了好一會兒，把報紙翻過頁，才說：「妳現在住哪裡？我要去打球，可以順便送妳回去。」

她這才想起今天是週六，不用上班，難怪他穿得這麼休閒。她問：「你要上哪兒去打球？」怕他誤解，連忙又補上一句：「把我放到最近的地鐵站就行。」

她沒想到他不用司機，而是自己開一部黑色的敞篷跑車，襯著他那身淺色T恤，整個人簡直玉樹臨風，也更像振嶸，只不過他戴墨鏡，輪廓顯得更深邃。

他開車很快，十分熟練地穿梭在車流中。等紅燈的時候，有部車與他們並排停下，車上的人竟然朝他們吹口哨，她只當沒聽到，可是雷宇崢的下顎線條繃得很緊。

他這是生氣了。他生氣的樣子和振嶸很像，表面上十分平靜，不過臉部的線條繃得緊一點。

「抓緊。」他簡短地說了這句話，她還沒反應過來，交通信號燈已經變了，跑車頓時如一支離弦之箭，唰地射了出去。

她被這加速度一下推靠在椅背上，幸好繫了安全帶，在繁華城市的主幹道上飆車，他一定是瘋了。她抓著唯一的手把，聽著風呼呼從耳邊吹過，刮得臉生疼生疼。只見他熟悉地換檔踩油門，無數車輛被他們一晃就超越過去，老遠看到路口又是紅燈，她本來以爲他會闖過去，誰知他竟然會減速踩剎車。

車徐徐停在路口，剛才那部車竟然陰魂不散重新出現與他們並排，這樣風馳電掣的疾速竟然沒能甩掉它。

不等杜曉蘇詫異，那車窗已經搖下來，開車那人也戴著墨鏡，一笑只見一口雪白牙齒。「雷二，你跑那麼快幹嘛？」

顯然是認識的人，雷宇崢的手還放在排檔上，因爲用力，手背上隱隱有青筋暴起。杜曉蘇只怕他要大發雷霆，誰知他竟然彎了彎嘴角，漫不經心地笑。「我知道你要跟著來，能不快嗎？我要再開慢一點兒，豈不是瞧不起你這新買的德國小跑？」

「扯淡！」那人跟雷宇崢一樣的北方口音，連罵起人來都抑揚頓挫。「你帶著妞，一看到我就腳底抹油，這不是心虛是什麼？蒙誰呢你！」

雷宇崢不動聲色。「你才心虛呢！有種我們球場上見，今天不讓你輸個十杆八杆的，就治不了你的皮癢。」

那人哈哈大笑，伸出左手大拇指朝下比了比。正好信號燈變換，兩車齊頭並進，幾乎是同一秒疾射出去，可是沒等那人反應過來，雷宇崢突然方向盤一轉，向右轉去，幾分鐘後他們上了高架橋，把那部車甩得無影無蹤。

過了江後，他的車速明顯降下來，問杜曉蘇：「妳住哪兒？」

她說了路名，一路上，他只是很沉默地開車。

她租的那個社區環境不佳，所以老遠她就說：「把我放路邊就行，那邊不好停車。」

雷宇崢還沒進發球區，老遠已經見著幾個熟悉的身影。他們見著他紛紛打招呼：「唷，今兒怎麼遲到了？」

「堵車。」雷宇崢敷衍了一句，「怎麼都不玩？」

「這不等你來開球嗎？」

有人從後頭拍了拍他的肩，笑嘻嘻地問：「少扯了，那妞兒呢？」旁邊立馬有人起哄：「你就招了吧，上官都說了，今天在大馬路上碰到你，車上還有一個絕代佳人！」

「你們聽上官瞎扯。」雷宇崢不悅地戴上手套，「你們要真信他的，股票都該漲到八千點了，還不趕緊打電話給交易員買入。」

上官博堯自己繃不住，噗一聲笑出來，並不懊惱，反而十分坦然。「行了，你們就使勁埋汰我吧，我就不信漲不起來。」

「他運氣多好啊。」一直沒開腔的葉慎寬慢條斯理地說，「人家坐莊是加印花稅，他一坐莊，是降印花稅。」

「不談股票行不行？」雷宇崢有點不耐煩。

上官仍是那副嬉皮笑臉的模樣。「你今天火氣怎麼這樣大？還說要讓我輸十杆八杆，我看你輸定了。」

「是嗎？」雷宇崢微笑，「咱們走著瞧。」

結果剛過第二洞，上官就已經輸了四杆，他自己倒不著急，笑瞇瞇把玩著球杆，問雷宇崢：「咱們賭一把怎麼樣？」

近午的陽光頗刺眼，雷宇崢在太陽眼鏡後瞇起眼睛。「賭多大？」

「賭錢多俗啊！」上官興致勃勃，「咱們賭點有意思的。你要贏了，我請大家吃飯，我要是贏了，你就把車上那妞兒的名字和電話都告訴我。」

雷宇崢瞬間冷臉。「你什麼意思？」

葉慎寬看著不對，於是叫了一聲「上官」，開著玩笑：「你今天怎麼跟打了雞血似的？不就是雷二開車帶著個姑娘，你不知道他平常就愛帶漂亮姑娘上街兜風，至於嗎？」

上官不怕雷宇崢生氣，偏偏要說：「那可不一樣。你知道我在哪兒遇上他的？芳甸路！剛過世紀公園①，就瞧見他的車了。嘿！你想想，大清早七點多，明顯剛從他那豪宅裡出來，他那豪宅你又不是不知道，從來沒有女人踏進去過，平常就是哥幾個去喝喝酒，吃吃肉，吹吹牛。還是你給改的名字，叫啥來著……哦，光棍堂！咱們幾個光棍，正好湊一堂。」

「誰說的？」葉慎寬從球童手中接過球杆，一邊試了試擊球的姿勢，一邊說：「你們是光棍我可不是啊，我是有家有室有老婆的人。」

---

①世紀公園，位於上海市浦東新區花木行政文化中心，是上海內環線中心區域內最大的生態型城市公園。

「得了，知道你有嬌妻愛子。」上官不屑的口氣，「咱們這些光棍可憐，不許過個嘴癮嗎？」

葉愼寬道：「你也不怕報應，我就等著你小子栽了，看你再嘴硬！」說完一杆擊出，小白球遠遠飛出去，最後不偏不倚落到了沙坑裡，他懊惱地把球杆交給球童。

上官倒樂了。「再接再厲！」

有一些話只有聽的人記得

19

他們在俱樂部會所吃了午飯，上官本來提議打牌，但葉愼寬臨時接了個電話有事要走，於是也就散了。上官博堯住在浦西，過了江後遇上堵車，只得夾在車流裡慢慢向前，好不容易下了輔道，結果堵得更厲害了。正百無聊賴張望人行道上的美女，突然從後照鏡看到一個人影，長頭髮大眼睛，長相十分甜美，像在哪裡見過，定睛一看，分明就是今天早上撞見的那個女孩子，眞是踏破鐵鞋無覓處，得來全不費工夫。

見她雙手提著超市的購物袋，他連忙按下車窗叫她：「喂！」

杜曉蘇低著頭走路，根本沒留意，他連叫了好幾聲，她才朝這邊看了一眼，只見他把車門推開一半，笑嘻嘻朝她招手。「快上來！」她看了看四周，他笑得更燦爛了。「不認識我了？早上『嗚——』那個……」他學引擎的聲音學得惟妙惟肖，杜曉蘇見他笑得露出一口白牙，才想起來，他就是早上和雷宇崢飆車的那個人。

「快上車啊！不然監視器拍到了。」他一逕催她，「快點快點！妳提這麼多東西，我送妳回家！」

她說：「不用了，我家就在前面。」

他板著臉。「妳懷疑我是壞人？」

這世上哪有開著奧迪R8的壞人，頂多就是一閒得發慌的公子哥罷了。

她還在猶豫，他又拚命催：「快點快點！前面有交警！快！」

她被催得七葷八素，只好迅速拉開車門上了車，剛關好車門，就眞的看到交警從前面走過去。

他甚是滿意她的動作敏捷，誇她：「眞不錯，差一點就看到了。」

其實早上那會兒他跟雷宇崢都有超速，監視器估計早拍了十次八次了。她笑了笑，繫好安全帶，只是這樣堵法，車速跟步行差不多。

雖然堵車，可他也沒閒著。「我是上官博堯，博學多才的那個博，『鳥生魚湯』①的那個堯。妳叫什麼？」

「杜曉蘇。」

「這名字眞不錯，好聽。」他還是油腔滑調像在開玩笑，「雷二這小子，每次找的女朋友名字都特好聽。」

「不是。」她的表情十分平靜，「我不是他女朋友。」

他似乎很意外，看了她一眼，才說：「我還眞沒見過妳這樣的，人家都巴不得別人誤會是他女朋友，就妳急著撇清。」

杜曉蘇默不作聲。

「不過也好。」他忽然朝她笑了笑，「既然不是他女朋友，那麼做我的女朋友吧。」

杜曉蘇有點反應不過來，黝黑的大眼睛裡滿是錯愕。

上官自顧自說下去：「妳看，我長得不錯吧，起碼比雷二帥，對不對？論錢，別看他比我忙，可我也不見得比他窮啊。再說，他多沒情調的一個人，成天只知道裝酷，跟他在一塊兒妳會悶死的……」

這下杜曉蘇真明白了，這真是個閒得無聊的公子哥，於是她說：「對不起，我有男朋友了。謝謝你。」

上官横了她一眼，說：「別撒謊了，妳要真有男朋友，怎麼會在週末獨自去超市，自個兒提著兩個大袋子？就算妳真有男朋友，從這點來看，他就不及格，趕緊把他忘了！」

杜曉蘇有點心酸，低聲道：「我永遠不會忘記他。」自欺欺人扭過頭去看車窗外。車走得慢，人行道上人很多，人人都步履匆匆，潮水般湧動的街頭，連個相似的身影都沒有。

「撒謊不是好習慣。」上官笑嘻嘻，「就這樣吧，當我的女朋友好了。」

---

①金庸武俠小說《鹿鼎記》裡，韋小寶想拍康熙馬屁，稱讚他是「堯舜禹湯」，可是他沒讀過書，說成了「鳥生魚湯」。

「我確實有男朋友。」她終於轉過臉，眼睛微微發紅。「我沒有騙你，他的名字叫邵振嶸。」

好一會兒他都沒說話，過了好久他才說：「對不起。」

「沒什麼。」杜曉蘇小聲說。按了按購物袋裡冒出來的長麵包，她的眼睫毛很長，彎彎的像小扇子，垂下顯得更長，彷彿霧濛濛隔著一層什麼。車裡一下子安靜下來，他不再嘻嘻哈哈跟她開玩笑，而她微微咬著下唇，緊緊抱著超市的購物袋。過了好久，她才說：「我到了，那邊不好停車，就在這裡放我下去吧。」

「沒事。」他徑自將車開過去，大咧咧就停在禁停標誌旁，問她：「是這裡嗎？」

她點點頭，剛推開車門，他已經下車了，搶先拿過她的兩個大袋子。「我送妳上去！」

「不用了！」

「我送妳。」他堅持。

他還拿著她的東西，她總不好跟他硬搶，只好側身在前面引路。搭電梯上了樓，穿過走廊到了門前，她說：「謝謝，我到了。」

「我幫妳提進去。」他皺著眉頭看著透明的購物袋，「速食麵、方便冬粉、火腿罐頭、麵包，妳成天就吃這個啊？」

「要上班，有時候來不及做飯。」她有點侷促，可他跟尊鐵塔似的堵在門邊，她只好開門讓他進去，幸好大白天的，這麼一位客人，還不算彆扭。
她先給他倒了杯茶，然後把那兩大袋東西放到冰箱。
他捧著茶杯跑到廚房來，問她：「妳這房子是買的還是租的？」
「租的。」
「西曬啊。」他一腦門子的汗，「妳這整面牆都是燙的，不熱嗎？」
今天氣溫太高，她一進門就開了空調，只不過溫度還沒降下去。她有點歉疚，手忙腳亂拿了遙控器，把溫度又往下調。
空調還在滴滴地響，突然聽到他說：「我給妳找間房子吧。」立馬又補上一句：「別誤會，我有個朋友是做房地產仲介，他手上一定有合適的，還可以比市面便宜一點，妳付租金給人家就行了。」
她是驚弓之鳥，哪裡還敢占這樣的便宜，連忙搖頭。「不用了，我住這裡挺好的。我有間房子，振嶸留給我的……不過沒有裝修……等裝修好了就可以搬了。」
上官說：「那要不我請妳吃飯吧，當賠罪。」
他又沒得罪她，她只好說晚上已經約了人，他又笑了。
「說謊真不是好習慣。我中午沒吃飽，已經餓了，別客套了行不行？雖然咱們才剛認識，可是雷二的弟弟就跟我弟弟一樣，走吧，就是吃頓飯。」
這樣含蓄地提到振嶸，她努力讓自己看起來不可憐，她不需要人家的憐憫。

他大概是自悔失言，又說：「妳看，我餓得連話都不會說了。我請妳吃烤肉吧，省得我一個人吃飯怪無聊的。」

雖然是油腔滑調的公子哥，可是突然一本正經起來，倒讓人不好拒絕。兩人下了樓，正好看到交通警察指揮著拖車，正把他那輛拉風的R8車頭吊起。

「喂喂！」他急忙衝過去，「警察先生，等一下！請等一下！」

員警打量了他一眼。「你是車主？」指了指碩大的禁停標誌，「認識這是什麼嗎？」

他滿頭大汗。「警察先生，是這樣的，您聽我說。我跟女朋友吵架了，她下車就走了，我只好把車撂這兒去追她，好不容易哄得她回心轉意，您看，我這不是馬上就回來了？」他指了指不遠處的杜曉蘇，「您看看，您要把車拖走了，她一生氣，又得跟我吵，我跟她還打算明天去登記結婚拿證，這下子全黃了。您做做好事，這可關係到我的終身幸福……」

員警半信半疑地看了杜曉蘇一眼，又看了一臉誠懇的上官一眼，再看了看那部R8，終於取出罰單，低頭往上抄車牌。「自己去銀行交兩百塊罰款，車就不拖了。」

「謝謝，謝謝。」上官接過罰單，發自肺腑地感嘆：「您真是個好人！」

員警指揮拖車把車放下來，又教訓上官：「就算是跟女朋友急了，也要注意遵守交通規則啊。」

「是、是。」

「還有小姑娘，」員警轉過臉，又教訓杜曉蘇：「大馬路上鬧什麼脾氣，危險得很！」

「就是！」上官朝杜曉蘇眨了眨眼睛，「走吧！咱吃烤肉去。」

上了車，杜曉蘇才說：「你撒起謊來真是順溜。」

「開玩笑，我是上市公司董事。」他的表情很嚴肅很正經，「什麼叫上市公司妳知道嗎？就是撒起彌天大謊來還面不改色那種。」

杜曉蘇終於忍不住噗一聲笑了。

上官誇她：「妳看妳笑起來多好看啊，就應該多笑笑。」

她有點悵然地又笑了笑。

本來以爲他會帶自己去那種熱鬧非凡的巴西餐廳，誰知道他帶她跑到另一個區，找著一間小小的館子。「告訴妳，本市最好吃的烤肉就在這兒。」

沒想到他這種公子哥還能找著這種吃飯的地方。地方狹小，桌子上還帶著油膩，店裡有著煙熏火燎的氣息，服務生對他們愛理不理，可是烤肉好吃得不得了。

他吃得滿嘴油光，問她：「好吃吧？」

她嘴裡都是肉，點點頭。

他很滿意她的吃相。「這就對了，吃飽了就會開心點。」

她喝了口果汁，說：「我沒有不開心。」

「看看妳，又撒謊。」他隨口說，「妳眼睛裡全是傷心。」

她怔愣了下，才笑道：「沒想到你除了說謊順溜，文藝腔也挺順溜的。」

「其實我是本年度最值得交往的文藝青年。」他舉起杯，無限謙遜，彬彬有禮。

「謝謝。」

她與他乾杯，一口氣喝下許多酸梅汁，踞案大嚼，吃掉更多的烤肉。

沒想到就此和上官認識了。他很閒，又很聒噪，一個星期總有兩三天找不到人吃飯，尤其是週末，總是打電話給她：「出來吃飯吧，吃友。」

她覺得挺奇怪的，問：「你不用忙生意？你們這些公子哥，應酬不都挺多的嗎？」

「我是紈褲子弟，什麼叫紈褲子弟妳知道嗎？就是光花錢不掙錢那種，除了吃喝玩樂，啥事也不用幹。」

她問他：「你們家老爺子也不管你？」

「他忙著呢，哪有工夫管我。」

「那你不用繼承家業什麼的？」

「有我大哥在，哪輪得到我繼承家業啊？再說，我跟他不是一個媽生的。唉，這事可不是一句話兩句話講得清，就不告訴妳了。」

沒想到如此快活的上官還有這樣複雜的家世，她不由得想起ＴＶＢ電視臺劇裡的豪門恩怨戲碼，所謂家家有本難念的經，於是很知趣地再不多問。

這天他們吃的是徽州菜，整間餐廳就是一座徽州老祠堂，從徽州當地一磚一瓦拆運過來，之後再重新一一復位，木雕石雕都精美得令人歎爲觀止，眞正的古風古韻，百年舊物，身在其間已經是一種享受，難得的是菜也非常好吃。

只是沒想到會遇上林向遠和蔣繁綠。

杜曉蘇遠遠看到蔣繁綠那妝容精緻的臉就變了神色，偏偏蔣繁綠也看到了他們，同林向遠說了句什麼，林向遠朝他們看了一眼，有點無奈的樣子，但還是起身，陪著蔣繁綠走過來。

這麼龐大的城市，數以千萬的人口，爲什麼總要遇見雙方最不願遇見的人？杜曉蘇拿勺子撥著碗裡的魚湯，有點懨懨地想。

結果，蔣繁綠走過來，只打量了她一眼，便滿臉笑容地跟上官打招呼：「小叔叔。」她錯愕地抬頭看著上官，上官很隨意地點了點頭，在外人面前他從來是這副漫不經心的派頭。「你們來吃飯？」

「是。」蔣繁綠像是眞見了長輩，有點畢恭畢敬的樣子，杜曉蘇倒覺得自己眞沒見過世面了。

他不向蔣繁綠介紹杜曉蘇，也不向杜曉蘇介紹蔣繁綠兩口子，只對蔣繁綠說：「那吃飯去吧，不用管我。」

倒是林向遠，還看了杜曉蘇一眼，杜曉蘇只管吃自己的，根本不理會他們。

等他們走開，上官才說：「我一遠房侄女和她丈夫。」

她情緒壓根沒任何變化。「你還有這麼大的侄女？」

他卻有點悻悻。「我爹一把年紀才生了我，我們家親戚又多，那些遠的近的，何止侄女，連侄孫子都有了。」

杜曉蘇根本沒把這次偶遇放在心上，沒想到過了幾天，林向遠竟然打電話給她。打到她的手機，約她出來見面。

她推辭，可是林向遠堅持。「要不妳定地方吧，我只是有幾句話告訴妳，說完就走，不會耽擱妳很久。」

她啼笑皆非。「林副總，有什麼話電話裡說就可以了。」

他停了幾秒，才說：「曉蘇，對不起，我很抱歉。」

她覺得厭煩，自己當年怎麼會愛上這麼個人？總是在事後道歉，卻不肯在事情發生的時候去承擔。

年少時果然是見識淺薄。

她說：「如果是爲上次的事，不必了。我知道你是好心想要幫我，只不過令你太太有所誤會，應該是我抱歉才對。」

他似乎嘆了口氣，說：「曉蘇，我知道是我對不起妳，但妳一個人孤身在這裡，一定要照顧好自己。」

「謝謝。」她總覺得他打電話來，不只是爲了這幾句話。果然，他繼續說：「曉蘇，妳知道上官博堯的底細嗎？」

果然。她在心裡想，他要說他不是個好人。

林向遠說：「他不是好人，曉蘇，離他遠一點，這種公子哥，沾上了就死無葬身之地。」

她幾乎冷笑，「林先生，謝謝你，謝謝你打電話來勸我迷途知返。不過我不想你太太又有什麼誤會，所以我們還是結束通話吧。至於我是不是跟公子哥交往，那是我的私事，與你沒有任何關係。」

她嗒一聲把電話掛了，只覺得渾身惡寒。當年是如何鬼迷心竅，竟然爲了這個人愛得死去活來。但這件事也提醒了她，在外人眼裡，也許她與上官的關係已經是曖昧，所以上官再打電話來，她就不大肯出去，推說工作忙，很少再跟他去吃那些奇奇怪怪的東西了。

鄒思琦對此很贊同，說：「那個上官一看就眼帶桃花，咱們這些良家少女，惹不起躲得起。」

杜曉蘇見她挺了挺胸，忍不住笑道：「還少女，馬上就老了。」

鄒思琦橫了她一眼。「是呀，妳馬上就二十四了，好老了。」

她的眸子轉瞬黯淡下去。去年還有振嶸幫她過生日，而今年，她只有自己了。
只不過二十四歲，卻彷彿這半生已經過去。
鄒思琦說：「生日想怎麼過？」
她說：「我想回家。」

20

但她沒有回家，請了假，訂到機票，去往那陌生又熟悉的城市。

上海不過是初秋，北國已經深秋，路旁的樹紛紛落著葉子，人行道上行人匆匆，風衣被風吹得飄揚起來。

計程車司機載著她，在每一個街口問：「往南還是往北？」迷宮一樣的舊城區，她竟然尋到了記憶中的那條小巷。雖然只來過一次，可是看到那兩扇黑漆的院門，她就知道，是在這裡。

付了車錢，她拎著大包小包的禮物下車。

敲門之前，她有點緊張，不知道在害怕什麼。結果保母來開門，問她找誰，她還沒答話，就聽到趙媽媽的聲音在院子裡問：「是誰呀？」

她輕輕叫了聲：「趙媽媽。」

趙媽媽看到她，一把拉住她的手，眼淚幾乎都要掉下來。「孩子，妳怎麼來了？」

她只怕自己也要哭，拚命忍住，含笑說：「我來看看您。」

「到屋子裡來，來。」趙媽媽拉著她的手不肯放，「妳這孩子，來也不說一聲，我去接妳，這地方可不好找。」

「沒事，我還記得路。」

因爲振嶸帶她來過，所以她記得，牢牢記得，關於他的一切，她會永遠牢牢記得。

趙媽媽拉著她的手，看到她手指上的戒指，忍不住拭了拭眼角，勉強笑著端詳她。「怎麼又瘦了？今天妳二哥正巧也回來了，趙媽媽眞高興，妳還能來看我。」

她這才看到雷宇崢。北方深秋瓦藍的天空下，他站在屋簷下，秋天澄淨的陽光映在他的髮頂，那光暈襯得他頭髮烏黑得幾乎發藍，或許因爲穿了件深藍色的毛衣，顯得溫文儒雅，與他平常的冷峻大相徑庭。她想起振嶸，更覺得難過。

保母倒了茶給她，趙媽媽把她當小孩子一般招待，不僅拿了果盤出來，還抓了一把巧克力給她。「吃啊，孩子。」

她慢慢剝著巧克力的錫紙，放進嘴裡，又甜又苦，吃不出是什麼滋味。趙媽媽張羅著親自去買菜，對他們說：「你們今天都在這兒吃飯，我去買菜，你們坐一會兒。小崢，你陪曉蘇說說話。」

絮絮的家常口氣，杜曉蘇只覺得感動，等趙媽媽一走，她不知道能跟雷宇崢說什麼，只好默默捧著杯子喝茶。茉莉花茶，淡淡一點香氣，縈繞在齒頰間，若有若無。屋子裡很安靜，難得能聽到鴿哨的聲音，朝南的大窗子可以看見院中兩棵棗樹，葉子已經差不多落盡，枝頭綴滿了紅色的小棗，掩映一院秋色；時間彷彿靜止，只有簷下的陽光，暖暖映在窗前，讓人想起光陰的腳步。她想著振嵘小時候的模樣，是不是也在北國這樣的秋天裡，無憂無慮地玩樂？

「妳來幹什麼？」他的聲音突然打破了她的遙想。

她被嚇了一跳，有點發怔地看了他好幾秒，才知道回答：「我就來看看趙媽媽。」

他沒再說什麼，終歸是不怎麼待見她吧，從一開始到現在。

但趙媽媽回來後，他又變了副模樣，待她很有禮，似乎跟趙媽媽一樣沒拿她當外人，尤其是吃飯的時候。

趙媽媽把燉的老母雞的一隻大腿夾給他，另一隻夾給了杜曉蘇。「你們兩個都多吃點，成天忙啊忙啊，飯也不好好吃。」

他似乎想逗趙媽媽開心，三下五除二就把那隻雞腿啃完了，還問：「還有嗎？我可以一起收拾。」

「貧得你！」趙媽媽親暱地拿筷子頭輕輕戳了他一下。「這麼多年也不見你帶個姑娘回來給我瞧瞧，你真打算一輩子光棍？」

雷宇崢說：「您怎麼跟我媽一樣，見著我就唸叨呢？」

趙媽媽笑了。「你也知道啊。快點找個好姑娘，讓我和你媽媽都放心。」

雷宇崢笑著哄趙媽媽：「您別急了，回頭我找一特別漂亮賢慧的，保管您滿意。」

趙媽媽說：「你這話都說了幾年了，也沒見你真有什麼動靜，去年在這兒吃飯你就說了一次……」想起上次雷宇峥說這話的時候，正是邵振嶸帶杜曉蘇回來的那次，只見杜曉蘇低頭用筷子撥著米飯，又忍不住嘆了口氣。

杜曉蘇知道她是想起了邵振嶸，心裡難過，她心中更難受，卻不能顯露出來，只作歡歡喜喜，吃完這頓飯。

趙媽媽聽說她是來出差，同事訂好了酒店，稍稍覺得放心。「讓妳二哥送妳回去。」送她出門的時候，趙媽媽仍一直握著她的手，最後，還輕輕在她手上拍了拍。「振嶸不在了，妳要自己照顧好自己。」

隔著車窗，她一直笑著，跟趙媽媽揮手道別，趙媽媽站在院子門口，含笑看著她，如同看著自己的孩子。因爲振嶸是她一手帶大的孩子，所以趙媽媽才將她也視如己出。

直到車出了胡同口，趙媽媽的身影再看不到了，她才哭出聲。她以爲自己再也哭不出來，眼淚都早已流盡，可終究是忍不住。

她根本就不敢回家，更不敢見父母。因爲父母一直希望她幸福，可是這世上她愛的那個人不在了，她怎麼可能還會有幸福？

她哭得難以自抑，眼淚湧出眼眶，毫無阻礙地順著臉頰流下去。透過模糊的淚眼，路燈一盞一盞從眼前掠過，一顆顆都像流星，她生命裡最美好的過去，就像流星，曾經那樣璀璨，曾經那樣美麗，她卻沒有了振嶸。

她一步步找回來，可是那些曾經的快樂，再也不見了。

再難再苦，只她自己一個人。

她不知道哭了多久，最後車子停下來，停在紅燈前，他遞了一條手帕給她。

她接過去，按在臉上，斷續地發出支離破碎的聲音：「今天是我生日……」

她不管身邊是誰，她只需要傾訴，哽咽著，固執地說下去：「我今天二十四歲。你相信嗎？他說過，今年我的生日，我們就結婚……去年的今天，我還是全天下最幸福的人……」她把那些過去的美好，如同記憶裡的珍珠，一顆顆拾起來，卻沒有辦法重新串成一串。她講得顛三倒四，因爲太美好，她都快記不得自己還曾有過那樣的幸福，和他在一起，每件事，每一天。他曾那樣愛過她，他曾那樣待過她，她曾經以爲，那會是一輩子。

可是她的一輩子，到二十四歲之前，就止步不前。

太多太美好的東西，她無法一口氣說下去，只能斷斷續續訴說，然後更多的眼淚湧出。她哭了一遍又一遍，手帕濕透了，他又把後座的衛生紙盒拿過來給她。她抱著衛生紙盒，喃喃講述那些過往，那些邵振嶸爲她做的事，那些邵振嶸對她的好。說到一半她總是哽咽，其實不需要，不需要告訴別人，她自己知道就好，那是她的邵振嶸，獨一無二的邵振嶸。

最後她哭得累了，抱著衛生紙盒睡著了。

雷宇崢不知道她住哪家酒店，她哭得精疲力竭，終於睡著了，睫毛還是濕的，帶著溫潤的淚意。他想，自己總不能又把她弄回家，可是如果把她叫醒，難保她不會再哭。他從來沒見過有人有這麼多的眼淚，沒完沒了，她哭的聲音並不大，卻一直哭一直哭，哭到他覺得自己車上的座椅都要被她的眼淚浸濕了。

他在四環路兜著圈子，夜深人靜，路上的車越來越少。他也不知道該往哪裡去，或者怎麼辦，於是就一直朝前開，只有紅綠燈還寂寞地閃爍著；車內安靜得可以聽到她的呼吸，每一次轉彎，他總可以聽到方向燈嗒嗒輕響，就像有人在那裡，滴滴答答掉著眼淚。

最後，他把車停在路肩，下了車。

幸好身上還有菸，他背過身避著風點燃。

這城市已經沉沉睡去，從高架橋望下去，四周的樓宇唯有稀疏的一星兩星燈光。全世界的人都睡著了，連哭泣的那個人也睡著了。

他站在護欄前，指間明滅的紅星璀璨，讓人奇異地鎮定下來。身後有呼嘯的車聲，隱約似輕雷，遙遠得像另一個世界。

不可觸摸，彷彿遙不可及。

凌晨三點多，杜曉蘇醒過來，才發現自己抱著衛生紙盒靠在車窗上睡得頭頸發硬，而車閃著雙尾燈，停在空闊的高架橋上。

她有點發怔。車門終於被打開，他帶進清冽的深秋寒風，與陌生的菸草氣息。

他根本沒看她，只問：「妳住哪個酒店？」

其實出了機場她就去找那個小小的四合院了，根本就沒訂酒店。她小聲說：「隨便送我去一家就行了。」

他終於看了她一眼。「那妳的行李呢？」

她木然搖了搖頭，除了隨身的小包，她也沒帶行李來。

沒多久，他們就下了輔道，走了一陣子，駛進一片公寓區，最後他把車停下，很簡單地說：「下車。」

她抱著衛生紙盒跟著他下了車，他在大廳外按了密碼，帶她進入公寓，直接搭電梯上樓。

房子的大門似是指紋鎖，掃描很快，兩秒鐘就聽到嗒一響，鎖頭轉動，門就開了，玄關的燈也自動亮起。走進去，客廳很寬敞，只是地毯上亂七八糟，扔了一堆雜誌。

她覺得精疲力竭，只聽他說：「左手第二間是客房，裡面有浴室。」

她抱著衛生紙盒，像夢遊一樣踩在軟綿綿的地毯上。

他消失了半分鐘，重新出現的時候拿著一堆東西，是新的毛巾和新的T恤。「湊合用一下吧。」

她實在很睏了，道了謝就接過去。

她進了浴室才想起來要放下衛生紙盒，草草洗了個澡，就躺到床上。

床很舒服，被褥輕暖，幾乎是一秒後，她就睡著了。

這一覺她睡得很沉很沉，若不是電話鈴聲，她大概不會被吵醒。她睡得迷迷糊糊，反應過來是電話，神志還不甚清醒，手已經抓到聽筒。「喂……你好……」

電話那頭明顯愣了一下，她突然反應過來：這不是自己家裡，這也不是自己的電話。有幾秒，她不知道該怎麼辦才好，但猶豫只是一剎那的事，她當機立斷把電話掛掉了。

令人奇怪的是，鈴聲沒有再次響起，或許那人沒有試著再打來。她已經徹底清醒過來，想起昨天的事情，不由得用力甩了一下頭，彷彿這樣可以令自己清醒一些。但總覺得不好意思，她坐在床上發了一會兒怔，終於下床去洗漱，然後輕手輕腳走出了房間。

雷宇崢站在客廳窗前吸菸。落地窗朝東，早晨光線明亮，他整個人似被籠上一圈茸茸的金色光邊。聽到她出來，他也沒動，只是往身邊菸灰缸裡撣了撣菸灰。

他不說話的時候氣質冷峻，杜曉蘇不知爲什麼總有一點怕他，所以聲音小小地說：「二哥。」聽她這樣稱呼，他也沒動彈，於是她說：「謝謝你，我這就回去了。」

他把菸弄熄，回過頭，語氣裡有種難得的溫和。「有些地方，如果妳願意，我帶妳去看看吧。」

他們去了很多地方，他開著車，帶著她在迷宮般的城市中穿行。那些路上十分安靜，兩側高大的行道樹正在落葉，偶爾風過，無數葉子飛散下來，像一陣金色的疾雨，擦著車窗跌落下去。偶爾車停下來，他下車，她也跟著下車。

他在前面走，步子不緊不慢，她跟在後面。這些地方都是非常陌生、毫不起眼的大院，走進去才看見合抱粗的銀杏樹與槐樹，掩映著林蔭道又深又長，隔著小樹林隱約可見網球場，場裡有人在打球，笑聲朗朗。陳舊的蘇聯式小樓，獨門獨戶，牆上爬滿了爬山虎，葉子已經開始凋落，顯出細而密的枝藤脈絡，彷彿時光的痕跡；人工湖裡的荷葉早就敗了，有老人獨自坐在湖中亭裡彈手風琴，曲調哀傷悠長，留得殘荷聽雨聲——其實天氣晴得不可思議，這城市的秋天永遠是這樣天高雲淡。

雷宇崢並不向她解說什麼，她也只是默默看著，但她知道振嶸曾經生活在這裡，他曾經走過的地方，他曾經呼吸過的空氣，他曾經坐過的地方，他曾經在這裡度過很多年的時光。

黃昏時分，他把車停在路邊，看潮水般的學生從校門湧出來，他們走進去的時候，校園已經十分寧靜。白楊樹掩映著教學樓，灰綠色的琉璃瓦頂，迷宮似的長長走廊，彷彿寂落疲倦的巨人。越往後走，越是幽靜，偶爾也遇見幾個中學生，在路上嬉鬧說笑，根本沒注意到他們。

穿過樹林，沿著小徑到了荷花池畔。說是荷花池，裡面沒有一片荷葉，池邊卻長著一片蘆葦，這時節正是蘆葦飛絮，白頭蘆花襯著黃昏時分天際的一抹斜暉，瑟瑟正有秋意，似一軸淡墨寫意。池畔草地上還有半截殘碑，字跡早就湮滅淺見，模糊不清，他在碑旁站了一會兒，似想起什麼，天色漸漸暗下來，最後他走到柳樹下，拿了根枯枝，蹲下去就開始掘土。

杜曉蘇最開始不明白他在做什麼。那樹枝太細，使力也不稱手，才兩下就折了，他仍舊不說話，重新選了塊帶稜角的石頭，繼續挖。幸好前兩天剛下過雨，泥土還算鬆軟，她有點明白他在做什麼了，於是也撿了塊石頭，剛想蹲下去，卻被他無聲地擋開，她不作聲，站起來走遠了一點，就站在斷碑那裡，看著他。

那天她不知道他挖了多久，後來天黑下來，她站的地方只能看到他的一點側臉，很遠的地方才有路燈，路燈的光從枝葉縫隙間漏下來，他的臉幾乎模糊。光線朦朧，他兩手都是泥，袖口上也沾了不少泥，但即使是做這樣的事情，亦是從容不迫，樣子一點也不狼狽。其實他認眞做事的樣子非常像振嶸，但又不像，因爲記憶中振嶸永遠不曾這樣。

最後把盒子取出來，盒子埋得很深，杜曉蘇看著他用手帕把上面的濕泥拭淨，放到她面前。

她不知道盒子裡是什麼，只是慢慢蹲下去，掀開盒蓋的時候，她的手都有點發抖。鐵盒似乎是巧克力的鐵盒，外面依稀可以看到花紋商標，這麼多年盒蓋已經有點生鏽，她掀了好久都打不開，還是他伸過手，用力將盒蓋揭開了。

裡面是滿滿一盒紙條，排列得整整齊齊，她只看到盒蓋裡刻著三個字：邵振嶸。

正是邵振嶸的字跡，他那時的字體已經有了後來的流暢飛揚。或許時間已經隔得太久，或許當時的少年只是一時動了心思，才會拿了一柄小刀在這裡刻上自己的名字，所以筆畫若斷若續，彷彿虛無。

她有點固執地蹲在那裡，一動不動，彷若這三個字已經吸去她全部的靈魂，只餘了一具空殼。

21

那些紙條，上面通常寫著寥寥一兩句話，都是邵振嶸的筆跡。她一張一張拿出來。

從稚嫩到成熟，每一張都不一樣。

第一張歪歪扭扭的字：「我想考一百分。」

第二張甚至還有拚音：「我想學會打ㄌㄢˊ球。」

「曾老師，希望你早日ㄐㄧㄢˋㄎㄤ，快點回到課堂上，大家都很想念你。」

「我想和大哥一樣，考雙百分，做三好學生。」

「媽媽，謝謝妳，謝謝妳十年前把我生出來。爸爸、大哥、二哥，我愛你們，希望全家人永遠這樣在一起。」

「秦川海，友誼萬歲！我們初中見！」

「二哥，你打架的樣子眞的很帥，不過我希望你永遠不要打架了。」

「物理競賽沒有拿到名次，因爲沒有盡最大的努力，我很羞愧。」

「爸爸有白頭髮了。」

「何老師，那道題我眞的做出來了。」

……

紛亂的紙條，一張張的，記錄著曾經的點點滴滴。他一張張看著，她也一張張看著，那樣多，一句兩句，寫在各式各樣的紙條上，有作業簿上撕下來的，有白紙，有便利貼，有小卡片……

「李明峰，我很佩服你，不是因爲你考第一，而是因爲你是最好的班長。」

「各位學長，別在走廊抽菸了，不然我會爆發的！」

「韓近，好人一生平安！加油！我們等你回來！」

「媽媽，生日快樂！」

「獎學金，我來了！」

「以後再也不吃豆花了！」

「大哥，大嫂，永結同心！祝福你們！」

「上夜班，上夜班，做手術，做手術！」

「希望感冒快點好！」

「今天很沮喪，親眼看到生命消逝，卻沒有辦法挽救。在自然的法則面前，人類太渺小了，太脆弱了。」

「加油！邵振嶸，你一定行！」

……

直到看到一張小小的便條，上面也只寫了一句話，出人意料的，竟是她的字跡：

「我不是小笨蛋，我要學會做飯！」

她想起來，這張紙條是貼在自己冰箱上的，不知道什麼時候被他揭走了。後面一行字，寫得很小很小，因爲地方不夠了，所以擠成一行。

她看了一遍又一遍，他寫的是：「邵振嶸愛小笨蛋。」

她沒有哭，也沒有想起什麼。其實總歸是徒勞吧，她這樣一路拚命尋來，他過往的二十餘年裡，她只占了那小小的一段時光，不甘心，不願意，可又能如何？她沒有福氣，可以這一生都陪著他往前走。

她抱著那鐵盒，像抱著過往最幸福的時光，像抱著她從未曾碰觸過的他的歲月，那些她還不認識他，那些她還不知道他的歲月，那些一起有過的日子，那些她並不知道的事情。

穿越遙迢的時空，沒有人可以告訴她，怎麼往回走，怎麼可以往回走。透過模糊的視線，也只可以看到這些冰冷的東西，找不到，找不回來，都是枉然，都是徒勞。

雷宇崢站得遠，看不出來她是不是在哭，只能看到她蹲在那裡，背影縮成一團，或許是可憐，總覺得她在微微發抖。

路燈將她的影子縮成小小一團，她還是蹲在那裡。他突然想抽一支菸，可是手上都是泥。他走到池邊去洗手，四周太安靜，微涼的水觸到肌膚，有輕微的響聲，水從指端流過，像是觸到了什麼，其實什麼也沒有，水裡倒映了一點橋上的燈光，微微暈成漣漪。

杜曉蘇不知道自己那天在池邊蹲了多久，直到天上有很亮的星星，東一顆，西一顆，冒出來。

北方深秋的夜風吹在身上很冷，她抱著鐵盒，不由自主打了個寒顫，只想把自己蜷縮起來，此時聽到雷宇崢說：「走吧。」

她站起來，小腿有些麻，一點點痹意順著腳腕往上爬，像有無數隻螞蟻在肌膚裡咬噬。他在前面走，跟之前一樣並不回頭，也不管她跟不跟得上。直到走到灰色高牆下，杜曉蘇看著無路可去的牆壁還有點發愣，他把外套脫下來，沒等她反應過來，他已經蹬上了樹杈，一隻手拎著外套，另一隻手在樹幹上輕輕一撐，非常俐落就落在牆頭上，然後轉身把外套擱到牆頭，向她伸出一隻手。

她只猶豫了一秒，就嘗試著爬上了樹，但她不敢像他那樣在空中躍過，幸好他拉了她一把，饒是如此，她還是十分狼狽地手足並用，才能翻落在牆頭。好在牆頭上墊著他的外套，直到手肘貼到他的外套，觸及織物的微暖，才悟出他爲什麼要把衣服擱在這裡——她穿著昨天那件半袖毛衣，而牆頭的水泥十分粗糙。其實他爲人十分細心，並不是壞人。

牆不高，可以看到校園內疏疏的路燈，還有牆外胡同裡白楊的枝葉，在橙黃的路燈下似一灣靜靜的溪林。

雷宇崢抬起頭，天是澄淨的灰藍色。許多年前，他和振嶸坐在這裡，那時候兄弟兩人說了些什麼，他已經忘記了。他一直以爲，這輩子還有很多很多的時間和機會，可以跟振嶸回到這裡，再翻一次牆，再次縱聲大笑，放肆得如同十幾年前的青春。

可是再沒有了。

杜曉蘇十分小心地學著他的樣子坐下來，腳下是虛無的風，而抬起頭，卻發現牆內的樹牆的樹並不是一種，有些樹的葉子黃了，有些樹的葉子還是綠色的，枝枝葉葉，遠遠看去漸漸融入了夜色。天上有疏朗的星星，閉起眼，有一絲涼而軟的風從耳畔掠過。

他拿了根菸，剛掏出打火機，忽然想起來，問她：「妳要不要？」

不知道爲什麼，她點了點頭，他就給了她一支菸，並用打火機替她點燃。

風漸漸息了，十指微涼，捧著那小小的火苗移到她掌心，暫時照亮他的臉，不過片刻，又重新湮滅在夜色中，只餘一點紅芒，彷彿一顆寒星。

這是她第一次抽菸，不知爲什麼沒有被嗆住，或許只是吸進嘴裡，再吐出來，不像他那樣，每一次呼吸都似是深深的嘆息。

但他幾乎從來不嘆氣，和振嶸一樣。

夜一點一點安靜下來，白楊的葉子被風吹得嘩嘩輕響，很遠的地方可以聽見隱約的車聲，遙遠得像另一個世界，他指間的那一星紅芒明滅可見。他的大半張臉都在樹葉的陰影裡，看不清楚表情，她不知他在想什麼，可是看他的模樣，或許是想起了振嶸。四周奇異的安靜裡，她揣度，當年振嶸或許也曾經坐在這裡，兩個神采飛揚的少年，在牆頭上，帶著青春的頑劣，俯瞰著校園與校外。

有車從牆下駛過，牆外的胡同是條很窄的雙向車道，胡同裡很少有行人經過，車亦少。路燈的光像沙漏裡的沙，靜靜地從白楊的枝葉間漏下來，照在柏油路中間那條黃色的分隔線上，像是下過雨，濕潤潤的，光亮明潔。

夜色安靜，適合想念，他和她安靜地坐在那裡，想念著同一個人。

就像時間已經停止，就像思念從此漫長。

最後他把菸頭按熄，撣了撣衣服上的菸灰，很輕巧地從牆頭躍下去，而杜曉蘇跳下去的時候一個趔趄，右腳拐了一下，幸好沒摔倒，手裡的東西也沒撒。他本來已經走出去好幾步，應是聽見她落地的聲音，忽然回過頭來看了看她，她有些不安，雖然腳踝很疼，但連忙加快步子跟上他。

越走腳越疼，或許真是扭到了，可她沒吱聲。他腿長步子快，她咬緊牙幾乎是小跑才跟上他。

從胡同穿出去，找著他的車，上車之後，他問她：「想吃什麼？」

上了車她才覺得右腳踝那裡火辣辣地疼，一陣一陣往上躥，應是剛才那一陣小跑雪上加霜。

她有點傻呼呼地看著他，像是沒聽懂他的話，於是他又問了一遍：「晚飯吃什麼？」

兩個人連午飯都沒有吃，更別說晚飯了，可是她並不想吃東西，所以很小聲地說：「都可以。」

下車的時候腳一落地就鑽心般地疼，她不由得右腳一踮，他終於察覺了異樣。「妳把腳扭了？」

她若無其事地說：「沒事，還可以走。」

是還可以走，只是很疼，疼得她每一步落下去，都有點想倒吸一口氣，又怕他察覺，只咬著牙跟上。進了電梯，只有他們兩個人，她很小心地站在他身後，低頭看了看自己的腳，腳踝已經腫起來了，是真崴到了。

進門後，他說：「我出去買點吃的。」

沒一會兒他就回來了，手裡拎著兩個袋子，把其中一個袋子遞給她。「噴完藥冰敷一下，二十四小時後才可以熱敷。」

沒想到他還買了藥。他把另一個袋子放在茶几上，把東西一樣樣取出來，原來是梅子酒和香草烤雞腿。

她鼻子有點發酸，因爲振嶸最愛吃這個。

他把烤雞腿倒進碟子裡，又拿了兩個酒杯，斟上了酒，沒有兌蘇打，亦沒有放冰塊。他沒有跟她說什麼，在沙發坐下來，端起酒杯，很快一飲而盡。

她端起酒杯，酒很香，帶著果酒特有的甜美氣息，可是喝到嘴裡卻是苦的，從舌尖一直苦到胃裡。她被酒嗆住了，更覺得苦。

兩個人很沉默地喝著酒，雷宇崢喝酒很快，小小的碧色瓷盞一口就飲盡了。喝了好幾杯後，他整個人放鬆下來，拿著刀叉把雞腿肉拆開，很有風度地讓她先嘗。

很好吃，亦很下酒。他的聲音難得有一絲溫柔，告訴她：「振嶸就愛吃這個。」

她知道，所以覺得更難過，把整杯的酒咽下去，連同眼淚一起。「謝謝。」她聲音很輕。

他長久地沉默著，她又說：「謝謝你，明天我就回去了。」

他沒有再說話，轉動著手中的酒盞，小小的杯，有著最美麗的瓷色，彷若一泓清碧。

她像是自言自語：「謝謝你讓我看到那些紙條，謝謝。」他仍然沒有說話，她繼續說：「我以前總是想，有機會要讓振嶸陪我走走，看看他住過的地方，他讀書的學校，他以前做過的事，他以前喜歡的東西。因爲在我認識他之前，我不知道他的生活是什麼樣子，他開心的時候我不知道，他傷心的時候我也不知道，我就想著有天可以跟他一起回來看看，他會講給我聽。我知道的多一點，就會覺得離他更近一點，可是他——」她有點哽咽，眼睛裡有明亮的淚光，卻笑了一笑。

「不過我眞高興，還可以來看看。我本來以爲他什麼都沒有留給我，可是現在我才知道……他留給我很多……」她吸了吸鼻子，努力微笑，有一顆很大滴的淚從她臉上滑落，但她還是在笑，笑著流淚，她的眼睛像溫潤的水，帶著落寞的悽楚，但嘴角倔強地上揚，努力地微笑。

「不用謝我。」他慢慢地斟滿酒，「本來我和振嶸約好，等我們都老了，再把這個盒子挖出來看。」

可是，已經等不到了。

他的眼睛有薄薄的水氣，從小到大，他最理解什麼叫手足，什麼叫兄弟。他說：「這個盒子交給妳，也是應該的。」

她很沉默地將杯子裡的酒喝掉。也許是因爲今天晚上觸動太多，也許是因爲眞的已經醉了，他出人意料地對她說了很多話，大半都是關於振嶸小時候的一些瑣事，兄弟倆在一起的回憶。他們讀同一所小學，同一所中學，只不過不同年級。她是獨生女，沒有兄弟姐妹，而他的描述並沒有條理，不過是一樁一件的小事，可是他記得很清楚。這是她第一次聽他說這麼多話，也是她第一次覺得他非常疼愛振嶸，他的內心應該是十分柔軟的，就像振嶸一樣，他們兄弟其實很像，不論是外表還是內在。

一杯接一杯，總是在痛楚的回憶中一飲而盡。他的聲音帶著明顯的醉意，窗外非常安靜，也許是下雨了。

她也喝得差不多了，說話不是特別清楚。「如果振嶸可以回來，我寧可和他分手，只要他可以活著……」

總歸是傻吧，明明知道振嶸不會回來了，就算她再怎麼傷心，他也不會回來了。

酒意突沉，她自己也管不住自己的語無倫次：「我知道你很討厭我，我也很討厭我自己。我配不上振嶸，配不上就是配不上，你當時說的話都是對的，如果我早點離開他就好了，如果我從來沒有遇上他就好了。不過，他一定還是會去災區的，因爲他是個好人，他就是那麼傻，他就是一定會去救人，因爲他是醫生。可是如果我不遇見他，我也許就覺得自己沒這麼討厭了……」

他說：「妳不討厭，有時候傻頭傻腦，跟振嶸還挺像的。」

「振嶸才不傻！」她喃喃，「他只是太好、太善良……」她想起那些紙條，想起他說過的每一句話，想起他做過的每一件事，想起她與他的每一分過往，命運如此吝嗇，不肯給予她更多的幸福。

回憶是種痛徹心扉的幸福。

他的眼睛看著不知名的虛空。「在我心裡，他一直是個小孩，總覺得他傻呢。」

原來振嶸也覺得她傻，因爲他也把她當成小孩子，所以才覺得她傻。很愛很愛一個人，才會覺得他傻吧，才會覺得他需要保護吧，才會覺得他需要自己的憐惜吧。

她感覺酒氣上湧，湧到了眼裡，變成火辣辣的熱氣，就要湧出來。她搖著腦袋，努力想清醒些，可是他的臉在眼前晃來晃去，看不清他到底是誰……她用很小很小的聲音說：「我可不可以抱你一下？只一會兒。」

她很怕他拒絕，所以不等他回答，立刻就伸手抱住了他。

他身上有她最熟悉的味道，也許是錯覺，可是如此親切；他背部的弧線讓她覺得熨帖安心，就像他不曾離去。她把臉埋在他背上，隔著衣衫，彷彿隔著千山萬水，而今生，已然殊途，再無法攜手歸去。

過了很久很久，她一直都沒敢動，只怕輕輕一動，滿眶的眼淚就要落下來。

她的手軟軟地交握在他腰側，很細的手指，看起來也沒有什麼力量；她的呼吸有點重，有一點溫潤的濕意，透過了他的襯衫。

他側過臉就可以看見她微閉的眼睛，睫毛濕漉漉，像是秋天早晨湖邊的灌木，有一層淡淡的霧靄。她的瞳仁應該是很深的琥珀色，有一種松脂般的奇異溫軟，像是沒有凝固，卻難以自拔，在瞬間就湮滅一切，有種近乎痛楚的恍惚。

他知道自己喝多了，酒勁一陣陣往頭上衝，他努力想要推開她，而她的呼吸裡還有梅子酒清甜的氣息。太近，看得清她睫毛微微的顫動，就像清晨的花瓣，還帶著溫潤的露水，有一種羞赧的美麗，他也不明白自己在想什麼，像沒有任何思索的餘地，已經吻在她唇上，帶著猝不及防的錯愕，觸及不可思議的溫軟。

她開始本能地反抗，含糊地拒絕，可是他更加用力地抱緊了她，就像未曾擁有過。

她的唇溫軟，卻在呼吸間有著誘人的芳香，他沒有辦法停下來，像撲進火裡的蛾，任由火焰焚毀翅膀，粉身碎骨，挫骨揚灰，卻沒有辦法停下來。

有一種痛入骨髓的悲傷，就像久病的人，不甘心，可是再如何垂死掙扎，撐得如何再久，不過是徒勞。他只知道自己渴望了許久，不知道從什麼時候開始，心底就一直叫囂著這種焦躁，而她恰如一泓清泉，完美傾瀉在他懷中，令他沉溺，無法再有任何理智。

明明是不能碰觸的禁忌，酒精的麻痹卻讓他在掙扎中淪陷。

22

她一定是哭了，他的手指觸到冰涼的水滴，卻如同觸到滾燙的火焰，突然醒悟過來自己在做什麼。他迅速放開手，起身離開她。

過了好久，才聽見他的聲音，語氣已經恢復那種冷淡與鎮定。「對不起，我喝醉了。」沒等她說話，他又說：「我還有點事要出去，妳走的時候關上門就行了。」

他徑直搭電梯到停車場，把車駛出社區。他看著前方，又是紅燈，才發覺車頂天窗不知什麼時候打開了，風一直灌進來，吹在頭頂很冷。他把天窗關上，在下一個路口轉彎，不知不覺又繞回社區門前。車子駛過的時候，正好看到她站在路邊等計程車，深秋的寒風中，那件白色短袖毛衣很顯眼，被路燈一映，像是淡淡的橙黃色。她孤零零站在路燈下，其實不怎麼漂亮，他見過那麼多美人，論漂亮，無論如何她算不得傾國傾城，況且一直以來她眉宇間總有幾分憔悴之色，像是一枝花，開到西風起時，卻已經殘了。

他有些恍惚地看著前面車子的尾燈，像一雙雙紅色的眼睛，流連在車河中，無意無識，隨波逐流。

他不知道開車在街上轉了多久，只記得不止一次經過長安街，這城市最筆直的街道，兩側華燈似明珠，彷若把最明亮光潔的珍珠都滿滿地排到這裡來了。他漫無目的地轉彎，開著車駛進那些國槐夾道的胡同，夜色漸漸靜謐，連落葉的聲音都依稀可聞，偶爾遇上對面來車，雪亮的大燈變換成近光燈，像是渴睡的人在眨眼睛。

夜深人靜的時候回到家裡，或許是車燈太亮，抑或是動靜稍大，竟然驚動了邵凱旋。她披著睡袍出來，站在臺階上，看是他進來，不由得有些吃驚。「怎麼這時候回來了？」

他很少三更半夜跑回來，因爲家裡安靜，一旦遲歸驚動了父親，難免要挨訓。但此時他只覺得又累又睏，叫了一聲「媽」，敷衍地說：「您快回屋睡覺吧。」轉身就朝西邊跨院走去。

邵凱旋有幾分不放心。「老二，你喝醉了？」

「沒有。」他只覺得很累，想起來問：「爸呢，還沒回來？」

「上山開會去了。」邵凱旋仔細打量他的神色，問：「你在外頭闖禍了？」

「媽，」他有點不耐煩，「您亂猜什麼？我又不是小孩子。」

邵凱旋說：「你們爺幾個都是這脾氣，回家就只管擺個臭臉，稍微問一句就上火跟我急。我是欠你們還是怎麼著？老的這樣，小的也這樣，沒一個讓人省心。」

雷宇崢倦極了，但不得不勉強打起精神來應付母親，賠著笑。「媽，我這不是累了嗎？您兒子在外頭成天累死累活的，又要應付資本家，又要應付員工，回來見著您，一時原形畢露了。您別氣了，我給您捶捶。」說著就作勢要替她按摩肩膀。

邵凱旋綳不住笑了。「得了得了，快去睡覺。」

家裡還是老式的浴缸，熱水要放很久，他沖了個澡就上床睡覺了。

他睡得極沉，中間口渴醒了一次，起來喝了杯水，又倒下去繼續睡。睡沒多久，似是邵凱旋的聲音喚了兩聲，大概是叫他起來吃飯，不知為什麼，全身發軟不想動彈，便沒有搭理母親，翻了個身繼續睡。不知過了多久，終於醒來，只見太陽照在窗前，腦子昏昏沉沉，可能是睡得太久了，忽地想起自己住的屋子是朝西的，太陽已曬到窗子，應該是下午了，不由得吃了一驚。他拿起床頭櫃上的手錶一看，果然是午後了。

沒想到一覺睡了這麼久，可是仍覺得很疲倦，像是沒睡好。他起來洗漱，剛換了件襯衫出來，忽然邵凱旋推門進來，見他正找合適的領帶，於是問：「又要出去？」

「公司那邊有點事。」他一邊說一邊看邵凱旋沉下臉色，便說：「上次您不是唸叨旗袍的事，我讓人給您找了位老師傅，幾時讓他來給您做一身試試？」

邵凱旋嘆了口氣。「早上來看你，燒得渾身滾燙，叫你都不應，我只怕你燒糊塗了，後來看你退了燒，才睡得安穩一點。這麼大的人了，怎麼不曉得照顧自己？發燒了都不知道，爬起來又拚命，又不是十萬火急，何必著急跑來跑去？」

原來是發燒了。他成年後很少感冒，小時候偶爾感冒就發燒，仗著身體好，從來不吃藥，總是倒頭大睡，等燒退了也就好了。他朝邵凱旋笑了笑。「您看我這不是好了嗎？」

邵凱旋隱隱有點擔心。「你們大了，都忙著自己的事，你大哥工作忙，那是沒辦法，你也成天不見人影。」她想起最小的兒子，更覺難過，說到這裡就頓住了。

雷宇崢連忙說：「我今天不走了，在家待兩天。」又問：「有什麼吃的沒有？餓了。」

邵凱旋果然被轉移了注意力。「就知道你起來要吃，廚房熬了白粥，還有窩窩頭。」他在餐廳裡吃粥，大師傅醃漬的醬菜十分爽口，配上白粥讓人不由得有了食欲。剛吃了兩勺粥，忽然聽到有嫩嫩的童音咿了一聲。

回頭一看，正是剛滿周歲的小侄女元元，搖搖擺擺走進來。牙牙學語的孩子，長得粉雕玉琢，又穿了條乳白色喀什米爾羊毛裙，身後背著一對小小的粉色翅膀，活脫脫一個小天使。

她對他一笑，露出僅有的幾顆牙，叫他：「叔叔。」

他彎腰把孩子抱起來，讓她坐在自己膝上，問她：「元元吃不吃粥？」

元元搖頭，睜大了烏溜溜的眼睛看著他。「叔叔愛稀飯，元元不愛稀飯。」

元元的媽媽韋灤弦已經走進來。「唷，是叔叔愛吃稀飯。」元元立馬從他膝上掙扎下地，搖搖擺擺撲進母親的懷抱。韋灤弦抱起女兒，問雷宇崢：「你又在外面幹什麼壞事了？」

韋、邵兩家是世交，所以韋濼弦雖然是他大嫂，但因爲年紀比他還要小兩歲，又是自幼相識，說話素來隨便慣了。

他回：「妳怎麼跟老太太似的，一開口就往我頭上扣帽子？」

「你要沒闖禍，會無精打采坐在這兒吃白粥？」韋濼弦撇了撇嘴，「我才不信呢！」

「太累了，回家來歇兩天不行嗎？」

韋濼弦笑瞇瞇將他上下打量了一番。「你該不會是終於遭了報應，所以才灰溜溜回來療傷吧？」

雷宇崢愣了一下，才說：「我遭什麼報應了？」

「相思病啊。」韋濼弦笑容可掬，「你每次甩女孩子那個狠勁啊，我就想你終有一天要遭報應的。」

「我甩過誰了我？不就是一個凌默默，都多少年前的事了。再說那也不是我甩她啊，是她提的分手，我被甩了。」

「算了吧，還拿這些陳穀子爛芝麻的事來搪塞我。我又不是老太太，你那些風流帳啊，用不著瞞我。上個月我朋友還看到你帶一特漂亮的姑娘吃飯呢，聽說還是大明星；上上個月，有人看你帶一美女打網球，還有上上上個月……」

雷宇崢面無表情又給自己盛了一碗粥。「得了，妳用這套去詐我大哥吧，看他怎麼收拾妳。」

韋灤弦噗哧一笑，抱著孩子在餐桌對面坐下來。「哎，偷偷告訴你，你這鑽石王老五混不成了，老太太預謀要給你相親呢，唸叨說你都這年紀了，不孝有三，無後爲大。」

他拿著勺子舀粥的手都沒停。「胡說，老太太十二歲就被公派赴美，光博士學位就拿了兩，如假包換的高級知識份子，英文德文說得比我還溜，才不會有這種封建想法。」

韋灤弦笑盈盈地說：「那你就等著瞧吧。」她從碟子裡拿了塊窩窩頭給小女兒。元元拿著那窩窩頭，像得到了新玩具，倒來倒去地看，過了好半天，才啃了一小口。「窩窩不好吃，叔叔好吃。」

雷宇崢伸手刮了刮她的小鼻子。「是叔叔吃窩窩，不是叔叔好吃。」

他在家住了兩天，陪著母親散心，逗小侄女說話，陪母親給家裡種的菊花壓條，倒也其樂融融。幸好母親沒有真讓他去相親。

彩衣娛親，承歡膝下，逗得母親漸漸高興起來，他才回上海。

京滬快線隨到隨走。他搭早班飛機，上了飛機，才發現旁邊座位坐了蔣繁綠。

她明顯也有點意外，笑了笑，道：「好久不見。」

他點了點頭，就當打過招呼了。

因爲是這條航線的常客，空姐都知道他的習慣，不用囑咐就送上當日的報紙，他道謝後接過去，一目十行瀏覽新聞，忽然聽得蔣繁綠說：「對不起，我不知道杜小姐是你的朋友。」

他淡淡地答：「她不是我朋友。」

她哦了一聲，笑著說：「我還以爲她是你女朋友呢。」

他沒什麼表情。「有什麼話妳就說吧，沒必要這樣。」

「我只是有點好奇，也沒別的意思。」蔣繁綠若無其事地說，「畢竟杜小姐跟我小叔叔關係挺好的，說不定將來她還是我的長輩呢。」

他無動於衷，把報紙翻過一頁。「妳以前不是這樣的人，變了很多。」

蔣繁綠嫣然一笑，「難得你還記得我以前的樣子。」

他終於抬起頭，瞥了她一眼。「上次我向妳和妳先生介紹杜曉蘇，不是妳自以爲的那個意思。」他語氣溫和，「我和妳已經分手多年，妳嫁不嫁人，或者嫁了一個什麼樣的人，與我沒有關係。但是，不要招惹杜曉蘇，明白嗎？」

「你誤會了。」蔣繁綠神色十分勉強，「對不起，我眞不知道杜小姐……」

他打斷她，語氣不可置疑：「我說過，不要招惹她。」

蔣繁綠笑了一聲，「以前我總覺得你是鐵石心腸，沒想到還是可以化成繞指柔。」

「她是振嶸的女朋友。」他淡淡地說，「既然是我們雷家的人，誰要想爲難她，當然要先來問過我。」

蔣繁綠終於不再說話。

下飛機後，照例是司機和祕書來接他，公事多到冗雜，忙碌得根本沒閒暇顧及任何事。到了晚上又有應酬，請客的人有求於他，所以在一間知名的新會所，除了生意上的朋友，又邀了幾位電影學院的美女來作陪。醇酒美人，歷來是談生意的好佐料，盛情難卻，雷宇崢也只得打起精神來敷衍，好不容易，酒過三巡，才脫身去洗手間。

出來正洗手，忽然進來兩個人，他也沒在意。

忽地，其中一個說：「我看上官今天怕是要喝多了。」

「哥幾個都整他，能不喝多嗎？」

上官這個姓氏並不多，雷宇崢抬頭從鏡子裡看，覺得說話的那個人有點眼熟，也許在應酬場上見過幾次。

那人滿臉通紅，酒氣醺醺，壓根都沒注意到他，只大著舌頭說：「對了，今天上官帶來的那個姓杜的妞兒，到底是什麼來頭？」

「唷，這你都不知道？上官的新女朋友，沒聽見她剛才說搬家，準是上官巴巴給她買了新房子。」

「新鮮！哪個女人跟得了他十天半個月的，還買房子？這不就是金屋藏嬌，春宵苦短了……」兩個人哈哈笑起來。

雷宇崢把服務生遞上來的毛巾摺下，隨手扔了張鈔票當小費，轉身就出了洗手間。

晚上的風很涼，適才拗不過席間的人喝了一點紅酒，此刻終於有了微醺的酒意。杜曉蘇把頭靠在車窗玻璃上，聽細細的風聲從耳畔掠過。

上官一邊開車一邊數落：「叫妳出來吃頓飯，比登天還難。這間餐廳做的橙蟹多好吃，沒冤枉這一趟吧？話說妳這房子終於裝潢好了，妳得請我吃飯。到時候吃什麼呢……要不咱們去島上吃海鮮……」

杜曉蘇打疊起一點精神。「你怎麼成天拉我吃飯？」

「誰讓妳成天悶在家裡？別悶出病來。」他還是那腔調，「我這是替雷二著想，他的弟妹不就是我的弟妹？再說妳還這麼年輕，有時間多出來玩玩，比一個人在家待著強。」

驟然聽到雷宇崢的名字，她還是覺得有點刺耳。那天晚上恍惚的一吻，讓她總有種錯亂的慌亂，她已經竭力忘記，當作這事沒有發生。他說他喝醉了，很快地離開，這讓她鬆了口氣，也避免了尷尬，但聽到上官提到他，她還是莫名有些不安。

到了一品名城，她住的樓下，他把車停下。

她下了車，又被他叫住：「哎，明天晚上我來接妳，請妳吃飯。」

「我明天說不定要加班。」

「大好青春，加什麼班？」

「我累了。」

「行、行，快上去睡覺。」上官一笑，露出滿口白牙。「記得夢見我！」

有時候他就喜歡胡說八道，也許是招蜂引蝶慣了，對著誰都這一套，這男人最有做情聖的潛質。她拖著步子上樓，房子前天才裝潢好，今天又收拾了一整天，買家具、擺家電什麼的，上官又藉口喬遷之喜，拖她出去吃飯。

她找著鑰匙開門，剛剛轉開門鎖，忽然有一隻手按在門把上，她錯愕地抬起頭，高大的身影與熟悉的側臉，走廊裡的聲控燈寂然滅去，他整個人瞬息被籠在黑暗裡，那樣近，又那樣不可觸及……

她恍惚地看著他，喃喃道：「你回來了……」話音未落，那盞聲控燈重放光彩，清晰照見他臉上的鄙夷與嫌惡，令她整個人猛然震了震。這不是振嶸，振嶸再不會回來了，縱然她千辛萬苦把房子找回來，縱然這是他與她曾經夢想過的家，但他再不會回來了。所以她悵然地看著他，看著如此相似的身影，渾不覺他整個人散發的戾氣。

他冷笑，「妳還有臉提振嶸？」

她有些詫異地看著他，他喝過酒，而且喝得並不少，離得這樣距離也能聞到他身上的酒氣。上次他喝醉了，她知道，可是今天他又喝醉了，為什麼會出現在這裡？

彷彿看透她的心思，他只說：「把這房子的鑰匙給我。」

她不知道自己又犯了什麼錯，只是本能地問：「為什麼？」

「為什麼？妳還有臉問為什麼？」他嫌惡地用力一推，她跌跌撞撞退進了屋子，外頭走廊的光線投射進來，客廳裡還亂七八糟放著新買的家具。看著他那樣子，她不由自主又往後退了幾步，差點絆倒在沙發上。

他一步步逼近，還是那句話：「把這房子的鑰匙給我。」

「我不給。」她退無可退，腰抵在沙發扶手上，倔強地揚起臉。「這是我和振嶸的房子。」

23

胸中的焦躁又狠狠地洶湧而起。他咬牙切齒道：「別提振嶸，妳不配！」他也不知道為什麼自己語氣會如此兇狠，幾乎帶著粉碎一切的恨意。「傍上了上官，行啊，那就把鑰匙交出來。從今以後妳愛怎麼就怎麼，別再拉扯振嶸給妳遮羞。」

話說得這樣尖刻，她被噎了噎。「上官他只是送我回來，我又沒跟他怎樣，你憑什麼找我要鑰匙？」

「是嗎？敢做不敢認？妳怎麼這麼賤，離了男人就活不了？妳不是成天為了振嶸要死要活的，一轉眼就跟別人打情罵俏，竟還有臉回到這房子……」他輕蔑地笑了笑，「振嶸真是瞎了眼，才會看上妳！」

他終於逼急了她，她說：「你別用振嶸來指責我，我沒有做對不起振嶸的事！我愛振嶸，我不會跟別人在一起，你也別想把鑰匙拿走。」

她說的每一個字都像利劍鑽到他心裡，勃發的怒意與洶湧而起的憤恨無法可抑。並不是鑰匙，並不是房子，到底是什麼，他自己都不知道，只覺得厭惡與痛恨，想把眼前這個人碎屍萬段，只有她立時就死了才好。他猝然伸出手掐住她的脖子，她奮力掙扎，把手裡的鑰匙藏到身後，她急切的呼吸拂在他臉上。

他壓抑著心中最深重的厭憎，一字一句地說：「妳跟誰上床我不管，但從今以後，妳別再妄想拿振嶸當幌子。」

她氣得急了，連眼中都泛著淚光。「我沒有對不起振嶸……」

他冷笑，「要哭了是不是？這一套用得多了，就沒用了。一次次在我面前演戲，演得我都信了妳了。杜曉蘇，妳別再提振嶸，妳真是……賤！」

他的十指卡得她透不過氣，他呼出的濃烈酒氣拂在她臉上，她聽到他的手指關節喀喀作響，他是真想掐死她了。這樣不問事由、不辨是非，就要置她於死地。許久以來積蓄的委屈與痛楚終於爆發，如果振嶸還在……如果振嶸知道，她怎麼會被人這樣辱罵，這樣指責？他騰出一隻手去折她的手臂，而她緊緊握著鑰匙，在湧出的淚水中奮力掙扎。

「我就是賤又怎麼樣？我又沒跟上官上床，我就只跟你上過床！你不就爲這個恨我嗎？你不就爲這個討厭我嗎？那你爲什麼還要親我？你說喝醉了，你喝醉了爲什麼要親我？」

她的話像一根針，挑開他心裡最不可碰觸的膿瘡，那裡面觸目驚心的膿血，是他自己都不能看的。所有的氣血幾乎都要從太陽穴湧出來，血管突突跳著，他一反手狠狠將她壓在沙發裡，她額頭正好抵在扶手上，撞得她頭暈眼花，半晌掙扎著要起來，他已經把鑰匙奪走了。

她撲上去想搶回鑰匙，被他狠狠一推又跌回沙發裡，她的唇哆嗦著——他知道她要說什麼，他知道她又會說出誰的名字，他兇猛而厭憎地堵住她的嘴，不讓她再發出任何聲音，硬生生撬開她的唇，像是要把所有的痛恨都堵回去。

她像隻小獸，絕望般嗚咽，卻不能發出完整的聲音。他不知道自己在幹什麼，只是想將身下的這個人碎成齏粉，挫骨揚灰。只有她不在這世上了，他才可以安寧，只有她立時死了，他才可以安寧……這樣痛……原來這樣痛……原來她咬得他這樣痛。有血的腥氣滲入齒間，但他就是不鬆開，她的手在他身上胡亂抓撓，徒勞地想要反抗什麼，但終究枉然，單薄的衣物阻止不了他激烈的撕扯，她只覺得自己也被他狠狠撕裂開來，成串的眼淚從眼角滑落，卻發不出任何聲音。

沒有聲音，沒有光，屋子裡一片黑暗，她在喘息中嗚咽，再無力反抗什麼。隔了這麼久，他發現自己竟然還記得，還記得她如初的每一分美好，然後貪婪地想要重溫，就像被捲入湍流的小舟，跌跌撞撞向著岩石碰去，哪怕粉身碎骨，哪怕是片甲不留……時間彷彿是一條湍急的河，將一切都捲夾在其中。沒有得到，沒有失去，只有緊緊的擁有……心底渴望的焦躁終於被反反覆覆的溫柔包容，他幾乎滿足地想嘆一口氣，卻貪婪地索取更多……

那是世上最美的星光，碎在了恍惚的盡頭，再沒有迷離的方向。在最最失控的那一剎那，他幾乎有種眩暈的幻覺，整個人彷彿都被投入未明的世界，帶走一切的力量與感知，只餘空蕩蕩的失落。

不知過了多久，他才漸漸清醒過來，並沒有看她。她應是在哭，或者並沒有哭，隔很久才抽噎一下，像是小孩子哭得閉住了氣，再緩不過來。

穿衣服的時候觸到硬硬的東西，是錢夾，他拿出來，裡面大概有兩千多現金，他全扔在了沙發上。這時他才發現自己手裡還緊緊攥著東西，原來是從杜曉蘇手裡搶過來的鑰匙，他看著這串鑰匙，猛然明白過來自己做了什麼……他做了什麼？漸漸有冷汗從背部滲出……只有他自己知道，不是為了鑰匙，根本就不是，一切都是藉口，荒謬可笑的藉口。

他抬眼，手上還有她抓出的血痕，她一直在流淚，而他從頭到尾狠狠用唇堵著她的嘴。他知道如果可以說話，她要說什麼，他知道如果她能發出聲音，她就會呼喚誰的名字，所以他恨透了她，他有多痛就要讓她有多痛。他拚盡了全部力氣，卻做了這世上最齷齪的事，用了最卑劣的方式，如果這世上有公正的刑罰，那麼他是唯一該死的人。

她本來伏在那裡一動不動，突然把那些錢全抓起來，狠狠往他臉上砸去，他沒有躲閃，鈔票像雪花一樣灑落。只有他自己明白，他只是想要羞辱自己。黑暗裡，她的眼睛瑩瑩發著光，像怒極了的獸，絕望而淒涼。她慢慢把衣服穿起來，他沒有動，就遠遠站在那裡，誰知她穿好了衣服，竟然像支小箭，飛快地衝出了家門。

他追出去，被她搶先關上了電梯，他一路從樓梯追下去，卻堪堪遲了一步，看著她衝出大廳。她跑得又急又快，拚盡了全力，而他竟然追不上她，或者，他一直不敢追上她。他不知道她想去哪裡，直到出了社區大門，她筆直朝前衝去，像早已有了目標，就朝著車流滾滾的車道衝過去，他才知道她竟然是這樣的打算。他拚盡全力，終於追上她，拽住了她的手，她拚命掙扎，仍往前踉蹌了好幾步，他死也不放手，將她往回拖，她狠狠咬著他的手，痛極了他也不放。不過區區兩三秒，雪亮的燈光已然刺眼襲來，他連眼睛都睜不開，耀眼的燈光中只能看見她蒼白絕望的臉孔，他狠狠用力將她推開。

尖銳的剎車聲響起，卻避不開那聲轟然巨響。遠處此起彼落的剎車聲響起，車流暫時有了停頓，如激流濺上了岩石，不得不繞出湍急的渦旋。她的手肘在地上擦傷了，火辣辣的疼，回過頭，只見血蜿蜒地彌漫開來。

司機已經下車，連聲音都在發抖，過了好一會兒才哆哆嗦嗦打電話報警。周圍的人都下了車，有人膽小捂著眼睛不敢看，警笛嗚聲由遠而近，救護車的聲音也由遠及近。

嘈雜的急診室，嗡嗡的聲音鑽入耳中，就像很遠的地方有人在說話。

「血壓80／40，心跳72。」

「腦後有明顯外傷。」

「第六、第七根肋骨骨折。」

「血壓80／20，心跳下降……」

「CT片子出來了，顱內有出血。」

「脾臟破裂。」

「腹腔有大量積血……」

「滴——」儀器突兀短促地發出蜂鳴。

「心跳驟停！」

「電擊！」

「200J！」

「Clear！」

「未見復甦！」

「再試一次電擊除顫！」

……

「小姐，妳是不是病人家屬？這是手術同意書和病危通知單，麻煩妳簽字。」

「現在情況緊急，如果妳無法簽字，可否聯絡他的其他家人？」

「這是病人的手機，妳看看哪個號碼是他家人的？」

杜曉蘇終於接過了手機。她的手腕上還有血跡，在死神驟然來襲的剎那，他推開了她，自己卻被撞倒。她的腦中一片空白，不知道自己在想什麼，只機械麻木地調出那部手機的通訊錄，第一個就是邵振嶸，她的手指微微發抖，下一個名字是雷宇濤，她按下撥出鍵。

雷宇濤在天亮前趕到了醫院。她不知道他是用什麼方法，雖然隔著一千多公里，但他來得非常快。他到的時候手術還沒有結束，肇事司機和她一起坐在長椅上等待，兩個人都像是木偶，臉色蒼白，沒有半分血色。

陪著雷宇濤一起來的還有幾位外科權威。其實手術室裡正在主刀的也是本市頗有聲譽的外科一把刀，想必雷宇濤一接到電話，就輾轉安排那位一把刀趕來醫院了。這還是杜曉蘇第一次見到雷宇濤，不過三十出頭，卻十分鎮定，有一種不怒自威的沉著。

醫院的主要高層也來了，迅速組合專家，簡短地交換了意見，就進了手術室。這時雷宇濤才注意到杜曉蘇，她的樣子既憔悴又木訥，像還沒有從驚嚇中恢復過來。

他沒有盤問她什麼，只是招了招手，院方的人連忙過來。他說：「安排一下房間，讓她去休息。」

他語氣平靜和緩，但有一種不容置疑的力量，讓人只能服從。

她也沒有任何力氣再思考什麼，乖順地跟隨院方人員去了休息室。

那是一間很大的套房，關上門後非常安靜。她身心俱疲，竟昏沉沉睡著了。

她夢到振嶸，就像無數次夢到的那樣——他一個人困在車內，泥沙岩石傾瀉下來，將他淹沒，所有的一切都黑了，天與地寂靜無聲，他連掙扎都沒有掙扎，就離開了這個世界。她哭得不能自抑，拚命用手去扒那些土，明明知道來不及，明明知道不能夠，但那底下埋著她的振嶸，她怎麼可以不救他？她一邊哭一邊挖，終於看到了振嶸，他的臉上全是泥，她小心地用手擦拭，那張臉卻變成了雷宇崢，血彌漫開來，從整個視野中彌漫，就像她親眼看到的那樣，他倒在血泊裡，再不會醒來。

她驚醒，才知道是做夢。

已經是黃昏時分，護士看到她醒過來鬆了口氣，對她說：「雷先生在等妳。」見著雷宇濤，她仍然手足無措，有點慌亂。偌大的會客廳，只有他和她兩個人，他的樣貌與雷宇崢和邵振嶸並不相像，他也在打量她，目光平靜，鋒芒內斂，看似溫文無害，她卻無緣無故感到害怕。

最後，他把一杯茶推到她面前。「喝點水。」

她搖了搖頭，是眞的喝不下，胃裡就像塞滿了石頭，硬邦邦的。

他並不勉強，反倒非常有風度地問：「我抽支菸，可以嗎？」

她點點頭。淡淡的煙霧升騰起來，將他整個人籠在其中，隔著煙霧，他看起來像在思索著什麼，又彷彿什麼都沒想。他身子微微後仰，靠在沙發裡，聲音中透出一絲倦意。「到現在還沒有醒，只怕過不了這二十四小時……」他隨手把菸掐熄了，「妳去看看吧，還在加護病房。」

對雷大哥話裡的平靜與從容，她有點心驚肉跳。他根本沒問她什麼話，也沒有詫異她爲何會在事故現場，他似乎已經知道了什麼。最讓她覺得難受的是，他也是振嶸的大哥，她不願意他有任何誤解。

他臉上看不出任何端倪，只是有些疲憊地揮了揮手。「去吧。」

她麻木而盲從地跟著護士去了加護病房，複雜的消毒過程，最後還要穿上無菌衣，戴上帽子和口罩，才能進入。

兩個護士正在忙碌。躺在床上的人似乎沒有半分知覺，身上插滿了管子，在氧氣罩下，他的臉色蒼白得像紙。她像個木偶人一樣站在那裡一動也不動，看著那熟悉的眉與眼，那樣像振嶸。周圍的儀器在工作，發出輕微單調的聲音。她恍惚覺得床上的這個人就是振嶸，可是她又拚命告訴自己，那不是振嶸，振嶸已經死了……可他明明又躺在這裡。她神色恍惚，不清楚那是振嶸，還是別人。

藥水和血漿一滴滴滴落，他的臉龐在眼中漸漸模糊。死亡近在咫尺，他卻推開了她，究竟他是怎麼想的，在那一剎那？她一直覺得他是魔鬼，那天晚上他就是魔鬼，那樣生硬而粗暴地肆掠，讓自己痛不欲生，可是現在魔鬼也要死了。

她在加護病房待了很久，護士們忙著自己的工作，根本就不管她。有兩次非常危急的搶救，儀器發出蜂鳴，好多醫生衝進來圍著病床進行最緊急的處理。她獨自站在角落，看著所有人竭盡全力，試圖把他從死神手中奪回來。

就像一場拔河，這頭是生命，那頭是死亡。她想，振嶸原來是做著這樣的工作，救死扶傷，與死神拚命搏鬥，可是都沒有人能救他。

最後一切重歸平靜，他仍無知無覺地躺在病床上。護士們換了一袋又一袋藥水，時光彷彿凝固了般，直到雷宇濤進來，她仍茫然站在那裡，看著他。

「跟他說話。」他的聲音並不大，可是透著不容置疑的命令語氣，「我不管妳用什麼法子，我要他活下來。小嶸已經死了，我不能再失去一個弟弟，我的父母不能再失去一個兒子，聽到沒有？」

她被他推了一個踉蹌，重新站在了病床前，雷宇崢蒼白的臉佔據了整個視野。振嶸當時的臉色，就和他一樣蒼白，那個時候，振嶸已經死了，他也要死了嗎？

過了很久，她才試探地伸出手指，輕輕落在他的手背上。點滴針頭在最粗的靜脈上，用膠帶固定得很牢，他的手很冷，像是沒有溫度。她慢慢地摸了摸他手背的肌膚，他也沒有任何反應。

一連三天，他就這樣一動也不動躺在那裡，像一具沒有任何意識的軀殼，任憑藥水換了一袋又一袋，任憑護士換了一班又一班。每次都有兩個護士輪流待在加護病房裡，只有她一動不動地守著，熬到深夜才去睡，剛睡了沒一會兒，忽然又被敲門聲驚醒。

她看著日光燈下雷宇濤蒼白的臉色，不由得喃喃問：「他死了？」

「他醒了。」雷宇濤並沒有欣慰之色，語氣裡反倒更添了一絲凝重。「妳去看看吧。」

雷宇崢還不能說話，氧氣罩下的臉色仍白得像紙，他也不能動彈，但她一進加護病房就發現他是真的清醒過來了。她雖然戴了帽子口罩，但他顯然認出了她，眼珠微微轉動，似凝睇了她兩秒，然後眼皮就慢慢合上了。

護士輕聲說：「睡著了，手術之後身體機能都透支到了極點，所以很容易昏睡。」

過了很久，雷宇濤才說：「他怕我們騙他，剛才他一直以爲妳死了。」

她沒有說話，如果可以，她寧可自己是死了的好。

24

雷宇濤在醫院又多待了兩天，直到雷宇崢轉出了加護病房，確認不再有生命危險，才決定返回。臨走之前他欲語又止，最終只對杜曉蘇說：「照顧他。」

終歸是救了自己一命，而且是振嶸的哥哥，經過這樣的生死劫難，恨意似乎已經被短暫沖淡，餘下的只有悵然。振嶸走得那樣急，哪怕是絕症，自己也可以照顧他一陣子，可是連這樣的機會上天都吝嗇不肯給，那麼現在也算是補償的機會。

因爲雷宇濤的那句囑咐，她每天都待在醫院。其實也沒太多事情，醫院有專業的護士，又請了看護，髒活累活都輪不到她，不髒不累的活也輪不到她，她唯一的用處好像就是靜靜坐在那裡，讓雷宇崢從昏睡或者傷口的疼痛中醒來時，可以一眼看到她。

大多數時候她不說話，雷宇崢也不說話，病房裡的空氣顯得格外靜謐。看護替她削了個梨，她就拿在手裡，慢慢地啃一口，過了好幾分鐘，再啃一口，吃得無聲無息。

這時候他想說話，卻牽動了傷口，疼得滿頭大汗。她把梨擱下，給看護幫忙，擰了熱毛巾來給他擦臉。這麼一場車禍，雖然撿回了一條命，但他瘦了很多，連眉骨都露出來了，她的手無意識地停在他的眉端，直到他的手臂動了一下，她才醒悟過來。

看他望著茶几上那半個梨，於是她問：「想吃梨？」

他現在可以吃流質食品，聽到他從喉嚨裡哼了聲，她就洗手去削了兩個梨，打成汁來給他，但只喝了一口，他又不喝了。

她只好把杯子放回去，問：「晚上吃什麼呢？」

換來換去的花樣也就是藥粥、虎骨粥、野山參片粥、熊膽粥、鴿子粥……那味道她聞著就作嘔，也難怪他沒胃口。據說這是某國寶級中醫世家家傳的方子，藥材也是特意弄來的，聽說都挺貴重，對傷口癒合非常有好處。每天都熬好了送來，但就是難吃，她看他吃粥跟吃藥似的。

也不知是不是傷口還在疼，過了半晌，連語氣都透著吃力，他終於說了兩個字：「妳煮。」

難得她臉紅。「你都知道……我不會做飯。」

他額頭上又疼出了細汗，語速很慢，幾乎是一個字一個字往外蹦：「白粥。水，大米，煮黏。」

好吧，白粥就白粥。杜曉蘇去附近超市買了一斤米，就在病房裡的廚房煮了一鍋白粥。因爲是天然氣，又老擔心開鍋粥溢出來，所以她一直守在廚房裡，等粥煮好了出來一看，雷宇崢又睡著了。

她把粥碗放到一旁，坐上沙發。黃昏時分，窗簾拉著，又沒有開燈，病房裡光線晦暗，他的臉也顯得模糊而朦朧。摘掉氧氣罩後，他氣色十分難看，又瘦了一圈，讓她幾乎認不出來了，幸好這幾天慢慢調養，臉上又有了點血色。

用老教授的話說：「年輕，底子好，抗得住，養一陣子就好了。」

那天晚上的白粥雷宇崢沒吃到，他一直沒有醒，她怕粥涼了又不便重新加熱，就和看護兩人分著把粥吃掉了。等他醒過來聽說粥沒有了，眼中流露出非常失望的神色，杜曉蘇看他眼巴巴的樣子，跟小孩子聽說沒有了糖一樣，不由得噗哧一笑。

認識了這麼久，她還是第一次在他面前這樣笑出聲，他被她笑得莫名其妙，過了好一會兒才問：「笑什麼？」

「這麼大個人，還怕吃藥。」

「不是。」他的聲音悶悶的。他頭上的繃帶還沒有拆，頭髮也因爲手術需要剃光了，五官都瘦得輪廓分明，現在抿起嘴來，像個犯了嗔戒的小和尚。其實他已經是三十歲的人了，平常總看見他兇巴巴的模樣，杜曉蘇卻覺得重傷初癒的這個時候，他就像個小孩，只會跟大人賭氣。

晚上的飯送來，一看，是野山參粥，她高興地把粥碗往他面前一擱。「是參粥。」熊膽粥最難吃，上次她使出十八般武藝，哄了他半天也只吃了小半碗。參粥還算好的，他能勉強吃完，但參粥有股很怪的氣味，比參湯的味道衝多了，據說這才是正宗的野山參。看他跟吞苦藥似的，皺著眉一小口一小口嚥下，她又覺得於心不忍。「還有點米，明天再煮點白粥給你，你偷偷吃好了。」

大概是「偷偷」兩個字讓他不高興，他冷冷地說：「不用了。」都傷成這樣了，脾氣還這樣拗。本來杜曉蘇覺得他受傷後跟變了個人似的，容易相處許多，聽到這冷冰冰的三個字，才發覺他根本就沒變，他還是那個雷宇崢，居高臨下，頤指氣使。

雷宇崢只住院一個多月，等到能下地走路就堅持出院。醫生團隊拿他沒辦法，杜曉蘇也拿他沒辦法，只好打電話給雷宇濤。

雷宇濤的反應倒是輕描淡寫。「在家養著也行，好好照顧他。」一句話把他又撂給了杜曉蘇。杜曉蘇也不好意思板起臉，畢竟一個多月朝夕相處，看著他像剛出世的嬰兒般無助柔弱，到能開口說話，到可以吃東西，到可以走路……說到底，這場車禍還是因爲她的緣故。

反正他的別墅夠大，請了護士每天輪班，就住在別墅二樓的客房裡。杜曉蘇住在護士對面的房間，每天的事情倒比在醫院還多，因爲雷宇崢回家也是靜養，所以管家每天有事都來問她：「園藝要如何處理？草坪要不要更換？車庫的門究竟改不改？地下游泳池的通風扇有噪音，是約廠家上門檢修，還是乾脆全換新的品牌……」

起初杜曉蘇根本就不管這些事。「問雷先生吧。」

「杜小姐幫忙問問，雷先生睡著了，待會兒他醒了，我又要去物業管理處開會。」

漸漸地，杜曉蘇發現這只是藉口，原因是雷宇崢現在的脾氣格外不好，管家要是去問他，他一定會發火。杜曉蘇越來越覺得那場車禍後，這個男人就變成了小孩，喜怒無常，脾氣執拗，還非常不好哄。可是看他有時候疼得滿頭大汗，又心裡發軟，明明也只比振嶸大兩歲，振嶸不在了，他又因爲自己的緣故傷成這子……這樣一想，總是覺得內疚。

傷口復元得不錯，但因爲曾經有顱內出血，所以留下了頭疼的後遺症，醫生也沒有辦法，只開了止痛劑。他其實非常能忍耐，基本上不碰止痛藥，只有這種時候杜曉蘇才覺得他骨子裡仍舊沒變，那樣的疼痛，醫生說過常人無法忍受，他卻有毅力忍著不用止痛劑。

有天半夜大概是疼得厲害了，他起床想開門，其實床頭就有呼叫鈴，但他沒有按。結果門沒打開，人卻栽在了地上，幸好她睡得淺聽見了動靜，不放心跑過來查看。他疼了一身汗也不讓她去叫護士，她只好架著他一步步挪回床上，短短一點路，幾乎用了十幾分鐘，兩個人都出了一身大汗。他疼得像個蝦米般佝僂著，躺在那裡一點點喘著氣，狼狽得像頭受傷的獸。她擰了熱毛巾來替他擦汗，他忽然抓住她的手，拉著她的胳膊將自己圍住。他瘦得連肩胛骨都突出來，她忽然覺得很心酸，慢慢地抱緊了他，他的頭埋在她胸口，人似乎還在疼痛中痙攣著，熱熱的呼吸一點點噴在她的領口，她像哄孩子般，慢慢拍著他的背，他終於安靜下來，慢慢地睡著了。

杜曉蘇怕他頭疼又發作，想等他睡得沉些再放手，結果她抱著他，就那樣睡著了。第二天她醒過來的時候猛然一驚，幸好他還沒醒，本來睡著之前是她抱著他，最後卻成了他抱著她，她的脖子枕著他的手臂，他的另一隻手還攬在她腰間，她整個人都縮在他懷裡。她醒過來後幾乎嚇出一身冷汗，趁他還沒醒，輕手輕腳回到自己房間。幸好他沒有察覺，起床後也沒提過，大概根本就不知道她在他房裡睡了一晚。

雷宇崢一天天好起來，杜曉蘇才知道陪著病人也有這麼多事，他又挑剔，從吃的喝的到用的穿的，所有的牌子和質地，錯了哪一樣都不行。單婉婷有時候也會過來，揀重要的公事來向他彙報，或者簽署重要文件，見著杜曉蘇禮貌地打招呼，似乎一點也不奇怪她在這裡。

熟悉起來還眞的像親人，有時候她都發怔，因爲雷宇崢瘦下來後更像振嶸了。有時候她都怕叫錯名字，雖然通常說話的時候她都不叫他的名字，就是喂一聲，生氣的時候還叫他「雷先生」，他惹人生氣的時候太多了。

比如洗澡，因爲他回家後曾經有一次昏倒在浴室裡，雷宇崢又不許別人進浴室，所以後來他每次洗澡，總要有一個人在外邊等他，避免發生意外。這差事不知爲什麼就落在她頭上，每天晚上都得到主臥，聽嘩啦嘩啦的水聲，等著美男出浴，還要幫他吹頭髮，吹的時候又嫌她笨手笨腳，眞是吹毛求疵。其實他頭髮才剛長出來，怎麼吹也吹不出什麼髮型，看上去就是短短的平頭，像個小男生，杜曉蘇總覺得像芋頭，她說芋頭就是長這樣，但她一叫他芋頭他就生氣，冷冷地看著她。

養個孩子大概就是這種感覺了，可哪有這麼不聽話這麼讓人操心的孩子？杜曉蘇被氣得狠了，第二天偷偷跑出去買了一罐痱子粉。這天晚上，等他洗完澡出來往軟榻上一坐，她就裝模作樣地拿起吹風機，卻偷偷拿出粉撲，以迅雷不及掩耳之勢給他撲了一脖子的痱子粉，他反應過來，轉過頭抓住她拿粉撲的手，她還笑道：「乖，阿姨給你撲粉粉。」

這句話可把他給惹到了，跟炸了毛的貓似的，她都忘了他根本不是貓，而是獅子。他生氣就來奪她的粉撲，她偏不給他，兩個人搶來搶去，到最後不知道怎麼回事，他抱住了她，她不由得一震，他的唇覆上來的剎那，她幾乎能感受到他唇上傳來的滾燙與焦灼。這是他們在清醒狀態下的第一次，清晰得可以聽見對方的鼻息。

「不行……」她虛弱地想要推開他。他的眼睛幾乎佔據了她整個視野，那樣像振嶸的眼睛。

他沒有再給她說話的機會，帶著某種誘哄，緩慢耐心地親吻她，她捶著他的背，可又怕碰到他骨折的傷。他仍然誘哄地吻著她，手摸索著去解她的鈕子，她一反抗他就加重唇上的力道，輕輕咬齧，讓她戰慄。他的技巧非常好，她那點可憐的淺薄經驗全都被勾起來了，欲罷不能，在道德和自律的邊緣垂死掙扎。

「雷宇崢！放開我！放開！」他將她抱得更緊，那天晚上令她可怖的感覺再次襲來，她咬著牙用力捶打他。「我恨你！別讓我再恨你一次！」

他如同喝醉了酒般，眼睛裡還泛著血絲，幾乎是咬牙切齒地道：「我知道妳恨我，我也恨我自己，我恨我他的媽爲什麼要這樣愛妳！」

終於說出來了，最不該說的一句話。她的手頓了一下，又捶得更用力，可是不能阻止他。他說了很多話，大多是模糊破碎的句子。起初因爲她哭了，他喃喃說著些哄她的話，她哭得厲害，聽著他一句半句，重複的卻都是從前她對他說過的話，她都不知道他竟然還記得，而且記得那樣清楚，從第一次見面，她說過什麼、做過什麼……就像電影拷貝一樣，被一幕幕存放在腦海最深處，如果他不拿出來，她永遠也不會知道。

她哭泣著聽他在耳邊呢喃，夾雜在細碎的親吻裡，恍惚被硬生生拉進時光的洪流，如果一切回到原點，是不是會有不同的經歷，有不同的結果？他細緻而妥帖地保管了這一切，再也不輕易讓人偷窺。

她錯過他，他也錯過她，兜兜轉轉，被命運的手重新拉回來。

她像隻小鹿，濕漉漉的睫毛還貼在他臉上，讓他覺得懷抱著的是種虛幻的幸福。這樣久，他自己都不知道，原來已經這樣久。如此的渴望，如此的期待，連他自己都不知道，從那樣久遠的過去就已經開了頭，像顆種子在心裡萌了芽，一天天長，一天天長，最終破殼而出。

他曾經那樣枉然地阻止，到現在卻不知道是因爲手足還是因爲嫉妒，嫉妒她那樣若無其事地出現在自己面前，就像那一夜被遺忘得乾乾淨淨，徹徹底底。

這麼多年，走了這麼多路，可是命運竟然把她重新送回到他面前，他才知道原來是她，原來是這樣。

無論如何，他不會再放開她。第一次他無知地放手，從此她成了陌生人；第二次他放手，差點就失去自己的生命。這一次他無論如何不會再放手，她是他的，就是他的。

上一次是激烈的痛楚，這一次卻是混亂的迷惘。還沒有等他睡醒，杜曉蘇就不聲不響離開了。她覺得自己又犯了錯，上次不能反抗，這次能反抗她卻沒有反抗，明明是不能碰觸的禁忌，明明他是振嶸的哥哥，明明她曾經鑄成大錯，如今卻一錯再錯。道德讓她覺得羞恥，良知更讓她絕望。

她把自己關在房裡一整天，無論誰來敲門，都沒有理會。雷宇崢大概怕她出事，找出房門鑰匙，開門進來，她只是靜靜躺在那裡，閉著眼睛裝睡。他在床前站了一會兒，又走了。

她下樓的時候，他坐在樓梯口，手裡還有一支菸，旁邊地板上放著偌大一個菸灰缸，裡面橫七豎八全是菸蒂。看著柚木地板上那一層菸灰，也不知他在這裡坐了多久。手術後，醫生讓他戒菸，他也眞的戒了，沒想到今天又抽上了。

他把她的路完全擋住，她沉住氣，道：「讓開。」

他往旁邊挪了挪，她從他旁邊走過去，一直走到樓梯底，他也沒有說話。

其實也沒有地方可以去，她跌跌撞撞走到湖邊。湖裡養了一群小鴨子，一位母親帶著孩子，拿著麵包一片一片撕碎了餵小鴨子。因為社區管理很嚴，出入都有門禁，住戶又不多，所以湖邊就只有她們三個人，餵小鴨子的母女不由得回頭看了她一眼。她一整天沒有吃東西，胃裡直泛酸水，蹲下來要吐又吐不出來。

那位太太很關切，扶了她一把。「怎麼了？要不要去醫院？」

她有氣無力地還了個笑容。「沒事，就是胃痛。」

小女孩非常乖巧地叫了聲：「阿姨。」又問自己的媽媽：「阿姨是不是要生小寶寶了？電視上都這麼演。」

那位太太笑起來。「不是，阿姨是胃痛，去醫院看看就好了。」

在那一剎那，杜曉蘇腦海裡閃過非常可怕的念頭，但沒容她抓住，家務助理已經找來了，遠遠見著她就焦灼萬分地說：「先生出事了……」

雷宇崢已經把房間裡能摔的東西都摔了，護士也被他關在外頭，管家見了她跟見了救星一樣，把鑰匙往她手裡一塞，她只好打開房門進去。裡面安靜極了，窗簾拉著，又沒有開燈，黑乎乎的什麼都看不到。

她摸索著把燈打開，才發現他一個人蹲在牆角，因為劇烈的疼痛佝僂成一團，一百八十幾公分的大個子，竟然在發抖。她蹲下來，試探地伸出手，他疼得全身都在痙攣，牙齒咬得緊緊的，已經這樣了他還執拗地想推開她。

她覺得他在賭氣，幸好疼痛讓他沒了力氣，她將他抱在懷裡，他整個人還在發顫，說不出話來。

她耐心地哄他：「打一針好不好？讓護士進來給你打一針，好不好？」

25

他固執地搖搖頭，如同之前的每一次那樣。最近他的頭疼本來已經發作得越來越少了，而且疼痛一次比一次要輕，不曾劇烈到這種程度。她心裡明白是爲什麼，他一個人坐在樓梯口的時候，曾經眼巴巴看著她出來，就像那天聽說粥沒有了，跟小孩子一樣可憐。她卻沒有管他，她本來是打算走的，即使他說過那樣的話，即使他已經很明白地讓她知道，但她還是打算走的。

醫生說過這種疼痛與情緒緊張有很大的關係，他一直疼得嘔吐，然後昏厥過去。杜曉蘇本來還以爲他又睡著了，護士進來才發現他是疼得昏過去了，於是給他注射了止痛劑。

她又覺得心軟了，就是這樣優柔，但總不能拋下他不管。可是心底那個隱祕的念頭讓她不安到了極點，她終於對自己最近的身體狀況起了疑心，總得想辦法確認一下，如果眞的出了問題，她只有悄悄地離開。

但目前她還是努力維持現狀，雷宇崢醒來後她極力讓自己表現得更自然，甚至試圖更接近他一點兒，但他卻待她並不友善，甚至不再跟她說話。他變得暴躁，沒有耐心，經常把自己關在房間裡，她發現他竟然變本加厲地抽起菸。

管家愁眉苦臉，她只好自己想辦法，把打火機和菸全都藏起來，他找不著，終於肯跟她說話了：「拿出來！」

「給我點時間。」她似乎是心平氣和地說，「你不能一下子要求我接受。」

他沒有理會她，卻沒有再掘地三尺地找那些香菸。

這天天氣好，她好不容易哄得他去陽臺上曬太陽補鈣，他卻自顧自坐在藤椅上看報紙。秋天的日頭很好，天高雲淡，風裡似乎有落葉的香氣。她總勸他：「別看了，傷眼睛。」他往大理石欄杆的陰影裡避了避，繼續看。

她指了指樓下的花園。「你看，流浪貓。」

他果然把報紙擱下，往陽臺下張望，花叢裡的確有小動物，灌木的枝條都在輕微地搖動。但他一想就明白上了當，這樣戒備森嚴的豪華別墅區，從哪兒來的流浪貓，恨不得連隻蒼蠅都飛不進社區大門。

果然那小東西鑽出來一看，是隔壁鄰居新養的寵物狗，搖著尾巴朝他們汪汪狂叫。沒一會兒鄰居的家務助理就循聲找來了，滿臉堆笑對著管家賠禮。「眞不好意思，這小傢伙，一眨眼竟然溜過來了。替我跟雷先生和雷太太說一聲，眞是抱歉。」

他看她在陽臺上看著人把小狗抱走，很悵然的樣子。最近她近乎是在討好他了，雖然他不明白她的目的，但她看著那隻狗的樣子，讓他想起很久之前，在那個遙遠的海島上，她曾經可憐兮兮地央求他，想要帶走那隻瘦骨嶙峋的小貓。那時候她的眸子霧濛濛的，就像總有水氣，老是哭過的樣子。

他不由自主地說：「要不養一隻吧。」

她只覺得頭大如斗，現在的日子已經比上班還慘，要管著這偌大一間房子裡所有亂七八糟的事，伺候這位大少爺，再加上一隻狗……

「我不喜歡狗。」

「妳只喜歡貓。」

她微微詫異。「你怎麼知道？」

他哼了一聲沒說話。

黃昏時，鄰居家又特意派人送了一籃水果過來，還親自寫了張卡片，說是小狗才剛買來認生，所以才會出現這樣的意外，深表歉意云云，很是客氣。管家把水果收了，照例跟她說了一聲，然後向她建議：「廚房剛烤了新鮮蛋糕，鄰居家有小孩，我們送份蛋糕過去，也是禮尚往來。」

她很贊成，本來偌大的地方才住了這麼幾十戶人家，鄰里和睦挺難得的。

過了幾天，她陪雷宇崢去複檢，回來的時候正巧遇見鄰居太太帶著小孩回來。司機去停車，母女兩個特意過來跟他們打招呼，又道謝，原來就是那天在湖邊餵小鴨子的那對母女。小女孩教養非常好，小小年紀就十分懂禮貌，先叫了叔叔、阿姨，又甜甜笑道：「謝謝阿姨那天送的蛋糕，比我媽媽烤的還好吃呢。」

鄰居太太也笑。「上過幾天烘焙班，回來烤蛋糕給她吃，她還不樂意嘗，那天你們送了蛋糕過來，她一個勁誇好吃，讓我來跟雷太太學藝呢。」

杜曉蘇怔了一下。「您誤會了……」

「不是她烤的。」雷宇崢難得笑了笑，「蛋糕是我們家西點師傅烤的，回頭我讓他把配方抄了給您送去。」

「謝謝。」鄰居太太笑容滿面，又回過頭來問杜曉蘇：「那次在湖邊遇上妳，看到妳很不舒服的樣子，我要送妳去醫院，妳又不肯。要不我介紹個老中醫給妳把個脈？他治胃病挺在行的。」

不知爲什麼杜曉蘇的臉色都變了，勉強笑了笑。「沒事，現在好多了，就是老毛病。」

「還是得注意一下，看妳那天的樣子，說不定是胃酸過多。我有陣子就是那樣，還以爲是又有了小毛頭，結果是虛驚一場。」又說了幾句話，鄰居太太才拉著女兒跟他們告別。

一進客廳，傭人就迎上來，拿拖鞋給他們，又接了雷宇崢的風衣。杜曉蘇上樓回自己房間，誰知雷宇崢也跟進來了。最近他對她總是愛理不理，今天的臉色更是沉鬱，她不由得攔住房門。「我要睡午覺了。」

他沒有說話，徑直去翻抽屜，裡面有些她的私人物品，所以她很憤怒。「你幹什麼？」

他依然不說話，又去拿她的包，她不讓他動。「你想做什麼？」

他站在那裡沒有動，終於問：「妳不舒服，怎麼不去醫院？」

「小毛病去什麼醫院？」

「妳哪兒不舒服？」

「你管不著。」

「那跟我去醫院做檢查。」

「才從醫院回來又去醫院做什麼？」

「妳在怕什麼？」

「我怕什麼？」

「對，妳怕什麼？」

她漸漸呼吸有些急促。他看著她，這男人的目光跟箭一樣毒，似乎就想找準了她的七寸扎下去，逼得人不得不拚死掙扎。她抓著手提袋，十指不由自主地用力擰緊，聲調冷冷地說：「讓開。」

「妳不把事情說清楚，別想出這個門。」

她滿臉怒色，推開他的手就往外走，他手臂一緊抱住她，不顧她的掙扎，狠狠地吻住她。她的背抵在牆上，觸著冰涼的壁紙，她覺得自己像一塊氈，被他揉弄擠壓，幾乎透不過氣來。

他的力道中似乎帶著某種痛楚。「告訴我。」她緊閉著雙唇，雙手抗拒地抵在他胸口，不管她怎麼掙，都掙不開他如影隨形的唇。他狠狠地吮吸，宛如在痛恨什麼。「告訴我！」他的呼吸夾雜著淡淡的藥香，是他早上吃的熊膽粥，一種又苦又甘的奇異香氣，她覺得熟悉的晨嘔又湧上來，胃裡犯酸，喉嚨發緊。他強迫地攥住她的腰，逼著她不得不與他的眼睛對視，那樣像振嶸的眼睛……

她推開他，撲到洗手間，終於吐出來，一直嘔一直嘔，像要把胃液都嘔出來。等她精疲力盡地吐完，他遞給她一杯溫水，還有毛巾，她一揮手把杯子毛巾全打翻了，幾乎是歇斯底里地道：「是！我就是懷孕了怎麼樣？你到底想幹什麼？你強暴了我，難道還要強迫我替你生孩子？你把我逼成了這樣，你還想怎麼樣？」

兩個人都狠狠地瞪著對方，他忍住將她撕成碎片的衝動，一字一頓道：「杜曉蘇，我知道妳在想什麼，我告訴妳，妳別想。」他忍不住咆哮：「妳不要癡心妄想！」

他狠狠地摔上門，把管家叫來。「找人看著杜小姐，有什麼閃失，唯你是問。」

他搭了最快的一班飛機回家。北方的秋意明顯比南方更甚，雷宇崢連風衣都忘了穿，扣上西裝外套的釦子，走下舷梯的時候，意外地發現不遠處的停機坪上，停著輛熟悉的汽車。

司機老遠看見他，就下來替他打開了車門。

見到雷宇濤的時候，他還很平靜地問：「哥，你怎麼來了？」

「我來送客人，沒想到接到你。」雷宇濤笑了笑，「你怎麼回來了？」

「回來看看爸媽。」

「你運氣不好，老爺子去河南了，咱媽也不在家。」

雷宇崢沒有作聲，雷宇濤拍了拍他的肩。「走，我給你接風，吃點好的。看你這樣子，瘦得都快跟振嶸原來一樣了。」

三個兄弟裡，振嶸是最瘦的一個。提到他，兄弟兩人都陷入了沉默，不再交談。

雷宇濤挑的地方很安靜，並不是所謂的私房菜館子，而是原來食堂掌勺的譚爺爺的家裡。老譚師傅去世十幾年了，難得他兒子學了他七八成的手藝，但並不以此爲業，更難得下廚。就是偶爾有舊友提前打了招呼，才燉上那麼幾鍋，也不收錢，因爲通常來吃的都是有幾代交情的故人。譚家是清淨的四合院，月洞門後種了兩株洋槐，如今葉子都掉光了。從朝南的大玻璃窗子看出去，小院安靜得寂無人聲，偶爾一隻麻雀飛落，在方磚地上一本正經地踱著方步，似乎在數著落葉，一陣風來，麻雀細白的羽毛都被吹得翻了起來，於是撲了撲翅膀，飛走了。

小譚師傅親自來上菜。說是小譚師傅，也是因著老譚師傅這麼叫下來的，其實小譚師傅今年也過五十歲了。他笑眯眯地一一替他們揭開碗蓋，全是燉品，尤其一壇佛跳牆做得地道，聞著香氣就令人垂涎欲滴。

「前幾天我饞了，特意打電話來讓小譚師傅燉的，說是今天過來吃。」雷宇濤親自替雷宇崢舀了一勺佛跳牆。「便宜了你。」

小譚師傅替他們帶好門，就去前院忙活了。屋子裡非常安靜，四壁粉刷得雪白，已經看不出是原來的磨磚牆。家具什麼的也沒大改，老荸薺紫的八仙漆桌，椅子倒是後來配的，原來的條凳方凳，都被孩子們打打殺殺半拆半毀，全弄壞了。這是他們小時候常來的地方，來找譚爺爺玩，譚爺爺疼他們幾個孩子，給他們做爛肉面，還餵了一隻小白兔，專門送給他們玩兒。

佛跳牆很香，雷宇濤看了他一眼。「你怎麼不吃？」

「我想結婚。」

雷宇濤的表情非常平靜，語氣也非常平靜，夾了塊蘇造肉吃了，才問：「你想跟誰結婚？」

他捏著冰涼的銀筷頭，碗裡是雷宇濤剛給他舀的佛跳牆，香氣誘人，如同這世上最大的誘惑，他沒有辦法克制自己，只能苦苦掙扎。就像一隻蟻，被驟然滴下的松香裹住，拚命掙扎，明知道掙不開，也要拚命掙扎，千年萬年之後，凝成的琥珀裡，人們仍可以觀察到栩栩如生的命運最後的那份無力。但又能怎麼樣呢？誰不是命運的螻蟻？

雷宇濤又問了一遍：「你要跟誰結婚？」

他卻不再作聲。

雷宇濤把筷子往桌上一拍，冷笑。「不敢說？我替你說了吧，杜曉蘇是不是？」他好不容易壓下去的怒火又再次不可抑制，「你是不是瘋了？你上次回來的時候，我大清早打電話到你那裡，是那個女人接的電話，我就知道出了事。我起先還指望你是一時糊塗，那股鬼迷心竅的新鮮勁兒過去就好了，結果你竟然異想天開！你想活活氣死咱爸媽？她是振嶸的未婚妻，就算振嶸不在了你也不能娶她！」

「是我先遇見她的。」

「雷宇崢，你不是三歲小孩，你自己心裡明白，你娶誰都可以，杜曉蘇是絕對不可能。你不要臉，我們雷家還要臉！」雷宇濤氣到極處，「親戚全見過她，全都知道她是振嶸的未婚妻。你想想咱爸，他今年做了兩次心臟支架手術，醫生說過什麼你一清二楚，你就算要死也給我忍著！我連你出事的消息都瞞得滴水不漏，你倒好，你打算親自氣死他是不是？」

「振嶸已經不在了，爲什麼我不能娶她？」

雷宇濤狠狠一巴掌就甩過來。「你是不是瘋了？」

雷宇崢沒有躲，嘴角裂開來，他也不動。就和小時候挨父親的打一樣，不聲不吭，也不求饒，就是看著他。

雷宇濤反而慢慢鎮定下來。「你要眞瘋了我也不攔你，可是有一條，你也是明白的，我有一千一萬個法子讓你徹底清醒。你要是不信，儘管試。」

早知道是絕境，其實也不過是垂死掙扎，又有什麼用處？雷宇崢心灰意冷。能有多痛呢？不過是撕扯掉胸腔裡那一部分，從此之後，仍舊活著。失掉的不過是一顆心，又能有多痛？

「你別動她。」

雷宇濤笑了笑，安慰似的重新將筷子塞回他手裡。「我知道你是一時腦子糊塗了，好好休息一陣子，把傷養好。別讓爸媽知道那些亂七八糟的事，省得他們擔心。」又給他舀了一勺肉，「趁熱吃，我知道你還有事得趕回去安排。」

還是雷宇濤把他送到機場，看著他上飛機。偌大的停機坪上，只有他一個人孤零零站在車前，雷宇崢想起很久以前——其實也沒有多久，他抱著振嶸回來，大哥也是這樣孤零零站在那裡等他，那時候籠罩在全家人心頭的，是絕望的傷心。

那是父母最疼愛的小兒子，他們已經承受了一次喪子之痛，餘下的歲月裡，他和大哥都竭力避免父母再想起來，再想起那白髮人送黑髮人的悲哀。

他們希冀用時光去醫治傷痛，希望父母能夠淡忘。如果他固執地將杜曉蘇帶回家，那麼重要的不是流言蜚語，重要的是，父母的餘生裡，都會因她而時時刻刻想起振嶸。

他是真的瘋了，才會癡心妄想，所以雷宇濤專門等在那裡，等著把他擋回去，等著把他一巴掌打醒，讓他不再做夢。

下了飛機，司機來接他，他打了個電話問管家：「上飛機前你說杜小姐睡了，現在起來了嗎？」

「起來了。」管家說，「剛才說要去醫院拿藥，司機送她去了。」

他心一沉，勃然大怒。「我不是讓你看著她？」

管家嚇得戰戰兢兢地回：「我專門讓司機陪她去，她說她不舒服……」

「哪家醫院？」

聽完地址，他就把電話摔了，告訴司機：「把車給我，你自己先回去。」

26

杜曉蘇覺得自己在發抖，醫院雖然是私人的，看上去也挺正規，交了錢就去三樓手術室。電梯裡就她一個人，她緊緊捏著手裡的包，四壁的鏡子映著她蒼白的手指，短短十幾秒，卻像半輩子那麼久。終於，到了三樓，她出了電梯，忽然聽到樓梯那裡的門砰地一響，本能回頭看了一眼，卻看到最最不可能出現在這裡的人。

他臉色陰霾，朝她一步步走近，胸膛還在微微起伏，似是因爲一路上樓太急。她無慟無怨，只是看著他。

他什麼話也沒說，抓住她的手臂，將她往外拖。

「你幹什麼？」重新見到這個人，才知道原來自己只是不願意再看他，不願意再見到和振嶸如此肖似的臉孔，不願意再想起與他有關的那些事情。只要牽涉到他，她就是一錯再錯，錯得令她都深深地厭憎自己。已經有護士好奇地探頭張望，他捏得她很痛，可她就是掙不開。

「信不信？」他臉色平靜，聲音更是。「妳要是不跟我走，我有法子把這裡拆了。」

她不寒而慄，她絕對相信，他是地獄九重中最惡的魔，不憚犯下滔天大罪，只爲他一念之間。她絕望地撲打著他，抓破了他的臉，他毫不閃避，一意把她帶下樓去。他的車就停在醫院大門前，他把她塞進去，繫好安全帶。

所有的車門都被他鎖上了，車子在馬路上飛馳。其實她一點也不想死，她一直想好好活著，但他總有辦法逼迫她，讓她覺得絕望。她去搶方向盤，他毫不留情，回手就扇了她一巴掌，打得她倒在車窗邊，半晌捂著臉緩不過來。

他慢慢地、一字一字地說：「杜曉蘇，妳別逼急了我，逼急了我會殺人的。」

他連眼睛都是紅的。不知道他是如何趕到這裡的，她知道他不是在恐嚇，他根本就不是人，而是喪心病狂的魔鬼，什麼事情都做得出來。他開車的樣子像是不要命，一路遇上的卻全是綠燈。她知道再也逃不掉了，直到車停在別墅前，他下了車，拖著她往屋子裡去。

她又踢又咬，對他又打又踹，他索性將她整個人抱起來，進了屋子一直上樓，到主臥室，將她狠狠扔到床上，就像扔一袋米，或者什麼別的東西，粗魯而毫無憐惜。她喘息著伏在那裡看著他，他也喘息著看著她，兩個人的胸膛都在劇烈起伏。他伸出手，卡住她的脖子，就像那天一樣，咬牙切齒道：「妳要死就死得遠遠的，不要讓我知道！」

他的手背上全是暴起的青筋，她一動也不動，像是想任由他這樣掐死自己。可是他終究沒有再使力，反而整個手臂垂了下去，只定定地看著她。

她嘴角漸漸揚起笑。「你不是走了嗎？你真覺得關得住我？只要我想，總可以弄出點兒意外來。」

他的牙齒咯咯作響，被觸到逆鱗般咆哮：「妳敢！妳竟然敢！」

「哦，你還在生氣我沒事先告訴你？」她有些散漫地轉開臉，避免他的呼吸噴在自己臉上。「說了又有什麼用，難道你突發奇想打算養個私生子？」

他在失控的邊緣，這女人永遠有本事讓他有殺人的衝動。「別逼我動手揍妳。」

「你剛才不是打了嗎？」她笑了笑，臉上還有他的指痕，紅腫起來，半邊臉都變了形。

他整個心臟抽搐起來，像是被人捏住了般，只覺得難受。他伸手想要撫摸她紅腫的臉頰，但她本能地往後縮了縮，他的手指定在那裡，怔怔地看著她，而她黑寂似無星之夜的眼中，無怒亦無嗔，彷彿連心都死了。

「對不起。」他的聲音很低。

「不敢當。」她慢慢坐起來，整理了一下衣服。「還是麻煩你送我去醫院，拖久了更麻煩。」

她這突兀的平靜讓他更覺得無措，就像下樓時一腳踏空，心裡空蕩蕩的，說不出的難受。他近乎吃力地說：「我們——能不能談一談？」

「有什麼好談的？」她輕描淡寫地說，「我知道那天晚上你喝醉了，我就當被瘋狗咬了一口。」她甚至朝他笑了笑，「把你比瘋狗了，別生氣。」

他看著她，想起許多事情。振嶸帶她回家的時候，自己看到她的第一眼，是在想什麼呢？他一次一次把她撿回家，那樣可憐，是在想什麼呢？在那個孤島上，重新看到她的睡顏，又是在想什麼呢？從傷痛中醒來的時候，他以爲她已經死了，他固執地睜著眼睛看著雷宇濤，旁邊的人一樣樣地猜，猜他是什麼意思，最後還是雷宇濤猜到了，才帶了她來見他。看到她安然無恙的那一剎那，自己又是在想什麼呢？一點也記不起來了。他從什麼時候愛上她，他自己都不知道，他爲什麼會愛上她，他自己都不知道，就像不知道一朵花爲什麼會開，就像不知道彩虹爲什麼會出現在雨後的天空，就像不知道嬰兒爲什麼會微笑……等他知道的時候，已經晚了。只記得那天晚上，她在自己身下顫抖著哭泣。所有的幸福早就被他一手斬斷了，連他自己都明白。

最開始絕望的一個，其實是他。

他以爲有機會彌補，在出了車禍之後，在她陪伴自己的時候，在她開始溫柔對自己笑的時候，在她用雙臂抱緊自己的時候，在她雖然拒絕，但是沒有反抗的時候。可是她提都不提，她刻意忘記，她就只痛恨他強迫她的那一次。就像車禍後的一切不曾發生，就像之前她只是可憐他——她就只是可憐他。

他掙扎了那樣久，拚盡了全部的力氣，卻沒有掙開這結果。她就在他面前了，可是隔得太遠，再觸不到。

他沒有生氣，只是她如此抗拒的姿態令他無法忍受。

他已明白，終究是無路可退。

她的神色已經略有不耐。「雷先生……」

「曉蘇，」他第一次叫她的名字，這樣親暱的兩個字，可是隔著千山萬水，連夢裡都吝嗇得不曾出現，他茫然地看著她，聽到自己喃喃的聲音。「能不能把這孩子留下來？」

「生下來？」她幾近譏諷地應，「您還沒結婚呢。像您這樣的人，一定會娶一位名門閨秀，像我這樣的人，怎麼配給您生孩子？」

「結婚」兩個字狠狠抽中了他的心，他曾經垂死掙扎過，只有他自己知道。其實明知道不可能，所以才會在雷宇濤面前說破，借了雷宇濤的手來絕了自己最後一分殘存的念想，就像被癌症的痛苦折磨得太久的絕症病人，最後輾轉哭號，只求安樂一死。他曾經那樣忍耐，連頭疼欲裂的時候他都可以忍耐，卻忍不住這種絕望，終究還是逼她說一句話來讓自己不再做夢。

他鬆開手，如釋重負地看著她，終於笑了笑。「那換家好點的醫院吧，小醫院做手術不安全。」

她不明白他怎麼突然就鬆了口，但他臉色很平靜地說：「我來安排，妳放心。」

他離開了房間，她精疲力竭，像是渾身的力氣都在瞬間被抽得一乾二淨，躺在那裡一動也不動。枕頭軟軟的在臉頰旁，棉質細密溫柔的觸感，她竟然就那樣沉沉睡去。

她睡到天黑才醒，睜開眼許久不知道自己是在哪裡。床對面是從天到地的落地窗簾，房間裡又黑又靜，像是沒有人。

她漸漸想起之前的事，起身找到自己的鞋。樓下空蕩蕩的，門關著她出不去，她穿過客廳走到後院，看到一個人坐在院子裡；夜幕四垂，遠遠可以看見天角城市的紅光，彷彿微暈的醉意。他沒有喝酒，非常清醒，也非常警醒，回過頭來看著她。

最後還是他先說話：「醫院已經安排好了，明天我陪妳去。」

「謝謝。」她語氣幾近嘲諷。

他沒有被她激怒，反倒淡淡地說：「我做錯了事，我收拾殘局。」

陌生而疏離，重複著虛僞的禮貌，她壓抑住心中洶湧的恨意。她做錯了事，卻付出了一生作爲代價，這個男人，這個男人以近乎輕蔑的方式，硬生生將她逼到了絕路上。

如果給她一把刀，她或許就撲上去了，但她冷靜理智地站在那裡，隱約有桂花的香氣浮動在夜色中。這裡看不見桂花樹，卻彷彿有千朵萬朵細黃的小花正在盛開，那香氣甜得似蜜，浸到每一個毛孔裡，彷彿是血的腥香。

他聯絡的仍是家私人醫院，不過因爲是外資，規模看起來並不小。所有應診皆有預約，所以偌大的醫院裡顯得很安靜，沒有病兒的哭鬧，沒有排隊的嘈雜，所有的醫護人員都帶著職業笑容，將他們引進單獨的診室。

預約的是位日本籍的婦產科醫生，能說流利的英語，口音稍重，杜曉蘇聽得有些吃力，大部分還是聽懂了。其實也就問了問日期，便去驗血，然後做超音波檢查。驗血只是爲了預防手術意外。陪同她抽血的護士，能夠說簡單的中文，大概是看出她的緊張，微笑著安慰她：「手術非常安全，會用局部麻醉，半個小時就結束。」

做完超音波檢查，她走出檢查室，因爲腳步很輕，幾乎沒有驚動任何人。雷宇崢本來坐在休息室的沙發上等她，手裡還拿著她的包，好似在想什麼。她很少從這個角度看他，微低的臉，看不清他的神色。

他抬起頭，她一時來不及收回目光，於是坦然轉開臉。醫生先看了超音波報告，然後向她解釋各種手術意外，因爲說的是英語，所以特別的慢。手術同意書也是英文的，她一項項看過，簽了字。醫生向她一一介紹麻醉師和護士，都是非常有經驗的專業人士。這時驗血的報告也出來了，檢驗室的護士送過來給醫生，醫生看了一眼，忽然對雷宇崢說了句話。

因爲是英文又說得很快，杜曉蘇也沒聽清楚他說的是什麼，雷宇崢很明顯地怔愣了一下，才對她說：「我跟醫生談談，馬上就回來。」

醫生和他去了辦公室，護士幫她倒了杯水來，她心裡漸漸覺得不安，像是預感到什麼。不出所料，幾分鐘後，雷宇崢從醫生辦公出來，拉起她就往外走。

她本能地想要掙脫。「幹什麼？」

他的聲音冷淡得可怕。「回家去。」

「爲什麼?」她用力想掙脫他的手，「爲什麼不做手術了?」

「回家!」

「我不跟你走!你這個騙子!出爾反爾!」她被他拖得踉踉蹌蹌，最後拉住門框，他去掰她的手指，她胡亂反抗，捶打著他的肩膀。終究敵不過他的力氣，她情急之下就用手裡的包往他頭上砸去，那包是牛皮的，上頭又有金屬的裝飾，她這一下不輕，他似乎哼了一聲，本能地伸手捂住頭，血從指縫裡漏出來。原來是砸著他頭上的傷口，結痂又再次迸裂。並不覺得有多疼，可是卻再次感到眩暈，噁心從胃底泛起，他掙扎著騰出手來拉杜曉蘇，她看見血呆了一呆。

他強忍著天旋地轉的眩暈。「跟我走。」

「我不走!」她幾乎絕望，「你答應過我。」

他的手指終於鬆開了，她看著他，他的身子晃了兩下，倒了下去。

她已經傻了，看著倒在地上的他，一動也不動。

醫生最先反應過來，衝過去按住他頸間，數他的脈搏，然後用日語大聲說了句什麼，護士急匆匆出去，不一會兒更多人湧進來，領頭的明顯是外科醫生，非常專業地做了簡單的處理，然後同醫護人員一起，將他抬到了推床上。

後面全是緊急的各項檢查，杜曉蘇看著走馬燈似的人，走馬燈似的各項儀器，推過來，又推過去。最後，終於有人來到她面前，說一口流利的中文，非常耐心地問她：

「雷太太，雷先生之前受過腦外傷，能不能告訴我們他接受治療的醫院？我們可能需要借閱他的診斷報告和住院病歷。」

她抬起眼，看著那和藹的外籍老人，喃喃問：「他會死嗎？」

「不會。」他寬慰她，「應該只是上次外傷的後遺症，如果沒有意外，他馬上就會甦醒。」頓了頓又問：「妳的臉色很不好，需要通知家裡其他人嗎？我們可以借妳電話。」

像是驗證他的話，護士快步走過來，告訴他們：「He woke up.」

他還罩著氧氣罩，所以氣色看上去很差，醫生讓他留院觀察幾個小時，一時也走不了。

她問：「爲什麼出爾反爾？」

他看上去很累，還是回答了她：「我想再考慮一下。」

「這是我的事，我已經考慮好了。」

他沒有理會她的咄咄逼人，只是告訴她：「妳是ＲＨ陰性血型。」

「我知道。」

「醫生告訴我，如果不要這個孩子，將來再懷孕的話母嬰會血型不合，新生兒溶血的比率非常高，或許再沒有生育的機會。」

她沒有任何表情。「我知道，我將來不打算生孩子。」

這句話說出來平淡如水，卻像一把刀，狠狠地砍上他。「妳將來總還要……」他一輩子沒有這種近乎狼狽的語氣。

「我將來不想嫁人，也不生孩子。」她很平靜地看著他，「我這一輩子，就這樣了。」

「我送妳到國外，衛斯理學院、曼荷蓮學院或哥倫比亞大學……隨便挑一間學校，然後把孩子生下來……」

她唇角露出一絲笑意。「雷先生，類似的話你很久以前對我說過，記得嗎？」

那還是因為振嶸，在他的辦公室裡，他曾經那樣問她，她可否願意離開振嶸，作為交換，他可以讓她出國去讀書，在各所名校中挑一間。

那時候的他與她，都還沒有今天的面目可憎。短短幾個月，彷若已經是半生般疲憊，再沒力氣抗衡。

「我不出國。」她說，「我也不會生這孩子。」

「我給妳錢，妳開個價。」

想到那兩千塊的屈辱，她被成功地激怒了。「錢？雷先生，那麼你認為值多少錢？你把這世上的金山都捧到我面前，我也不會看一眼。我不會生這個孩子，因為他不折不扣是個孽種！」

說得這樣難聽，他臉上波瀾不興，沒有任何表情。「妳要敢動他，我就讓妳的父母家人，都給他陪葬。」

兩人對峙，中間不過隔著半張病床，她卻只能抑制住自己撲上去的衝動。他的聲音還是聽不出任何情緒。「我送妳去國外，妳把孩子生下來，如果不願意帶，就交給我，從今以後妳可以不看他一眼，就當沒有生過他。如果妳願意把他帶大，我每個月付給妳和孩子生活費，保證你們母子在國外的生活。如果孩子歸我，我不會告訴他生母是誰，如果孩子歸妳，妳也有權不告訴他，他的父親是誰。」

「你別做夢了！我不會給你生孩子。」

短暫的靜默之後，他說：「妳告訴孩子他的父親早就死了，他就是妳一個人的，我保證不會去看他一眼。」

她嘲諷般地笑起來。「爲什麼你非要這個私生子？爲什麼？」

「因爲我想要。」他的眉目間漸漸恢復了那種清冷的毅決。「妳說過，我有錢，也有地位，我什麼都有，所以我想要的東西我一定要得到。這孩子我想要，所以妳非得把他生下來。如果妳想嘗試拿掉他，我會不擇手段，到時候妳和所有被妳連累的人，都會死得很難看。」

她忍不住道：「雷宇峥，總有一天我要殺了你！」

「等妳有那本事再說。」

兩個人狠狠地瞪著對方，彷若想置對方於死地，咻咻的鼻息使呼吸顯得粗重。

他忽然往後靠在床頭，說：「如果妳肯去國外，把這孩子生下來，我不會再打擾妳的生活，永遠不會。」

「永遠」這兩個字讓她略微有些鬆動，本來已經陷在絕境裡，就這樣永無天日，原以為將來仍掙脫不了與他的糾葛，卻因為他的許諾而有一絲希望。她半信半疑地看著他，說：「我不相信你。」

他說：「孩子可以姓邵。」

她明白他話裡的意思，震驚地看著他。

他說：「只要妳願意，我可以是孩子的伯父，也可以是陌生人。我說過，從今以後我不會再打擾妳的生活，永遠也不會。」

她已經有些軟弱，但聲音中仍有執拗。「我不會再相信你。」

「妳說妳不會再愛別人，也不會跟別人結婚，如果有個孩子陪著妳，也許妳會覺得不一樣。」他慢慢地說，「妳會很快忘記我，我將來會跟別人結婚。這件事情不會再有任何人知道，孩子永遠也不會知道。他可以在國外出生，妳可以和他一起安靜地過日子，不會有人打擾你們。」他似已精疲力盡，「如果妳答應，我可以馬上安排送妳走。」

繁花一夢

尾聲

蒙古高壓所吹出的西北氣流形成寒冷的季風，夾裹著細綿如針的小雨吹拂過海面，砭骨的寒氣透過衝鋒衣領的縫隙灌進來。

船頂上有沙沙的輕響，掌舵的船老大說：「下雪了。」

真的下雪了，初冬的第一場雪，朵朵晶瑩的雪花從無邊無際的天幕灑下來。在大海上才能見著這樣的奇景，天與海都被隔在一層濛濛的細白雪煙裡，彷彿籠著輕紗，視線所及的小島，遠遠看去，像是小小的山頭，浮在雪與風的海面上。船走了大半個小時才靠岸，碼頭上空無一人，船老大搭著跳板。

他拿出錢，船老大卻死活不肯收，還對他說：「邵醫生，你要是明天回去，我就開船來接你，不要你的錢。」他詫異地抬起頭，船老大憨憨地笑。「我那個老二，就在這島上念書，老早就給我看過你和杜小姐的照片。」又問：「杜小姐怎麼沒有來？」

「她出國讀書了。」

船老大愣了下，又笑著說：「讀書好，邵醫生，你怎麼沒跟她一起去？」

他沒有回答，拎起沉甸甸的登山包，裡面全是帶給孩子的書和文具。他轉過身朝船老大揮了揮手。「麻煩您在這裡等一會兒，我上去看看孩子們，今天就走。」

「哎，好！」

島上只有一條路，倒不會走錯。爬到半山腰，已經聽到琅琅讀書聲，稚氣的童音清脆入耳，他抬頭看了看，教室屋簷上方飄拂的那面紅旗，在紛飛的雪花中格外醒目。

小孫老師見著他簡直像見到了外星人，孩子們可高興壞了，圍著他嘰嘰喳喳問個不停，聽到曉蘇姐姐沒有來，孩子們都非常失望，他把書和文具都拿出來，孩子們才興奮起來。他們拉他去看畫，很大的一幅，就貼在學生睡覺的那間屋子裡，畫的是所有孩子和小孫老師圍著他和杜曉蘇。

「小邵叔叔，這個像你嗎？」

「像！」他誇獎，「真像！」

「是我畫的！」

「我也畫了！」

「我畫了曉蘇姐姐的頭髮！」

「我畫了曉蘇姐姐的眼睛！」

……

孩子們七嘴八舌說著，他在童音的包圍中看著那幅畫，孩子們畫著他和杜曉蘇手牽著手，並肩笑著，就像沒有什麼可以把他們分開。

「這幅畫可以送給小邵叔叔嗎？」

「當然可以！」

「本來就想送給曉蘇姐姐看！」

幾個孩子興奮地拿了水來，慢慢去揭牆上的畫，小孫老師也來幫忙，完好無缺地揭下來，交到他手裡。他細心地捲好，小孫老師又找來兩張報紙，幫他包裹。

有毛茸茸的尾巴從腳面上掃過，他低頭一看，原來是那隻瘦得可憐的小貓。過了這麼久，看起來沒長大多少，仍瘦得皮包骨，抬起尖尖的貓臉，對他喵喵叫。

他把小貓抱起來，問：「這貓也可以送給我嗎？」

「可以啊。」小孫老師撓了撓頭，「島上沒什麼吃的，也沒人餵牠，你抱走吧。」

海上的雪，越下越大。最後要坐渡船離開的時候，孩子們仍送他到碼頭，跟他道別：「小邵叔叔，下次和曉蘇姐姐一起來看我們！」

所有的小手都在拚命揮著，漸漸遠去，漸漸地再也看不清，就像生命最初那段美好的記憶，漸漸隱在漫天的風雪裡，不再拾起。

他幾乎一整夜沒有睡，趕回上海，然後又趕往機場。遠遠看到杜曉蘇，才鬆了口氣，急忙叫住她，把那卷畫給她。「孩子們送妳的。」

她怔愣了下，才知道是島上的孩子們，眼睛不由得晶瑩。「孩子們怎麼會知道？」

「我去島上拿的，我什麼都沒告訴他們，妳放心。」他抬頭看了看腕錶，「快登機了吧？妳早點進去，到候機室坐一會兒。下了飛機就有人接妳，自己注意安全。」

她終於說：「謝謝。」

他笑了笑。「快進去吧。」

從機場出來，天氣還是陰沉沉的。他繫上安全帶，毛茸茸的小東西悄無聲息從後座跳出來，喵地叫了一聲，然後蜷縮在副駕駛座上。

他從來沒有開過這麼長時間的車，一千兩百六十二公里，全封閉的高速公路，一路只是向北。漫長單調的車道，視野前方只有無限延伸的路面，超越一輛又一輛的長途運輸貨車，沿線的護欄彷若銀色的帶子，飛速從車窗外掠過。車內安靜，只聽得到小貓睡著的呼嚕聲，他漸漸覺得難過。

就像是鋒利的刀，被刺中之後，總要很久才能反應過來，原來傷口在汩汩流著血。

進入河北境內時，天已經全黑了，天氣很不好，開著大燈也照不了多遠。小貓餓醒了，蹲在座椅上朝他喵喵叫，他把車開進下一個休息站，買了一鯪魚罐頭，小貓狼吞虎嚥地吃完，等他回頭看，牠又躺在座椅上睡著了。

終於回到熟悉的城市，滿天的燈光撲面而來，漫長的行車令他精疲力盡，從黑暗到光明，從寂寞到繁華，彷彿只是瞬息的事。

他把車停在院牆下，小貓還沒有醒，呼嚕呼嚕地睡著。他把車門鎖好，抬頭看了看那堵牆，藉著牆外那株葉子都落光的槐樹，很快翻了進去。

沒有帶合用的工具，只隨手從後車廂拿了把起子，好在初冬的土壤還沒有凍上。他挖了很久，非常有耐心，上次把盒子挖出來後，又把土填回去，所以現在還算鬆軟好挖。

最後起子叮一響，撞在鐵皮的盒蓋上。

他把浮土撥開，把盒子拿出來。

盒蓋上生了鏽，有泥土淡淡的氣息，他把盒蓋打開，裡面是一張張的紙條，只有他知道那上面寫著什麼。

從童年到少年，從少年到如今，曾經有過的許多美好記憶，都在這裡面。

當時和振嶸一起埋下去的時候，振嶸說：「等老了我們再一起拿出來。」

可是他卻先走了。

他把盒子拿到湖邊，一張一張把紙條拋進水裡，路燈被樹木掩去大半，只能隱約看見那些紙條，或浮或沉，漂在水中。

「媽媽喜歡小嶸，爸爸喜歡大哥。」

「姥姥，我想妳。」

「小嶸，生日快樂！」

「我不願意讀四中。」

「長大了我要做自己想做的事。」

「秦老師，謝謝您！」

……

手裡拿著一張紙條，上面是她的字跡：「芋頭芋頭快起床！」那是他剛出院的時候，有天早晨要去醫院複診，她來叫他起床。他睏得很，她叫了好幾聲他也沒動，最後醒來時發現她寫了這張紙條，就貼在他腦門上。

她的字跡有些潦草，他的字其實也歪歪扭扭，那時候骨折還沒有好，他拿筆也不利索。「芋頭愛曉蘇。」

因爲位置不夠，他把字寫得很小，如今他自己也看不清楚了。現在，他寧願自己沒有做過這樣的傻事，幸好這紙條從沒讓她看到。

他把這張紙條也扔進水中。

所有紙條盡數被拋進了湖裡，漸漸沉到了水底，那上頭所有的字，都會被淹沒不見吧？也許這是最好的結尾，再不會有人來問，他曾經藏起過什麼。

最後，他把手心捏著的那枚戒指，也扔進了湖心。

凌晨時分，他抱著小貓，敲開那兩扇漆黑的院門，趙媽媽被吵醒了，披著衣服起來開門，一見是他猛地吃了一驚，往他臉上一看，更是嚇了一跳。

「這是怎麼了？大半夜的怎麼來了？」

他又睏又乏，把小貓放在地上。「趙媽媽，我累了。」

趙媽媽沒再問第二句，只是說：「孩子，去東廂房裡睡，我給你鋪床。」她拉著他的手，就像在他很小的時候，有天跟著大哥跑出去玩，卻不小心找不著大哥，結果一個人穿行在偌大的院子裡，跟迷宮似的，找不著回家的路。小小孩子的心裡，只覺得這是世上最可怕的事，只覺得再也見不著父母了，他哭了又哭，最後還是趙媽媽尋來，把他抱回家。

他身心俱疲地倒在床上，知道趙媽媽在幫自己脫掉皮鞋，聽她絮叨的聲音：「這是怎麼了？你看看你這樣子，跟害了場大病似的。」她用手背觸了觸他的額頭，「不是發燒了吧？」

小時候一直是趙媽媽帶著他，在心底最深處，這才是自己真正的母親。他在最困頓的時候回到家，回到母親身邊，於是覺得一切都可以暫且放下，迷迷糊糊回：「媽，我沒事。」

「唉，你這孩子真讓人操心。」趙媽媽的聲音漸漸遠了，顯得淡了，遙遠得再聽不清楚。「前幾天巴巴地來把戒指拿走，我還在心裡琢磨，你是真要領個姑娘回來讓我看看……」她把他額上的亂髮都捋順了，讓他睡得更舒服些，愛憐地看著他睡著的樣子，又嘆了口氣。「睡醒了就好了。」

睡醒了就好了。就像小時候感冒發高燒，只要睡醒了，病就已經好了。

他模模糊糊睡去，夢到下著雪的大海，無數雪花朝著海面落下，海上漂浮著一朵朵雪白的花朵。其實那不是花朵，那是他過去二十餘年，寫下的那一張張紙條。

他本來以爲會有一個人來，分享這二十餘載的時光，分享這二十餘載的記憶，分享這二十餘載的幸福。

他等了又等，卻沒有等到。

就像是一場夢，夢裡輕盈的雪花一朵朵落下，無聲無息，消失在海面上。所謂繁花不過是一場夢，如同那枚戒指，飄飄墜墜，最後無聲地沉入水底。

今生今世，相見無期……

〈完〉

國家圖書館出版品預行編目資料

海上繁花 / 匪我思存著；初版. -- 臺北市：春光出版：
家庭傳媒城邦分公司發行，民109.11
面； 公分
ISBN 978-986-5543-02-0（平裝）

857.7 109008652

海上繁花

原著書名／佳期如夢之海上繁花
作　　者／匪我思存
企劃選書人／李曉芳
責任編輯／何寧
特約編輯／李曉芳

版權行政暨數位業務專員 ／陳玉鈴
資深版權專員／許儀盈
行銷企劃／陳姿億
行銷業務經理／李振東
副總編輯／王雪莉
發 行 人／何飛鵬
法律顧問／元禾法律事務所 王子文律師
出　　版／春光出版
台北市104中山區民生東路二段 141 號 8 樓
電話：(02) 2500-7008 傳真：(02) 2502-7676
部落格：http://stareast.pixnet.net/blog E-mail：stareast_service@cite.com.tw
發　　行／英屬蓋曼群島商家庭傳媒股份有限公司城邦分公司
台北市中山區民生東路二段 141 號11 樓
書虫客服服務專線：(02) 2500-7718 / (02) 2500-7719
24小時傳眞服務：(02) 2500-1990 / (02) 2500-1991
服務時間：週一至週五上午9:30～12:00，下午13:30～17:00
郵撥帳號：19863813 戶名：書虫股份有限公司
讀者服務信箱E-mail: service@readingclub.com.tw
歡迎光臨城邦讀書花園 網址：www.cite.com.tw
香港發行所／城邦（香港）出版集團有限公司
香港灣仔駱克道 193 號東超商業中心 1 樓
電話：(852) 2508-6231 傳眞：(852) 2578-9337
E-mail : hkcite@biznetvigator.com
馬新發行所／城邦（馬新）出版集團 Cite(M)Sdn. Bhd
41, Jalan Radin Anum, Bandar Baru Sri Petaling,
57000 Kuala Lumpur, Malaysia.
Tel: (603) 90578822 Fax:(603) 90576622 E-mail:cite@cite.com.my

封面設計／周家瑤
內頁排版／極翔企業有限公司
印　　刷／高典印刷有限公司

■ 2020 年（民 109）11 月 3 日初版
■ 2021 年（民 110）12 月 22 日初版2.3刷
Printed in Taiwan

城邦讀書花園
www.cite.com.tw

售價／360元

ISBN 978-986-5543-02-0

廣 告 回 函
北區郵政管理登記證
台北廣字第000791號
郵資已付，免貼郵票

104台北市民生東路二段141號11樓

英屬蓋曼群島商家庭傳媒股份有限公司

城邦分公司

請沿虛線對折，謝謝！

愛情・生活・心靈

閱讀春光，生命從此神采飛揚

春光出版

書號： OF0068	書名：海上繁花

請於此處用膠水黏貼

讀者回函卡

謝謝您購買我們出版的書籍！請費心填寫此回函卡，我們將不定期寄上城邦集團最新的出版訊息。

姓名：＿＿＿＿＿＿＿＿＿＿＿＿＿＿＿＿

性別：□男　□女

生日：西元＿＿＿＿＿年＿＿＿＿＿月＿＿＿＿＿日

地址：＿＿＿＿＿＿＿＿＿＿＿＿＿＿＿＿＿＿＿＿

聯絡電話：＿＿＿＿＿＿＿＿＿＿ 傳真：＿＿＿＿＿＿＿＿＿＿

E-mail：＿＿＿＿＿＿＿＿＿＿＿＿＿＿＿＿＿＿＿＿

職業：□1.學生 □2.軍公教 □3.服務 □4.金融 □5.製造 □6.資訊

□7.傳播 □8.自由業 □9.農漁牧 □10.家管 □11.退休

□12.其他＿＿＿＿＿＿＿＿＿＿＿＿＿＿＿＿

您從何種方式得知本書消息？

□1.書店 □2.網路 □3.報紙 □4.雜誌 □5.廣播 □6.電視

□7.親友推薦 □8.其他＿＿＿＿＿＿＿＿＿＿＿＿

您通常以何種方式購書？

□1.書店 □2.網路 □3.傳真訂購 □4.郵局劃撥 □5.其他＿＿＿＿＿

您喜歡閱讀哪些類別的書籍？

□1.財經商業 □2.自然科學 □3.歷史 □4.法律 □5.文學

□6.休閒旅遊 □7.小說 □8.人物傳記 □9.生活、勵志

□10.其他＿＿＿＿＿＿＿＿＿＿＿＿＿＿＿＿

請於此處用膠水黏貼